HOUYI
The Myth of
HOUYI AND CHANG E

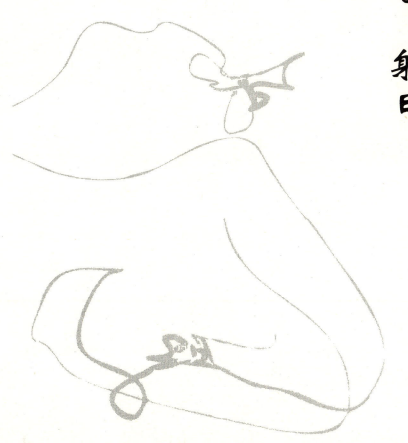

上卷　射日

第一章

一片慌乱中，女俘作为战利品，被撵到山坡上。她们赤身裸体，臭气熏天，像群猪那样被圈在了栏杆中间。嫦娥紧紧抓住末嬉的手，这两个曾经不共戴天的女孩，现在不得不相依为命，互为依靠。她们的手拉在一起，仿佛让传说中的鸾胶给粘住了。一路上，不管有戎国的男人如何呵斥，她们也始终不曾把手松开。恐惧像黑夜一样笼罩，年龄略长的末嬉显然比嫦娥更加惊慌，天气有些闷热，女俘一个个汗津津的，她的手却像冰块一样。

嫦娥说："你手很凉，我抓着它，就像抓一块冰。"

"就要死了，很快就要死了。我们很快就会被宰了，扔在大锅里煮了吃。"末嬉眼泪不住地流出来，她是个好哭的女孩，脸上又黑又脏，两道深深泪痕，"我们很快会被煮成一锅汤。你知道有戎国的人为什么能打败我们，他们经常喝人肉汤。他们抓住了俘虏，煮成汤，然后喝了。"

嫦娥说："真要是煮成了一锅汤，那也是没办法，谁让你我做了俘虏呢。反过来，要是我们抓住了他们，也会把这些人煮了当汤喝。"

末嬉叹了一口气："我们从来不把俘虏煮成汤喝。"

"谁也不愿意被人煮了当汤喝，"看着末嬉表现出的极度恐惧，嫦娥反倒有些镇静，"也不知道被做成汤以后，会是什么滋味。说老实话，这肚子真有点饿了，不，是很饿。末嬉，你饿不饿？唉，要是有机会，我倒真想尝尝这人肉汤的滋味。"

末嬉说："死到临头了，你难道就不害怕？"

嫦娥说："害怕？死到临头，害怕又有什么用？"

　　这一年，嫦娥十二岁。十二岁的嫦娥很瘦很弱，在部落里，瘦弱注定要受欺负，嫦娥的地位因此越来越低下。当然，地位低下的另一个重要原因，是宠爱她的尤夫人已死了。没有了英勇骁战的尤夫人保护，嫦娥的地位一落千丈。尤夫人是嫦娥的生母，她是个十分能干的首领，在她带领下，部落一度非常强大。和有戎国的男女混居不一样，尤夫人的部落里清一色的女性。在这里，女人主宰一切，男孩子长到五六岁，便被活生生地撵了出去。

　　在她们周围，曾经有过很多类似的部落，随着时间推移，母系社会开始衰颓，逐渐被打败被消灭。尤夫人的死加速了这个部落的灭亡。她在世的时候，部落据守着险要的山寨，并不把有戎国的来犯放在眼里。对于尤夫人她们来说，有戎国最初只是个非常遥远的敌人，遥远得跟她们的生活几乎是不搭界。在有戎国这个男性当家作主的大部落里，生活着一大群饥肠辘辘的男人和女人。春天来临之际，那些饥饿的男人开始成群结队游荡，到处寻找食物，把一切能吃的东西占为己有。除了掠夺食物之外，他们游荡的目的，是想要捕获到更多的女人。在有戎国的社会里，男人富有的标准，由食物和女人的多少决定，为了得到这两样至高无上的东西，有戎国的男人个个都是勇士，人人都是英雄好汉。

　　尤夫人死的那一年，嫦娥只有九岁。到嫦娥十二岁的时候，经过连续不断地骚扰，有戎国攻占了她们的山寨。据守了多年的险要山寨，终于成了有戎国的囊中之物。短短几年中，有戎国变得不可一世的强大。他们所向披靡，攻无不克战无不胜，把周围大小部落全部消灭了。有戎国的地盘开始迅速扩张，边界很快就与嫦娥的部落相连。一个接一个的胜利，让有戎国的男人变得异常凶猛，他们在山寨下像狼一样嗥叫着，往山寨里射箭，扔石块，投掷标枪。事实上，最终攻占这个山寨，只是一连串胜利中的一个小小插曲，类似的大捷早已数不胜数。在凯旋回师的途中，有戎国决定拿下这个早就应该征服的妇人部落。屠杀对有戎国的男人来说，就跟儿戏一样，他们要冲进山寨乱杀一气，把试图抵抗的女人统统杀死，然后把头颅都割下来，戳在标枪上带回家炫耀。

末嬉的母亲万夫人是部落的新头领，有戎国发动攻击前，她已意识到这一次很可能是在劫难逃。万夫人把年富力壮的女人召集起来，吩咐她们不惜一切代价，守住一夫当关万夫莫开的山门。只有守住了那道天险，她们的部落才有可能得以幸存。为了防范进攻，万夫人下令在山门上囤积了大量石块，这些石块像人脑袋一样大小，居高临下地扔下去，将有效地阻止有戎国的进攻。

与往年的战事不一样，有戎国这次发动的攻击，显得不急不慢。他们似乎并不急着进攻，部落的女人严阵以待，发起攻击的一方却只是在虚张声势。有戎国的男人聚集在空地上，架起了一口大铁锅，灌满了水，生了火，很有耐心地围着铁锅跳起舞来。水很快煮沸了，一名事先抓到的女俘被带到铁锅旁边，经过一番怪诞的仪式，女俘被开膛破肚，高高举起来示众。然后，就在部落女人的眼皮下，尚未完全咽气的女俘被扔进了冒着蒸汽的大锅。

恐惧像一群黑色蝴蝶漫天飞舞，有戎国进攻尚未开始，部落的女人已经惊慌失措。很快，一股人肉的香味随风飘漾，有戎国的男人鬼哭狼嚎，开始争先恐后地争食尚未煮熟的肉块。紧接着，规模浩大的进攻开始了，男人们肆无忌惮地冲向山门。部落的女人立刻奋起反击，石块像雨一样地落了下去，转眼之间，山门附近尸横遍野，有戎国损失惨重。

不过，进攻的一方很快取得实质性进展。部落的女人进行着殊死和有效的抵抗，她们把防守的注意力，都放在了正面的山门方向。没想到敌人却从后山绕了过来，有戎国的男人如神兵天降，居然从后山的悬崖绝壁上，利用柔草编织的绳索跳了下来。

嫦娥和末嬉是部落里不多的几个幸存者，年富力强拼死抵抗的女人，差不多都在战斗中被杀死了。有戎国的男人不喜欢蛮横强壮的女人，对于那些勇于作战的女子部落，作为惩罚，他们通常只留下了年岁较低的女孩子。与嫦娥和末嬉关在一起的成年女俘，大都是有戎国从别的部落俘获的。春天到来的时候，有戎国都要向四处扩张，一个战役连着一个战役，然后直到夏天战事结束，才会选一个黄道吉日，将历次战役中俘获的女人，论功行赏，按每个男人的功劳大小，分配给大家。

嫦娥与末嬉在女俘营已经待了一个多月，现在，决定她们命运的日子终于来了。天还没有亮，山坡上升起了几处篝火，天空映得通红。这一天，是所有有戎国男人的盛大节日，连日征战流血牺牲，为的就是这一天的到来。

围栏中的女俘突然开始了骚动。有戎国的男人举着火把，从四面八方围了过来。不一会儿，围栏外面已经围满了有戎国的男人，他们人山人海，笑着，喊着，骂着，开始用手中的容器盛了水往女俘的身上泼。女俘大声地尖叫起来，突如其来的凉水像暴雨一般冲在了赤裸的身上，由于她们身上实在是太肮脏，凉水从她们身上经过的时候，立刻变成了污浊不堪的泥水。嫦娥和末嬉拼命往围栏中间钻，这几乎是所有女俘的选择。那些比她们更强壮的女人，抓住了她们的膀子，把她们一个劲地往前推。嫦娥和末嬉身单力薄，不仅躲避不了袭击，而且还被别的女俘当作盾牌，顶在了前面。凉水源源不断地泼到了她们身上，等到泼水仪式结束的时候，嫦娥和末嬉身上积累的污垢，已经不复存在。

挑选女俘的仪式开始了。女俘们排起长队，沿着指定线路，开始在围栏中转圈子。最先参加挑选的，是大家一致推选出来的十八个勇士。这十八勇士个个都是杀人如麻的英雄，个个都是立了赫赫战功的好汉。每个勇士手上都抓着一把青果，他们把青果扔向某个女俘，就表明他选中的那位女俘，已经有了新的主人。十八勇士每人可挑选八位女俘，这是部落规定的最高奖赏。接下来是有身份有地位的长老，根据规定，他们每人可以挑选五位女俘。

天突然开始亮了，一个漫长炎热的白天即将开始。挑选女俘的狂欢接近尾声。嫦娥和末嬉并不明白被挑选上意味着什么，虽然距离部落被攻陷已一个多月，她们仍然没从即将被吃掉的恐惧中缓过劲来。眼前这些凶恶的男人疯狂地喊着，跳着，对着她们指指划划。嫦娥和末嬉感到百思不解，女俘们并不像她们那样恐惧，一个个似乎很愿意被男人挑走。在男人歇斯底里的叫喊声中，好色淫邪的目光下，女俘们已意识到了即将发生的事情。

"要是能在一起就好了，"嫦娥轻轻地对末嬉说了一句，"我们不能分开。"

这时候，嫦娥与末嬉的手仍然紧紧地拉着。

"对，我们不能分开。"末嬉也持同样的观点。

围栏中留下的女俘越来越少，她们越来越茫然，越来越不知所措。她们并不知道接下来还会发什么事。一个叫造父的男人，显然是看中了末嬉，他捏着手上的青果，待末嬉离他很近的时候，将青果掷向末嬉。青果砸在了末嬉的肩膀上，将她吓了一大跳。立刻有人上来，不由分说地抓住末嬉，把她拉到造父身边。由于嫦娥的手与末嬉紧紧拉在一起，因此她也很自然地被带到了造父面前。

"我，只要这个，这个，"造父指着嫦娥，摇了摇手，"我不要这个小女人。"

嫦娥与末嬉的手被强行地分开了。

嫦娥感到绝望，依依不舍地喊着："末嬉！"

末嬉知道这时候说什么也没有用，她同样是依依不舍地看着嫦娥。嫦娥再次被送回到队伍里，像先前那样继续绕圈子。末嬉眼泪汪汪地看着嫦娥。这时候，造父已挑选完了，正准备带着选中的女人扬长而去。

嫦娥远远地回过头来，看着末嬉即将离去的背影，又凄楚地喊了一声："末嬉！"

嫦娥最后被小刀手吴刚选中了。轮到吴刚那个老男人挑选的时候，围栏中的女俘已所剩无几，不是年幼的女孩，就是青春不再的老妇，要不就是有点什么残疾。吴刚的一条腿有些残疾，这是多年前的一次征战中落下的，走起路来一瘸一拐。他似乎早就相中了嫦娥。围栏中可供挑选的女俘已不多了，吴刚把青果掷向她的时候，嫦娥情不自禁地躲了一下，结果青果并没有落在她身上。在如此近的距离里，吴刚竟然没有能够击中目标，立刻引起了众人的嘲笑，他因此也有些愤怒。紧接着，他又扔了一个青果，嫦娥仍然是躲，但是，这一次并没有躲掉。

除了嫦娥，吴刚还挑选了一个有些残疾的女人，这个女人叫毛氏，与吴刚一样是个跛子，只不过吴刚走路的时候，是往左侧倾斜，毛氏则是向右倾斜。回去的路上，嫦娥走在后面，看着吴刚和毛氏在前面一左一右走着，姿势十分滑稽，忍不住要笑出声来。自从被俘以来，这是她第一次想到要笑。

每位被俘的女人，一旦被有戎国的男人挑中，立刻会拿到一块可以围在腰间遮羞的布片。去参与挑选的男人，都得事先准备好几块布片。吴刚住在一个小山坳里，在有戎国的居民中，他的家境显得比较寒碜。吴刚已有五个老婆，九个孩子，他们排队等候在那里，等候着作为主人的吴刚来临。吴刚兴致勃勃地向自己的家庭成员展示新带回来的两个女人。现在，他已经拥有了七个老婆，原来的那五个老婆，她们的等级地位，分别是按先后次序决定。毫无疑问，嫦娥被排在了第七的位置上。由于听不懂有戎国人说的话，嫦娥弄了半天，才明白吴刚手势表示的意义。

吴刚一边对嫦娥比划，一边说："这是七，你是老七，你是七。"

"鸡——"嫦娥很艰难地发着这个音，引得吴刚一家乐呵呵笑起来。

"不是鸡，是七。"

"七——"

"对，是七。"看着嫦娥迷惑不解，吴刚还有些耿耿于怀，第一次竟然没能用青果砸到她，这是很耻辱的一件事，"记住了，你排在最后，是最后，你是七！"

吴刚的大儿子吴能和二儿子吴用，都是已开始发育的小伙子，他们色迷迷地看着嫦娥，与年老残疾的吴刚相比，嫦娥更喜欢这两个嘴上刚开始往外长小胡子的年轻人。这时候，吴刚正一本正经地对毛氏说着什么，嫦娥的目光趁机在兄弟俩的脸上扫来扫去。吴刚的大老婆是一氏，她吩咐大家准备吃饭。这一发号施令，二氏三氏四氏五氏便开始忙碌起来，将早就煮熟的米饭捧了过来，大家席地而坐，共同就餐。嫦娥闻到香喷喷的米饭，立刻意识到自己已经许久没吃过东西了，饥饿唤醒了，口水不住地往上涌。

最先吃饭的是一家之主吴刚，他狼吞虎咽的时候，所有女人和孩子只能眼睁睁看着。这个场景增加了嫦娥的饥饿感。很快，吴刚吃完了，接下来，是家庭成员中的一氏与男孩子们一起进餐。这一次，因为同时吃东西的人多，嫦娥的口水已不再是简单地在嘴里打转，而是情不自禁地沿着口角淌下来。

吴能和吴用津津有味地吃着，故意把吃饭的声音弄得动静很大。很显然，从嫦娥垂涎欲滴的神态中间，这哥俩已看出了她的迫不及待。他们觉得这个很有趣，故意地慢慢地咀嚼和吞咽。时间显得有些漫长，嫦娥目不转睛地看着那些蠕动着的嘴唇，盼着他们能够尽快吃完。终于吃完了，紧接着是二氏三氏一直到五氏以及女孩子们，嫦娥和毛氏仍然是只能看着，看着别人吃。容器里的米饭已剩得不多了，嫦娥不由得有些担心，担心这些贪得无厌的女人把剩下的米饭全部吃完。

果然，最后剩下来的米饭，只能够让嫦娥和毛氏吃个半饱。孩子们散开了，到周围各干各的事情，二氏和三氏也走开了，留下一氏与四氏五氏，陪着吴刚看嫦娥与毛氏吃米饭，一边看，一边叽里咕噜地说着什么。吴刚的脸上流露出一种成就感，他突然走到毛氏身边，看了看她钵子里的米饭，示意她赶快吃完。毛氏接二连三地用手抓着米饭往嘴里塞，尽管她的动作已经很快了，吴刚却仍然表现出了极大的不耐烦。在最后一口米饭还没有咽下去的时候，吴刚走过去把毛氏掀翻在地，他扯开挂在自己腰间那块用来遮羞的兽皮，同时也扯开了毛氏身上的布片，用最快的速度，把仍然在做着吞咽动作的毛氏解决了。

第二章

　　有戎国的男人通过连绵不断的征战，获得了显而易见的巨大好处，他们因此变得越来越好战，越来越穷兵黩武。家务事都落在了女人和年幼的孩子身上，种地，牧羊放猪，盖房子，所有这些琐事，都与成年男子无关。男人们不是在外征战，便是回家坐享清福。有戎国的男人既是最勇敢的男人，也是最懒惰的男人。

　　嫦娥分配到的任务，是与吴刚的两个女儿一起去放猪。那是一群刚被驯化不久的野猪，它们的性格多少还有些怪僻。很长一段时间里，它们不愿意嫦娥接近自己，一看到她便龇牙咧嘴露出凶相。吴刚的这两个女儿分别叫女丑和女寅，女寅的年龄与嫦娥一样，女丑却比嫦娥还要大一岁。她们都是发育很好的女孩，对男女之间的勾当，早已经有了清晰的认识。野猪在山坡上交配的时候，女寅便问嫦娥，有没有被男人弄过。嫦娥并不知道什么叫弄，眼神里露出了一丝迷惘。

　　"什么叫弄，看见没有，"女丑指着正在做坏事的公猪母猪，"它跳到了它身上，把那个东西伸出来，塞到母猪的那个里面，这个就叫弄。"

　　嫦娥的脸立刻红了起来。这时候，她们正躲在一片阴影处休息，在她们的上方，是一块凸出来的巨石。

　　女寅很懂行地说："你肯定还没有被男人弄过！"

"当然还没有被弄过，"女丑从母亲二氏那里知道吴刚的打算，"她呢，得等到春耕的时候——"

女寅不明白有什么事，非要等到春耕才会发生。

嫦娥也不明白。

女丑的脸上露了出诡秘的微笑，她凑在女寅的耳朵边，悄悄地说着什么。

女寅听明白了，不由得笑出声来："真的?"

"当然是真的。"

"你们在说什么，"嫦娥好奇地问，"为什么要笑?"

"我们在说你呢，这件事很好笑。"女寅笑得很开心，"你知道到春耕的时候，会发生什么事?"

"什么事?"

女丑不让女寅把秘密说出来。

嫦娥又问了一遍："到底是什么事情?"

女丑和女寅笑个不停。看着嫦娥一脸着急，女丑说你到时候就知道了，到了春耕，那件事情发生了，你就什么都知道了。两个姑娘对嫦娥并没有什么敌意，她们只是暂时不想把这个秘密告诉嫦娥。

嫦娥说："好吧，你们不说，我也不想知道了。我跟你们说，我根本就不想知道你们要说什么?"

"真的?"

"对，就是真的，我已经不想知道了。"

女丑和女寅见嫦娥真不想知道，反倒觉得有些无趣。她们决定告诉嫦娥，不过不愿意大声说出来，只愿意在嫦娥的耳朵边，轻轻地把这件事告诉她。女丑说，女寅，把我刚刚对你说的话，说给她听。女寅于是把女丑的话在嫦娥的耳朵边重复了一遍。

嫦娥的脸再一次地红了起来。她其实已猜到了到春耕的时候，会发生什么事。现在，女寅的话，只是完全证实了她的猜想。

远远地，一群男孩正在深深的水潭里戏水，咿里哇啦叫着闹着。阳光暴晒下，气温很高，热的空气仿佛已经在半空中凝固了，男孩们只有将身体泡在水里，才能觉得有些凉意。突然，嫦娥她们放养的猪向水潭方向奔过去。

猪是跑过去喝水，嫦娥她们担心猪会跑丢了，连忙大声吆喝。女丑和女寅招呼正在戏水的吴能和吴用，让他们帮着把猪赶回来。吴能和吴用很乐意这么做。他们让猪喝足了水，然后一个捡了一根树枝，吆喝着把猪赶了回来。他们自然是赤身裸体，女丑和女寅姐妹见惯了，也没什么反应，嫦娥却是第一次这样与他们公然面对，不禁有些不好意思，连忙把头扭向一边。吴能和吴用似乎存心要在嫦娥的面前炫耀，用树枝把猪赶过来以后，故意磨磨蹭蹭，迟迟不肯离开。

嫦娥有几分慌乱地将头转向了另一边，这个动作有些夸张，她本能地感到全身的血液，一下子都集中到了自己的脸上。吴用看了一眼嫦娥，转过身来，对自己的两个妹妹说：

"赶快回家吧，看那边天色，很快会有一场大雨。"

"瞎说八道"，女丑往吴用指的方向看了一眼，根本不相信他的话，"好端端的天气，凭什么说会下雨？"

"不但下雨，还会是一场大雨！"

女丑说："才不会听你的话呢，想哄我们回家，我告诉你，门都没有。"

女寅也说："对，我们才不回家呢。"

吴用说："好吧好吧，不听我的话，到时候吃了苦头，就来不及了。"

"也许真的是要下雨了，我们还是回去吧"，嫦娥的心头咚咚乱跳，她相信吴用的判断是对的，以商量的口吻对姐妹俩说着。

女丑说："不，我们不回去。"

女寅说："对，就是不回去，要回，你一个人回去。"

嫦娥当然不可能是一个人回去。

吴用说："你们为什么不能像她一样，听听我这个当哥哥的话呢？"

姐妹俩说："我们又不是她，凭什么要听你的话。"

嫦娥忍不住回过头来，很大方地看了吴能和吴用一眼。他们一直在等候她的目光，大家的目光一对上，哥哥吴能便不怀好意地笑起来，他这一笑，弟弟吴用也跟着笑了。哥俩一边笑，一边下意识地看了看自己的东西，又看对方的东西。

吴用笑着说："哥，你的那东西竖起来了。"

吴能也笑着说："你才竖起来了。"

"我没翘，是你竖了！"

"你才竖了！"

哥俩说完，奸笑着走开了。女寅说他们真不要脸，竟然敢这样说话。女丑说他们本来就不要脸，男人都是死不要脸的，一个比一个下流。姐妹俩你一句我一句，漫无边际地开始控诉男人，控诉了一阵，最后问嫦娥有什么感想，有什么话要讲。

嫦娥无话可说，她的心跳已经平静了。

这时候，天边开始堆积起大片大片的乌云。嫦娥想到吴用的警告，说我们赶快回家吧，真的快要下雨了。女丑和女寅也注意到了云彩的变化，但是她们并不想立刻就回家。她们玩兴未尽，还想在外面再待上一会，还想再继续控诉一会男人。此外，猪也没有吃饱。在这样一个炎热的夏季里，让一场大雨浇上一浇，没什么大不了。

大雨说来就来了，果然是一场大暴雨。一开始，谁也没有意识到会有什么大危险。雨越下越大，天好像被捅了一个大窟窿，哗啦啦下个不停。很快，山上的洪水开始下来了，它们沿着一条窄窄的山涧奔腾而下，直扑过来。戏水的男孩们早在大雨来临之前，就已经无影无踪。现在，女丑开始后悔没有听哥哥吴用的话，她预感到事情有些不妙。雨完全不像会停下来的样子，山洪发出的巨大轰响，把胆小的猪给吓坏了，这些驯服不久的畜生，一个个惊恐万状，在主人身边东逃西窜，发出一阵阵刺耳的尖叫。

雨终于停下来。雨停了，洪水却更加猛烈。来势汹汹的山洪，开始威胁到了她们。她们脚下的那块空地，正在以很快的速度缩小，回家的路已被洪水切断了，那些猪也开始不安分地捣起乱来。随着水位越涨越高，猪竟然与人争起了生存空间，它们蛮不讲理地拱来拱去，不止一次要将自己主人拱到水里去。

"该死的畜生！"女丑挥舞手中的树枝，拼命抽打着，打得那些猪四处乱窜。脚下的陆地越来越少，她们已被浩浩荡荡的洪水包围了。人和猪的对抗越来越激烈，结果最先被挤下水的是女寅，她是被那头最大的公猪拱下水的。只是一眨眼的功夫，甚至没有来得及喊出一声，女寅便消失在茫茫的洪水之中。发出惨叫的是女丑，看着妹妹被洪水吞没，她歇斯底里地喊了起来。这时候，任何叫喊都无济于事。紧接着落水的是嫦娥，公猪将女寅拱下了水后，稍稍犹豫片刻，又毅然向嫦娥和女丑发起攻击。女丑把嫦娥推到了前面，嫦娥此时无处可躲，只能就势扑在身边的一头母猪身上，她紧紧地抱住了它，死死抓住它的耳朵。

暴怒的公猪将嫦娥与母猪一起拱到了水里。

嫦娥和那头怀孕的母猪，在洪水中搏斗了好长时间。母猪为了摆脱嫦娥，拼尽了全力挣扎。嫦娥为了活命，死死地抓住母猪。很快，这种敌对关系变成了相互依靠，她们必须变成一个整体，才能够生存下来。嫦娥不得不与母猪相依为命。嫦娥不会游水，母猪也不太会游水。母猪救了她一条命，在刚落水的那一刻，要不是因为嫦娥紧紧抱住了母猪，她早就和女寅一样被冲得无影无踪。有了母猪的帮助，她们最终被冲到了一片浅滩上，一棵已经倾斜的大树挡住了去路。

水位上涨的速度变缓了，流速也变缓了。现在，嫦娥一只手拉着树枝，一只手紧紧搂着那头母猪。她知道，这时候只要一松手，那头母猪就会随着汹涌的洪水而去。母猪没有手，不可能像人那样拉住树枝。它似乎也意识到了自己的危险处境，目不转睛地看着嫦娥。嫦娥安慰说："我不会撒手，不会撒手的。"为了感谢母猪的救命之恩，嫦娥决心要不惜一切代价，保住它的生命。

但是最后还是放弃了。嫦娥终于筋疲力尽，即使是想不撒手，也只能撒手了。她的力气完全用完了，先是松开了抱着母猪的那只手，紧接着，又松开了另外的一只手。接下来，在滔滔洪水中，嫦娥整整漂浮了三天三夜。开始的很长一段时间，她一直处在一种昏死的状态中，渐渐地，她苏醒了过来，吃惊地发现自己怀里抱着一个葫芦，正是这个椭圆的葫芦救了她的命。要不是抱着它，嫦娥早就淹死。这三天三夜十分漫长，烈日炎炎之际，嫦娥发现自己虽然是浸泡在水里，毒辣的太阳晒得她头昏脑涨，人就好像是被放在一口大锅里蒸煮。到了晚上，气温开始骤然下降，黑糊糊的水面仿佛随时都会结冰。

幸好怀中抱着那个葫芦。这葫芦不仅是个漂浮物，让嫦娥不至于沉到水下去，而且还可以保持着一个不变的温度。在炎热的白天，它起着降温作用，在冷酷的黑夜，它又像一个热乎乎的小暖炉。三天后，洪水完全退去了，谁也不敢相信，嫦娥竟然能够在这场灾难中幸存下来。不仅是她死里逃生，更为神奇的是，还有两头猪也活了下来，一头是把她拱下水的公猪，还有一头是与她一起落水的母猪。最后，嫦娥抱着那个救了自己性命的葫芦，带着一公一母两头猪，重新回到吴刚家。身上用来遮羞的那块布片早已没有了，她不得不临时用茅草给自己编织了一条短裙。有戎国的人再次看到她时，都不敢相信自己眼睛，他们认定她一定是刚从阴曹地府里爬出来。一定是出现了什么大家不知道的问题，否则不可能会出现这样的奇迹。

他们一致认定，这个不起眼的小女人，很可能是妖精。

嫦娥的归来，并不能抹平二氏三氏的悲哀，她们一人失去了一个女儿。吴刚也非常沮丧，他的那些引以为自豪的猪，现在也只剩下了一公一母。嫦娥显然是给这个家带来了灾难，痛不欲生的二氏主张严惩她，因为和别的女人不一样，二氏没有其他小孩，只有一个女儿，失去女丑对她来说，意味着失去一切。

二氏坚决要求处死嫦娥，用不容置疑的口气说："留着这祸害，终究还要带来灾难。"

三氏虽然不像二氏那么坚决，也持同样的观点："对，要不是她，女丑和女寅就不会死。"

"一定要把她弄死了！"

三氏有些犹豫："怎么弄呢？"

"怎么弄，"二氏用手卡了卡脖子，"吊死她！"

其他几个女人都不吭声，她们不反对，也不赞成，不时地偷眼观看吴刚，注意着他脸上的神情。大家都知道，最后怎么处置嫦娥，还得他说了才算。这时候，二儿子吴用站出来为嫦娥说话，他说发生的这件事，并不能完全怪罪嫦娥。大暴雨到来之前，他已经警告女丑她们，让她们赶快回家躲避，当时只有嫦娥一个人愿意听他的话，而两个妹妹都拒绝了他的建议。换句话说，是女丑和女寅的固执，葬送了自己的性命。吴用说完，作为老大的吴能也站出来表态，他证明事实确如吴用说的那样，并再次强调，当时不肯回家的主要是女丑，因此不应该把过错都推到无辜的嫦娥身上。

二氏气愤地看着三氏，说："你的宝贝儿子吴用，居然要为那个小妖精说话。"

吴刚决定惩罚嫦娥，不过并不打算吊死她。他决定再饿她三天，对于已饿了三天三夜的嫦娥来说，这个决定无疑就跟判处死刑一样。孤立无援的嫦娥只能接受这个决定。接下来给她的另外一个打击，是毛氏拒绝嫦娥再住到她的茅屋里去，理由是嫦娥会给她刚出生的儿子带来坏运气。毛氏来到这个家，不足五个月，就生下了一个儿子。大家都知道这个儿子不是吴刚的，可是固执的吴刚却坚信，这一定是老天爷奖赏给自己的一个礼物。对于有戎国的男人来说，人丁兴旺永远是件值得庆贺的事情。既然毛氏表明了她的拒绝态度，吴刚便让嫦娥搬到猪圈里去住。

"你只配和猪住在一起，"吴刚悻悻地说，"留下你的一条小命，实在是便宜你了。"

吴刚最后把气都撒到了嫦娥带回来的那个葫芦上，他根本不相信这是个什么神奇的东西。吴能和吴用一人拿了一把砍刀过来，他们使尽了全身力气，还是未能把这个葫芦剖开。临了，受到损害的是那两把砍刀，一把砍刀的刀口全部没了，另一把干脆断了。吴刚因此而大怒，他吩咐升起一堆火来，把葫芦架在火上烧烤。

这一次，依然是没有什么反应，烈火熊熊，那个葫芦却完好无损。吴刚因此开始有了一点畏惧，他放弃了进一步的打算，让两个儿子把它抱到深山里去扔掉。一直不曾开口的嫦娥终于说话了，她恳求吴刚不要把它扔掉，说既然自己只配与猪睡在一起，就请他行行好，把这个葫芦赏给她枕头。一直在一旁观看的二氏仍然不肯放过嫦娥，她再次唠叨说，如果留下了嫦娥的性命，天知道会带来什么厄运：

"恶魔已附身，它就藏在这该死的小丫头身上。"

吴刚开始生气，他现在已不恨嫦娥，而是讨厌二氏的唠叨。他害怕这个女人不断地胡说八道，会真把恶魔招来。有戎国的男人绝不允许女人没完没了唠叨，他扬起手来，狠狠打了二氏一个耳光：

"我说怎么样，就怎么样！"

嫦娥于是抱着那个葫芦去了猪圈。饥饿像一团烈火燃烧着，一方面，她饿得一点力气都没有了，另一方面，肚子里的饿就仿佛有刀子在绞。这时候，嫦娥的心头充满了怨恨，她恨自己没有像女丑和女寅那样，消失在滔滔的洪水之中。她甚至有些恨怀中抱着的那个葫芦，它救了她的性命，却要让她继续受罪，继续忍受饥饿的煎熬。她的眼泪开始源源不断地流出来，滴在了那个光滑的葫芦上面，眼泪立刻就没有了，立刻像蒸汽一样地蒸发了。

嫦娥把葫芦紧贴在自己胃上。令人难以置信的奇迹再次发生了，刀绞一般的饥饿感突然无影无踪，正在燃烧的饥饿之火被浇灭了，先前那种让人不安的饥饿感觉，被舒适宁静所代替。猪圈里很潮湿，到处都是湿乎乎的淤泥，嫦娥连个可以站脚的地方都没有。就在一筹莫展的时候，与她一起幸存下来的两头猪向她走过来，它们没有显示出任何敌意，相反，它们似乎很欢迎嫦娥的到来。它们来到她身边，在嫦娥身上轻轻地蹭来蹭去，然后在淤泥中并排躺下，同时嘴里发出轻轻的呢喃声。嫦娥当然不知道它们在说什么，她有些不知所措。最后，完全是出于本能，嫦娥爬到了猪的身上，把猪的身体当作了自己的温床。

两头猪发出心满意足的叫唤声，它们躺在淤泥中，时不时地把头转过来，轻轻地嗅着嫦娥身上的气味。它们似乎很赞赏嫦娥的做法，做了一系列表示亲昵的动作以后，很快便埋下头去睡着了。随着那均匀的呼噜，猪的身体像波浪一样起伏着，让嫦娥感到一种从未有过的舒适，不一会，她开始感到了困意，也昏沉沉地睡着了。嫦娥抱着葫芦，躺在猪身上，一昏睡就是一整天。这期间，吴用偷偷地来看过她，看见嫦娥竟然是甜甜地沉浸在梦乡之中，感到有些不可思议。他跑回家，把自己看到的一切告诉了父亲。吴刚不相信儿子的话，亲自跑过来观察，看了以后，也大吃一惊。这时候，吴刚开始有些后悔了，相信嫦娥一定是有神灵在保佑。人是不能与神灵作对的，得罪了神灵弄不好会有很大的麻烦。嫦娥脸上甜蜜的表情，说明她根本就不在乎别人对她的惩罚。吴刚突然间得到了启示，他知道自己必须要善待嫦娥。

"立刻拿几个饭团过来，再准备一些水，"吴刚对儿子吩咐着，"我改变主意了，她醒过来，立刻给她吃点东西，要吃多少，就给她多少。"

吴用以最快的速度跑去取食物，他很快回来了。好像有感应一样，嫦娥突然睁开眼睛，打着哈欠，伸了一个懒腰，仿佛不知道身处何地。她有些吃惊地看着吴刚父子，不明白他们为什么会出现在自己面前。

"我怎么会在这？"她睡眼惺忪地说着。

第三章

春耕终于到了，有戎国的男人开始忙碌，作为一家之主的吴刚也不例外。首先，他得指挥几个老婆一起干活，替嫦娥盖一间小茅屋。嫦娥第一次有了自己的住处，在这之前，她一直是与吴刚的女儿们住在一起，这几个女儿分别是女卯女辰女巳。其次，在他的监督之下，他的妻妾们新开垦了一大块荒地，吴刚相信这块处女地会长出最好的庄稼。

这一天是播种的吉日，一切准备完毕。该进行的仪式都准备得差不多了，吴刚把嫦娥叫了过来，让她围着新开垦的荒地绕圈子。嫦娥并不明白为什么要这么做，既然吴刚这么要求，她也就只能这么做。她像头小鹿似的奔跑起来，吴刚又示意两个儿子吴能和吴用在后面追。通常情况下，女人在前面跑，在后面追的这个男人，应该是女人的丈夫，由于吴刚的腿不好使，他只能让儿子代劳。

嫦娥越跑越快，吴能和吴用甚至都有些追不上。吴刚感到很满意，因为被追赶的女人越健壮，就意味着这块地越适合种庄稼。根据游戏规则，跑的人必须是绕着圈子跑，很快，嫦娥越跑越远，渐渐地，是她反过来追逐吴能和吴用弟兄俩了。就在她快要追上的时候，吴刚开始叫停，他让嫦娥站在那不要动，自己一瘸一拐向她走了过去。

嫦娥不明白为什么要让她停下来，就像在开始的时候，突然要让她绕圈子跑步一样。吴刚走到了嫦娥面前，他的眼睛散发着一种异样的光芒。这时候，嫦娥已预感到会发生一些什么事情，她注意到吴能和吴用也停了下来，他们向吴刚妻妾们所处的位置走去，与她们一起看着她和吴刚。从一氏到五氏，加上毛氏，都站在不远处看着他们。

还没有完全明白怎么回事的时候，嫦娥便被吴刚推倒在地。她被粗暴地按在了地上，身上的那块用来遮羞的布片也被扯开了，狠狠地扔到一边。嫦娥做出的第一个反应，就是就势在地上打个滚，一下子摆脱了吴刚的纠缠。汗津津的嫦娥像水中的鱼一样湿滑，吴刚一次次试图抓住她，但是每次都是即将成功，立刻又被她挣脱了。现在，嫦娥已经完全明白是怎么一回事了，她知道自己不应该这么激烈反抗，然而她忍不住就这么做了。

男人的力气毕竟要大许多，在与嫦娥的纠缠中，吴刚终于占了上风。他终于把嫦娥压倒了身底下，眼看着就要达到目的，没想到嫦娥突然发力，再一次地从他身底下溜走了。这一次，吴刚被深深地激怒，他卡住了嫦娥的脖子，卡得她透不过气来，然后又狠狠扇了她几个耳光。嫦娥被打得眼前直冒金星，鲜血从嘴角里流了出来。她终于老实了，心甘情愿地把两条腿张开。吴刚趴在了她的身上，气喘吁吁，已经有些力不从心。他抓住了嫦娥正在发育的两只乳房，使劲地捏了一下，嫦娥痛得哇哇大叫。这似乎还不够，吴刚又在嫦娥的脸上，重重地打了一拳。

　　嫦娥苏醒过来，已躺在自己的小茅屋里。浑身上下，到处都疼，到处有血迹。血已经凝固了，她根本就弄不明白，这些血到底是从哪流出来的。在她的身边，放着几个冷饭团，一钵子凉水，还有几个野栗子。陪伴着她的是女辰和女已，她们一看到嫦娥苏醒过来，立刻露出了惊喜的笑容。

　　女辰说："你醒了，我们还以为你再也不会醒过来。"

　　"我去告诉爸爸，"女已兴致勃勃地转身就走，一边走，一边说，"他让我们等你一醒过来，就去喊他。"

　　嫦娥看到了不远处放着的葫芦，让女辰赶快替她拿过来。女辰不知道她要这玩意有什么用，既然她要，就去帮她拿过来，递在了她的手上。嫦娥连忙将它紧紧地抱在怀里，奇迹立刻又发生了，全身的疼痛立刻全消失。这时候，吴刚也闻讯赶来，他走了进来，对女辰摆摆手，示意她赶快离去。女辰转身就要走，吴刚又想到让她再送一些水来，让嫦娥洗一洗。

　　接下来，吴刚开始像喂小孩一样地喂她，喂她吃下冷饭团，喂她喝水，还替她把栗子的皮剥好。嫦娥显得很温顺，吴刚让干什么，就干什么。一方面，她害怕吴刚还会像不久前发生的那样再次打她，另一方面，自从进这个家门以后，从来没人这样关心过她，这让嫦娥感到一种说不出的温暖。吴刚看她紧紧地抱着那个葫芦，不禁好奇地问：

　　"为什么一直要抱着这玩意？"

　　嫦娥不敢说出真相，她害怕吴刚会粗暴地把它拿走。女辰和女巳把水送过来了，吴刚吩咐她们替嫦娥把身上的血迹洗干净，然而他的话刚说完，又改变了主意。吴刚再次挥挥手，让两个女儿离去，他决定要亲自为嫦娥擦洗。这时候，嫦娥已经吃得差不多了，她把饭团吃了，栗子吃了，水也基本上喝完。吴刚让嫦娥把怀中抱着的葫芦放下，他要为她擦洗身上的血迹。

　　一旦那个葫芦离开了嫦娥，她立刻感到浑身的疼痛和不自在。事已如此，她只能老老实实地说出了部分的事实真相。吴刚并不相信她的描述，但是他这时候的心情很好，既然嫦娥这么认为，就让她自以为是好了。吴刚小心翼翼地替嫦娥擦洗，不一会就把她的身体弄干净了。他擦干净了她身上所有的血迹，当然不会是白白地劳动，一切都进行得差不多的时候，吴刚又一次把嫦娥推倒在草堆上。这一次，嫦娥没有做任何抵抗，她显得非常温顺和配合。由于她怀中还抱着那个葫芦，吴刚感到非常别扭，不过既然嫦娥不肯丢下，他也就只能随她去了，反正这事几乎立刻就结束了。

　　吴刚离去不久，嫦娥抱着那个葫芦再次睡着了，这一次，她睡得很沉。等她又一次地醒过来的时候，奇迹发生了，朦朦胧胧中，那个葫芦突然裂开。由于一直紧紧地抱着它，嫦娥感到了一阵剧烈震动。突然间，葫芦像孵化的鸡蛋壳那样四分五裂，从中间探出来一个孩子血淋淋的小脑袋。

　　从葫芦里，一个小孩奇迹般诞生了。嫦娥不敢相信自己的眼睛，但是这一切那么真实，以至于根本就没办法怀疑。早在自己部落的时候，嫦娥不止一次地看见女人生孩子，她知道小孩子应该从什么地方钻出来。嫦娥相信自己肯定是遇到妖精了，于是就歇斯底里叫喊了起来。嫦娥的叫声把大家都惊动了。天已经黑了，大家举着火把赶来，最先赶到的是毛氏，她居住的茅屋离嫦娥最近，几步路就到了。毛氏立刻也被眼前的景象惊呆，她张开了大嘴，隔了好一会，才像嫦娥一样叫出声来。陆陆续续的人都赶到，谁都不相信自己所看到的一切。

最后赶到的是吴刚。他睡得正香，正沉浸在一个很美妙的梦中，突然被大呼小叫的声音惊醒了，感到很不爽，很不愉快。吴刚的睡眠一向不好，今天恰恰是睡得最香甜的一次。他很不情愿地来到嫦娥的茅屋，一进屋就大声呵斥乱叫唤什么，有什么事情要这么鬼哭狼嚎，就算是天塌下来，也用不着如此惊慌。

一氏说："这件事，也就跟天塌下来差不多。"

"胡说！还有什么事，能和天塌下来相比？"吴刚一眼看到了地上躺着的孩子，半天说不出来，"这，这——这是从哪里冒出来的？"

"我说这家里出了妖精，"二氏没好气地说，"怎么样？一点都不错！"

嫦娥说："不是妖精，是个小孩。"

"什么小孩，就是妖精！"

吴刚大怒："胡说，哪来的什么妖精！这个家好好的，怎么会有妖精？你们为什么不都睁开眼睛好好看看，好端端的一个孩子，怎么会是妖精呢？"

仍然在地上躺着的那个孩子，似乎听懂了吴刚的话，居然神奇地转过小脑袋，目不转睛地看着吴刚。人的眼神是可以交流的，吴刚一看到小孩那双明亮的眼睛，立刻认定他与自己有缘；如果没缘，孩子绝不会这么含情脉脉地盯着他看。更让大家吃惊的是，孩子不仅用眼睛盯着吴刚，他竟然从蛋壳似的碎片中坐了起来，然后又弯下腰，麻利地爬到吴刚脚跟前，抱住了他的腿要往上爬。

吴刚被孩子的天真幼稚惊呆了，他弯下腰，将还沾着黏糊糊血渍的孩子抱起，那孩子突然格格地笑起来。

尽管事情有些不可思议，吴刚还是毫不犹豫地收养了这个小孩。就像毛氏只花了五个月，就生了一个又白又胖的儿子一样，吴刚同样相信这是老天爷开恩，再次赠送给他的一件礼物。男丁兴旺怎么说都是好事。吴刚为这孩子起了一个名字叫羿，并准备让他随自己的姓，姓吴。这个决定立刻受到了那些有身份的长老的质疑，他们觉得吴刚的做法很不妥，于是派造父前来与吴刚进行谈话。

造父是有戎国手艺最巧的男人，地位要比小刀手吴刚高出许多。他的突然来访，吴刚感到很高兴。在有戎国，地位高的人到地位低的人家去做客，通常是个很大的面子。吴刚把造父当作贵客接待，慷慨地送了头小猪崽给造父。造父愉快地接受了，他感谢吴刚的好意，送一头猪崽确实是很不错，不过他今天的到来，并不是贪恋什么礼物，而是还有更重要的事情要谈。

造父提出要去嫦娥的屋子看看，吴刚一口答应。于是造父抱着小猪崽，在吴刚陪同下，去了嫦娥那里。嫦娥对造父的来访颇感意外。大家都在第一时间里认出了对方，嫦娥立刻想到了眼前这个抱着小猪崽的男人，当初就是他带走了末嬉。造父也想起她是那个闹着要与末嬉一起跟他回家的女孩。时间隔得并不太久，造父有些后悔，眼下这位抱着羿的嫦娥，显然要比末嬉漂亮，虽然个子有些瘦小，却是个难得的美人胚子。他不明白自己当初中了什么邪，偏偏会选中了末嬉。吴刚向造父介绍情况，言语中不无卖弄。造父心不在焉地听着，等吴刚唠唠叨叨把话说完，他很仔细地询问了几个问题，嫦娥一句一句回答。造父边问边听，不住地点头，问题问完，意犹未尽地把小猪崽递到吴刚手里，很亲热地伸出手，从嫦娥怀中接过正格格傻笑的羿，哄普通孩子一样地逗他玩了一会，然后把羿还给嫦娥，对吴刚使了使眼色，示意他到外边去进行正式谈话。

造父对吴刚说："这个孩子既然已经叫羿，那就让他叫羿吧，不过姓吴绝对不可以。"

"这孩子既然是我的儿子，凭什么不能随我的姓？"吴刚不明白造父为什么要这么说，满是疑问地看着造父，"他难道不是我的儿子？"

造父十分肯定地说："他不是，不是你的儿子。"

吴刚感到很沮丧，不知道如何反驳才好。

造父说："如果羿是你的儿子，他娘又是谁呢？"

吴刚毫不犹豫地说："当然是嫦娥。"

"不"，造父根本不允许有这个说法，"那个小女人不可能是羿的娘，她不是。"

吴刚嘀咕说："那是谁呢？"

造父说："谁都不是。这孩子的身份的确很可疑，非常可疑。我刚细细地观察了一番，你的那个小女人，一点都不像刚生过孩子；那个刚出生的孩子，那个羿，也不应该有那么大，他现在那样子，起码得有一岁了。"

吴刚不得不承认这是事实："这孩子，是长得快一些。"

"不是快一些，"造父强调说，"是太快了一些。"

"长得快，难道不是好事？"

造父非常严肃地告诉吴刚，有戎国的男人马上就要出征，大战在即，处理任何事情必须十分谨慎。对于如何处理这个来历不明的孩子，有戎国长老的意见并不统一。他们的意见尖锐对立，有的主张将羿杀了祭天，也有的明确反对，理由是害怕因此得罪了神灵。经过争论，大家一致决定，暂时先保持现状。如果有戎国的征战旗开得胜，羿的性命就可以保留；反过来，便立刻将羿杀了。吴刚明白造父的意思，有戎国长老有权决定羿的生死。长老们说羿可以生，就可以活命；长老说应该死，就在劫难逃了。

第四章

有戎国的出征旗开得胜，所向披靡。胜利的消息不断地传回来，吴刚十分高兴，因为羿的小命不再受到威胁。与此同时，羿正以惊人的速度成长，很快就学会了走路，身体疯狂地发育，一天一个变化。有戎国的男人胜利班师的时候，羿的身高已快赶上六七岁的男孩，这时候，嫦娥已经没办法抱动他了，她对他表示亲热，只能是搂着他。羿的智力仍然停留在几个月的婴儿水平上，他不会说话，随时随地大小便，把秽物弄得到处都是。

有戎国捕获了大量的战俘。根据惯例，女俘被再次分配一空。有戎国的男人开始有些受不了。尽管女人本身代表着一种财富，是男人的炫耀资本；然而太多的女人，却意味着生活成本的增加，没有那么多现成的茅屋，让这些新来乍到的女人居住，粮食短缺也很快成为一个严重问题。捕获回来的大量男孩也让孩子营负担过重。为此，长老们开了好几天会，争论来争论去，最终做出两个强制性决定：首先，立刻建立孩子学校。孩子学校在孩子营的基础上扩建，以往的那个孩子营，无论人数还是规模，已远远跟不上形势发展。其次，有戎国男人要共同承担学杂费用，必须按自家的人口数量，向孩子学校纳税。

孩子学校的选址，最终定在半山腰一个巨大的山洞里。与原来的孩子营相比，新建的孩子学校规模大了许多，更便于军事化管理。在这里接受训练的，是历次战斗中捕获的男孩，来自不同国度不同部落。进入孩子学校前，必须被割掉睾丸，只有经过了这道生死考验，才能有幸成为正式的学员。随着有戎国地盘越来越大，军队的数量也越来越大，孩子学校可以最有效地补充兵源。不过，培养和训练的成本也是巨大的，从羸弱孩子变成骁勇善战的武士，要经过一个近乎漫长的过程。

小刀手吴刚最累的一个活，就是负责对男孩进行阉割。这是项吃力不讨好的工作，在那些特定的日子里，总是累得喘不过气来。手术成功率并不是很高，经常会有预想不到的意外。有戎国的男人都希望能去外面征战，像一个真的男人那样拼杀，他们可不愿意像吴刚那样，成天捏着一把小手术刀，专门与男孩子的生殖器过不去。手术是在后山一个深深的冰窟里进行，在这里，由于温度低，被割了睾丸的男孩更容易存活下来。这是经过多年摸索得出的经验，在冰窟里做手术，不容易被细菌感染，还有一种奇特的麻醉效果。低温会让人感到麻木，生殖器官变得最小，阴茎缩上去了，睾丸缩上去了。这时候抓住两个睾丸，轻轻地揉捏，用细绳子将它们捆紧，阻塞住血液流通，然后用很锋利的小刀，在阴囊表皮上切开一小口子，将两粒蛋黄状的睾丸挤出来，把它们一刀割下来，便算大功告成。

有戎国男人凯旋归来的那一阵，照例是吴刚最繁忙的日子。别人庆祝狂欢，他却得加班加点，全身心地投入阉割。由于手术的成功率只有百分之五十，事实上惨死在吴刚手术刀下的人，比有戎国最英勇善战的勇士杀的都多。终于有机会喘一口气，吴刚终于干完了有史以来最繁忙的阉割任务。血淋淋的睾丸堆成了一座小山丘。他累得腰酸背疼头昏眼花，连小便都失禁了。冰窟里的寒气让他差点大病一场。吴刚筋疲力尽，最后是助手把他背回了家。

吴刚在床上昏睡了一天一夜。他的辛劳因此也获得了应有回报，有戎国的长老经过开会研究，决定免除他家应向孩子学校上缴的税额，同时，还奖励了三袋稻谷和两个女人。吴刚很快恢复元气，就在下床的那天，造父又一次登门拜访，开门见山，和吴刚商量如何处置羿：

"说到羿这个孩子，外面已有了很多议论，这事也不用我再费口舌，你吴刚一定早有所闻。"

吴刚不在乎地说："别人要说，就让他们说好了。"

"这个事，可不是说说就算了，"造父显然不赞成吴刚的话，"难道你不觉得这孩子太过奇怪了吗？"

吴刚无话可说，傻乎乎地笑起来。

造父说："你也知道这个事，不同寻常！"

吴刚不在乎："不同寻常就不同寻常吧。"

"听说这孩子一个多月就会走路，现在已像六七岁的小孩一般高大了？"

"这孩子也没什么别的能耐，就是长得快。"

"这个难道还不叫能耐？"造父严肃地说，"你想过没有，这个到底是不是好事？"

吴刚老老实实地做了回答："我倒是没有想过。"

造父也知道他没有想过，谆谆告诫："人不能不动脑子，人要经常想到为什么。为什么羿不像其他孩子那样，为什么会生长得这么快？得好好地动脑子想一想，要多想几个为什么。"

"为什么？"

"这不是要你多想几个为什么吗？"

吴刚还是想不通为什么，不当回事地说："羿还是个孩子，他还是孩子。"

"也许很快就不是，"造父危言耸听，"照这样发展下去，我是说按照这样的生长速度，羿很快会成为一个男人，成为一个大男人。我不得不郑重地提醒你，吴刚，他可是来历不明，一旦他成为一个男人，他不但会睡你的女人，还会睡你的女儿，你好好地想想这个事。"

吴刚目瞪口呆，这个问题他过去确实没有想到过。

造父继续危言耸听："他不仅会睡你的女人，睡你的女儿，而且很可能会睡其他的女人，睡其他人的女儿。到那个时候，真闯下了这样的大祸，你想想，你好好想想。"

吴刚觉得这个事情有些严重。他开始手足无措，很虚心地向造父请教，应该如何处置羿这个孩子。事到如今，既然后果有可能像造父说得那么可怕，吴刚愿意听从造父的意见。吴刚也知道，造父的意见不仅是代表他自己，肯定还代表了有戎国的长老。

吴刚说："你说吧，我一定按照你的话办。"

造父觉得是该发表自己意见的时候了，他看着吴刚，十分坚定地说："把羿送到孩子学校去。"

为了要把羿送到孩子学校，吴刚又失眠了。他元气刚刚恢复，又再次感到筋疲力尽。造父的建议得到家庭中大部分女人的赞同，这些女人并不包括嫦娥，也不包括吴刚的那些女儿。吴刚的孩子都喜欢羿这个弟弟，并不觉得羿的离奇古怪有什么不好。要把羿送走，最高兴的莫过于二氏，她双手赞成把羿从这个家撵走。从一开始，她就对羿有着一种不共戴天的仇恨。嫦娥在家里没有说话的地位，只能暗暗地抽泣。自从听说要送羿去孩子学校，她就没有停止过流泪。巨大的悲伤笼罩在她心头。想到过去的这一段时间，她与羿一直相依为命；想到羿给她带来的那些快乐，这些快乐即将化为幻影，嫦娥不由得有一种心碎的感觉。吴刚看到嫦娥没完没了流眼泪，心里有些不乐意，悻悻地说：

"哭也没用，你哭了，我还是要把他送走，我就是要把他送走。"

　　吴刚内心也舍不得把羿送走。他嘴上虽然很凶，心里却像嫦娥一样不好受。他把羿叫到了自己面前，语重心长地说了一番话，希望他不要怪罪自己："孩子，不是我要把你送走，说老实话，这个事也不能完全怪我。我也是没办法，不能不把你送走，你懂不懂你爹我说的话？"羿只会眨巴着眼睛傻笑。他是个哑巴，身高虽然已像六七八岁的孩子，却连一个最简单的词都说不出来。吴刚叹了一口气，说："你要是能听懂你爹我的话，你就点点头。"羿仍然是傻笑，不知道吴刚在说什么，他爬到了吴刚的身上，伸出手去抓他的胡子，用劲拉着。

　　吴刚说："你不管去什么地方，你还是我的儿子。"

　　吴刚又说："不管你是不是我的儿子，你这个儿子，我都是认定了。"

　　第二天，吴刚让羿美美地吃了一顿，带他去后山的冰窟。临行前，嫦娥抱着羿痛哭了一场，哭得死去活来。说起来都让人感到难以置信，经过了这一夜，羿似乎又长高了不少，现在，他的小脑袋已到了嫦娥的胸口那里。嫦娥抽泣着，但是无论她怎么哭，怎么痛苦，羿都是只会傻笑，动不动就格格地笑出声来。这时候，女卯女辰女巳也闻讯赶出来，搂住了羿一起痛哭。

　　吴刚做出不耐烦的样子，说："哭，哭，就知道哭！有什么好哭的？"他嘴上这么说，却故意多留给她们一些时间。吴刚知道男女的最大区别就是女人喜欢哭，她们高兴的时候是哭，不高兴了，也是哭；除了哭，什么正经的事都干不了，女人都是哭死鬼投的胎。吴刚把吴能吴用以及其他几个儿子都叫了过来，说你们几个好歹也是兄弟一场，都跟羿道个别吧。几个儿子都过来了，围着羿有些依依不舍，却不知对他说什么好。

　　吴刚说："好了好了，男人和女人不一样，你们哥几个，用不着在这个时候哭鼻子掉眼泪。"

　　离别的时候终于到了，嫦娥伤痛欲绝，女卯女辰女巳大声嚎叫，羿却像没事人一样，完全无动于衷。吴刚说："儿子，我们上路吧。"羿立刻显得很兴奋，仿佛是要带他去什么好玩的地方。吴刚说："真是个傻儿子，事到如今，还不知道自己这一去，再也不能回到这个家来了。"说完了这话，吴刚自己的眼泪也忍不住要流下来。

路过孩子学校时，吴刚有心带羿先去转一圈。虽然已经为无数男孩做过阉割手术，对于手术是否成功，他仍然没有把握。吴刚决定让羿先看看学校的环境，如果手术成功，这里日后便是羿的归宿之地。不久前做了阉割手术的那些孩子，目前都在后山的山洞里静养，还没有来得及送到这来。他们现在能看到的孩子，都是从原来的学生营转过来的，他们有的已经很大了，到明年就可以随着有戎国的男人一起出征。

"羿，看见没有，以后你就会和他们一样，"吴刚指着那些正在练习博杀的学生，"以后你会像他们这样，成为最勇敢的男人。"

吴刚说完就不吭声了，因为他知道自己是在欺骗羿，阉割了的男人，自然不能再叫作男人了。一想到这个，吴刚就感到说不出的歉意。羿对他所看到的一切毫无兴趣，使劲拉了拉吴刚的手，示意他继续往前走。

"你着什么急呢，"吴刚有些哭笑不得，"我马上就要把你的那个玩意割了，你急什么呢？"

羿突然张开嘴，咿里哇啦叫了起来。

"怎么了，你想说什么？"

羿仍然咿里哇啦。

吴刚叹了一口气："光长个子有什么用，又不会说话，有能耐，你就叫我一声爹。"

羿咂巴了半天嘴，突然冒出了这个字："爹。"

吴刚不敢相信自己的耳朵，对羿大声嚷起来："你、你真的是在喊我爹？"

羿的发音十分清晰，又叫了一声："爹！"

"真是在叫我爹，这小子是在叫我爹！"吴刚很激动，没想到此时此刻，竟然出现这样的奇迹，"我马上就要把你的那玩意割了，你偏偏到这时候才想到叫我爹，你、你早干什么了？"羿似乎觉得叫爹挺好玩，一声接一声地叫着，一边叫，一边乐。吴刚看了看四周，见没什么人影，便放开喉咙大哭起来，一边哭，一边责怪羿："你到现在才想到叫我，你早干什么了，早干什么了！"吴刚仿佛是个受了委屈的小孩，这一哭，就没完没了。

吴刚临了还是把羿带到了冰窟。看着那些堆得像小山丘的睾丸，吴刚的心里很不是滋味。两位助手早已提前到达，一看见吴刚和羿，便迫不及待地迎了过来，拿出事先准备好的绳子，将羿结结实实地捆了起来，又在羿嘴里塞了根树枝，防止他在挣扎时咬到舌头。

羿没有表现出任何惊恐，相反，他觉得这么做很好玩。吴刚见羿这样没心没肺，忍不住又叹了一口气。事已如此，他也不再犹豫，从身上掏出专门用来阉割的小刀，柔声细语地安慰羿：

"看见没有，这刀很快，我还要再磨一下，我要让它变成世上最快的一把刀，没有什么刀能比它更快，绝对没有，绝对不会有。"

当着羿的面，吴刚轻轻地磨那把小刀，时不时试试刀锋。他在自己的手指上试着划了一下，对刀的锋利感到满意。"好刀，真是一把好刀呀，羿，你看，一点都不疼。"血从吴刚的手指上涌了出来。看见殷红的鲜血，羿的脸上似乎流露出了一点害怕。吴刚连忙安慰他："儿子别怕，一点都不会疼，一点都不疼的。"

羿脸上又露出了什么都无所谓的傻笑。

助手甲说："笑，这会笑，待会让你哭都来不及。"

听了助手甲的话，羿索性格格地笑了起来。

吴刚说："好吧，你怕也好，傻笑也好，反正我是要动手了，我马上就要动手了。"

两个助手将羿按住，分开了他的两条腿。羿虽然人小，力气却很大，大得有些出人意外。两个助手刚把他两条腿分开，羿便毫不费力地又夹了起来。

吴刚说："你们俩没吃饭呀，用点劲好不好！"

两个助手用力将羿的腿分开，用足了劲，刚分开，羿又毫不费力地夹住了。一来一去，反复了好几次，吴刚终于有些不耐烦，有些生气，对羿大喝了一声：

"别闹了，赶快把你的腿分开。"

羿听了吴刚的话，十分听话地将两条腿分开了。吴刚让两个助手这次一定按牢了，他抓住了羿的阴囊，轻轻地捏着揉着，用细绳子将阴囊的上端套住，扎好，打了一个死结。然后用小刀在阴囊表皮上划一道小口子，将里面的睾丸挤了出来，用最快速度将它割下来。让吴刚和两个助手感到惊奇的，是羿竟然没有做出任何反应，而其他的被阉割的孩子，在这个悲哀的时候，无一不是惊天动地的鬼哭狼嚎。

助手甲喃喃地说："这、这到底是怎么一回事？"

"邪了门了，"助手乙也觉得这事不可思议，"这小子居然会一声不吭！"

吴刚没有说话，他抓紧时间，将羿的另一粒睾丸用最快的速度割掉。这时候的动作越快，痛苦也就越小。羿仍然是无动于衷，根本就没有表现出有太大的痛苦。经吴刚之手割掉的睾丸已数不胜数，发生这样的咄咄怪事还是第一次。接下来，虽然羿没有表现出什么痛苦，阉割之后的一些最基本护理，还得照常进行。助手乙拿了一把碎冰碴屑过来，均匀地撒在了羿的伤口上。

冰窟里的温度奇低。现在，手术已经结束了，下一步要做的事情，就是将羿送到冰窟上面的一个山洞休养。羿被绑在一张事先准备好的竹排上面，所有被阉割的孩子都得这么绑着，因为手术之后的剧烈疼痛，很可能让那些痛苦不堪的孩子，做出意想不到的危险动作。山洞里躺着许多被阉割的孩子，虽然已经过去了好几天了，钻心的疼痛仍然在折磨着他们。可怜的孩子一个个被绑在竹排上，东一个西一个搁在地上，龇牙咧嘴地呻吟着。这些孩子都还没有度过危险期，死亡正在威胁着他们。他们中间的有些人，很快就会死去，而幸存下来的将送到孩子学校，在那里被训练成为有戎国的武士。

吴刚他们出现的时候，孩子们异口同声地狂喊起来：

"快拿冰碴屑过来，拿冰碴屑过来！"

冰碴屑是唯一的也是最有效的止痛剂，每到这个繁忙的日子里，有戎国不得不安排许多人手，专门为被阉割的孩子去取冰碴屑。因为使用了太多的冰碴屑，地面上显得肮脏不堪，到处都是融化的带着血迹的冰水。接下来，羿就将被遗弃在这里。吴刚为他挑选了一块看上去略为干净一些的高地，这里可以离湿漉漉的地面远一些。对于很快就要到来的危险，羿自然是一无所知，与那些被阉割的孩子在一起，他感到的只是一种新鲜感。羿东张西望，不明白为什么他们一个个都是愁眉苦脸。看着羿无忧无虑，吴刚心神不宁，他不知道羿能不能度过危险期，什么样的事情都可能发生，说不定就会没事了，许多孩子便是这么活下来的；但也说不定会丢了性命，这样的悲剧吴刚实在是看得太多太多。

"羿，你爹我只能走了，就让老天保佑你吧。"吴刚不知道结局会怎么样，事已如此，只能听天由命。"你小子能不能活下来，全看你的造化了。"

助手甲说："放心好了，这孩子命大，死不了。"

吴刚扭头就走。羿看着他离去的背影，突然一个劲地嚷嚷开了。羿一个劲地喊着"爹，爹，"显然是不愿意吴刚离去。他只会喊这一个字，而这一个字，也还是刚学会不久。在羿一声声的呼唤声中，吴刚突然感到于心不忍，他转过身来，再次走到羿的面前，充满柔情地对他说：

"好吧，你既然不乐意我走，我就再陪你一会，谁让你这个小杂种是我的儿子呢。"

第五章

自从羿被送往孩子学校，嫦娥痛苦了很长一段时候，觉得很不习惯，漫漫长夜来临，怎么也睡不踏实。似梦非梦中，她无数次地看到了羿，羿直挺挺地躺在地上，已经咽了气。吴刚告诉嫦娥，那些被阉割的男孩十有八九都活不成，他这么说，是想断了嫦娥的思念，但是她却当了真。嫦娥相信羿真的死了，一想到他已经不存在了，便心如刀绞。为了摆脱内心的寂寞，嫦娥去猪圈抱了一头小猪来与自己做伴。这个荒唐举动引起了吴刚的愤怒，也引起了其他女人的讥笑。现在，吴刚已是一个有九个老婆的男人。对于这九个女人，他一视同仁，绝不过分宠爱谁，也不会亏待谁。吴刚轮流到这些女人的茅屋里去睡觉，通常情况下，仅仅是去睡个觉，他从来就不是纵欲过度的男人。

"要是你真觉得，搂着头小猪睡觉更有意思，那我以后再也不到你这来了。"吴刚警告嫦娥，让她把小猪送回去，"这事绝不能容忍，我不能跟猪睡在一个屋里。"

第二天，嫦娥把小猪送回了猪圈。小猪欢叫着奔向母猪，母猪也冲过来迎接它。看着它们做出种种亲昵的动作，看着它们闻来嗅去，哼哼唧唧地叫个不停，嫦娥感到一种从未有过的失落。在猪圈的角落里，她发现了一块残留的葫芦碎片，这是羿诞生时留下的。羿从崩开的葫芦里钻出来的情景，再次出现在嫦娥眼前。羿满是血污地站在那里，神情木然地看着她。可惜这只能是幻觉，嫦娥知道，羿已经不复存在，他已经死了。

嫦娥捡起那块碎片，情不自禁放在了胸口上，把它带回了自己的屋子。碎片上面有个小洞，她找了一根绳子，从小洞里穿了过去，把碎片挂在脖子上当装饰物。这玩意给了嫦娥一些安慰，她觉得自己已把羿忘得差不多了。

造父带着末嬉又一次到吴刚家来做客，出乎所有人的意外。吴刚感到非常荣幸，因为他此次前来，与前两次完全不一样。造父并没有带什么指示来，他不是居高临下地跑来指手画脚，吩咐吴刚干什么和怎么干。这一次，他仅仅是来做客。

原来是造父的妻子末嬉想见嫦娥，她突然心血来潮，一定要造父陪她过来看看。末嬉这时候已经怀孕六个月了，她的肚子滚圆，走起路来摇摇晃晃，像一只神气十足的鸭子。在有戎国，怀孕的女人向来会得到男人的宠爱，因为在这个时候，女人的肚子里正孕育着男人与家族的未来。这时候，女人提出任何要求，男人都应该尽量满足。嫦娥与末嬉分别之后，这是第一次见面。一见面，末嬉就大叫起来，说嫦娥人长高了："原来你要比我矮半个头，可是现在，你差不多都要比我高了。"

"你不这么说，我还真不会想，"嫦娥发现自己确实是比末嬉高了，这是一个从来没有意识到的变化，"看来我真的是长高了。"

末嬉说："你现在是个标准的女人了。我们上次分手，你还是个孩子。"

末嬉与嫦娥同年出生，她这么说，其实也是在说自己。现在，末嬉不仅是个标准的女人，而且是个怀了孕的女人。看得出，末嬉目前的生活状态很不错，她的一招一式，都有些在卖弄自己。今天的末嬉仿佛又回到了从前，在从前，她一直习惯于在嫦娥的面前占上风。一时间，嫦娥似乎也跟着末嬉，回到了已成为过去的岁月里。

嫦娥十分羡慕地摸着末嬉滚圆的肚子，摸得她格格地笑了起来。

嫦娥说："你就要当妈妈了。"

"是的，我就要当妈妈。"末嬉按捺不住得意，神采飞扬，"我很快就要当妈妈了，我要一个接着一个地生小孩，生很多很多小孩。"

"我真的很羡慕你。"

"就像过去那样，我总是很让你羡慕，不是吗？"

"是的，就是这样。"

"我一直都比你强，不是吗？"

"是的，你一直都比我强。"

"你为什么不像我一样，也怀一个孩子呢？我跟你说，怀孕很有意思，大着肚子的感觉很好，真的很好。"

末嬉与嫦娥十分热闹地说话，忘乎所以。造父和吴刚在一旁看着，喝着用一种树叶煎的茶水。造父的眼睛不住地看嫦娥，他突然回过头来，告诉吴刚他已经有了二十个儿子，而末嬉很可能会为他生下第二十一个儿子。人丁兴旺对于有戎国的男人来说，永远是件值得骄傲的事情。造父的洋洋得意，让吴刚感到些自叹不如，虽然他也有九个老婆，可是自从毛氏来了五个月后就生了一个儿子，他的家就再也没有添过小孩。

拜访结束的时候，末嬉热情洋溢地邀请嫦娥去做客。造父接着这话，叮嘱吴刚一起，并让他千万不要忘了这事。他这话表面上是说给吴刚听的，可他的眼睛却一直死死地看着嫦娥。自从来到吴刚家，造父的眼睛不知不觉地老盯着嫦娥，嫦娥让他看得有些不好意思。末嬉早就注意到了造父不同寻常的眼神，不过她很有心机，只当作什么也没有看见。吴刚毫无知觉，他言辞恳切，说自己即使会忘了吃饭，忘了睡觉，也绝不会忘记这个邀请。能够拜访造父这样有身份的人家，是件非常荣幸的事情。为了表示对造父的感谢，受宠若惊的吴刚准备再送一只小猪崽给造父：

"我知道，对你这样有身份的人，一只小猪崽，实在算不了什么，但是，它起码可以代表我的一点小心意。"

对于吴刚的热烈反应，造父并不是太领情，有身份的人遇事，必须经常摆一点小架子才行。他皱了皱眉头，说："这样吧，你们来的时候，把那小猪崽带上就可以了，我们现在还要到别的地方去转转。"

这以后的几天里，吴刚显得非常兴奋。激动人心的那天终于来了。吴刚抱着一头嗷嗷叫唤的小猪崽，带着经过精心梳洗的嫦娥，兴致勃勃地去造父家回访。与吴刚家的简陋不同，造父家殷实富裕。这次拜访让吴刚大开了眼界。在有戎国，造父还不是最有身份的人家，他家已经如此，那些更有身份的长老，必定更加让人难以想象。

造父架子十足地接待了他们，既不是很热情，也不是很冷淡。他带着吴刚和嫦娥四处走了走，让他们参观自己的作坊。与上次到吴刚家拜访一样，造父的眼神总是不停地围着嫦娥打转，他根本就不把吴刚放在眼里。造父的作坊是个很神奇的地方，并不是每一个有戎国的人都会有参观的机会。作为有戎国最伟大的能工巧匠，他的作坊果然是名不虚传。吴刚和嫦娥几乎是一下子就傻了眼，作坊里那些琳琅满目的小玩意，那些精制优美的手工艺品，立刻让他们目瞪口呆。

造父说："我知道你们从来没见过这些稀奇的玩意，今天就让你们好好地开开眼吧。"

吴刚和嫦娥所见到的，确实是闻所未闻。嫦娥随手从地上捡起一个东西，造父立刻和颜悦色地警告要千万小心。这是刚研制出来的一种很有杀伤力的新式武器，他为它命名叫弩。嫦娥连忙小心翼翼地将弩放回地上。造父走过去，微笑着将弩重新捡起来，示范给他们看。他让吴刚拿着一个草靶，走出去约二十步远，站在那里不要动弹，然后他进行瞄准，扣动扳机。由于并不知道这是一个什么东西，举着草靶的吴刚毫无畏惧，他的脸上还带着憨笑。突然，脱了弩的箭向他直飞过去，一支利箭深深地扎在草靶上，箭头从背后露出一截，清晰可见，大惊失色的吴刚差一点吓出尿来。

"我的妈呀！"他大喊一声，连忙把手中的草靶扔向一边。

造父说："我要是真射向你人的话，你立刻就没命了。"

吴刚半天说不出话来，他的身上一阵阵地往外冒着冷汗。造父又从地上拿起一个用几根小竹管做成的东西，在那些竹管的上面，有一个个小孔。造父把它放在嘴边试图吹气，吴刚吓得躲到了嫦娥的身后，他害怕从那个怪怪的小玩意里，会飞出什么意想不到的秘密武器。然而这一次并没有什么东西飞出来，从那个怪怪的小玩意里，传出的是一种非常优美动听的声音，好像是鸟在叫，但又不是真的鸟在叫。

"这是什么玩意呢？"嫦娥十分好奇地问着。

"这是箎。"

"箎？"吴刚看它不像是有什么危险的样子，便走近细看，"箎是干什么用的，它也能用来杀人？"

"并不是什么东西都是用来杀人的，"造父说，"它就是让人听个响。你们难道不觉得这声音很好听？"

嫦娥说："确实很好听，你能不能再让我们听听？"

造父又把那个叫箎的小玩意放在嘴边，轻轻地吹起来。奇妙动听的音乐，顿时在空气中流动起来，一阵一阵，仿佛是有一群小鸟在周围飞来飞去。嫦娥完全被这个从未听过的音乐给怔住了，她没有想到世上竟然还会有这么好听的响声。

待奇妙动听的音乐完全停止，吴刚感叹说："好东西，看着不起眼，可真是个好东西！"

造父说："要说到好东西，我这里没有一样不是。"

"了不得，真的是很了不得。"

嫦娥不知道说什么好，既然吴刚赞不绝口，她也就用不着再说什么了。面对吴刚的称赞夸奖，造父觉得自己是理所应得。他放下手中那个会发声的筎，又随手拿起搁在架上的一个小钵子，钵子里是一种黏糊糊的液体。吴刚和嫦娥的眼睛再一次瞪大了。造父用一根小棍轻轻地搅着那液体，不无得意地说："要说了不得，这个才是真正了不得的东西。"

造父告诉他们，这个叫续弦胶，又叫鸾胶，是用凤喙与麟角熬制的。它可以把任何断了的东西粘上，因为它的黏性实在是太强了，甚至可以把已经断了的弓弦重新粘在一起。这也就是它为什么会取名叫续弦胶的直接原因。"世界上没有它粘不上的东西。"造父怕他们不相信它的魔力，决定当场为他们表演一番。他拿了一张弓过来，把弓弦用刀割断了，然后再用续弦胶将断了的弦重新粘上，略等片刻，让吴刚进行测试。吴刚傻乎乎地接过了弓，只见那断弦的地方，果然是重新粘上了，怎么使劲拉弓，都不能把粘上的地方拉开。

"知道有戎国为什么战无不胜吗？"造父神秘地笑着，眼睛看着嫦娥。"很重要的一个原因，就是我们的士兵使用的武器，一旦出现了一些什么问题，总是可以很快就能修复。要知道，实际战斗中，修复一件武器，远远要比重新造出一件武器来，容易得多。"

这时候，吴刚终于明白了，在有戎国，为什么造父会比他吴刚更有地位，更能得到大家的尊重。与造父巧夺天工的手艺相比，吴刚阉割睾丸的那点小伎俩，实在是不值一提。

　　参观完了作坊，嫦娥正式有机会去看望末嬉。看望末嬉才是今天的正题，才是嫦娥来访的真正目的。造父让吴刚在专门用来会客的地方，先耐着性子等上一会，他要亲自送嫦娥去末嬉那里。吴刚一个人留了下来，虽然有些意外，但是他还是觉得造父的这个安排，自有它的一番道理。末嬉是造父的女人，像造父这样有身份的人，绝不会允许别的男人随随便便地去自己女人住的地方。

　　在通往末嬉住处的小路上，造父向嫦娥大献殷勤，欢迎她经常过来看望末嬉。造父说嫦娥将成为一名非常受欢迎的客人，只要她愿意，随时随地都可以过来。说完这几句话，造父停下脚步，偷偷地往四处看了看。他神色诡异的样子，让嫦娥摸不着头脑。造父见周围没有什么人，很大胆地出手了，他把手放在了嫦娥的屁股上，重重地捏了一下。这是公然地对嫦娥进行挑逗。造父情不自禁，说你知道不知道，你的屁股很可爱，我可以肯定，这一点，吴刚那个呆瓜，他根本就不知道。嫦娥感到有些意外，虽然这只是第一次，但她并不是太反感这样的挑逗。造父的话显然是对的，吴刚压根就没觉得嫦娥的屁股有什么可爱，他甚至都没有捏过她的屁股。

　　造父进一步抓住了嫦娥的乳房，放肆地捏了几下，这一次，嫦娥做出了本能反应。她不喜欢人家这么捏她的乳房。因为嫦娥的拒绝，造父没有得寸进尺。他们继续往前走，很快，来到末嬉的住处。末嬉正躺在那里休息，嫦娥的来访让她喜出望外。

　　"好吧，有什么话，你们就痛痛快快地说吧，"造父把嫦娥交给了末嬉，转身就走，十分幽默地补充了一句，"我呢，还得去陪那个傻乎乎的家伙。"

　　末嬉不知道造父说的那个傻家伙是谁。

　　"还能有谁，"造父看了一眼嫦娥，对末嬉说，"她的那位傻男人呀。"

　　嫦娥扑哧一声笑了。

造父在嫦娥的笑声中离去，在身影即将消失的时候，他又回过头来，含情脉脉地看了嫦娥一眼。末嬉对刚发生的事情，仍然有些想不明白：

"他说你的男人傻，这个有什么可笑。"

嫦娥想说自己的男人是有些傻，但是没有把这话说出来，而是改口说："我就是忍不住想笑。"

末嬉对嫦娥的回答并不满意："我还是不明白，这个有什么好笑？"

嫦娥说："我也不知道，反正我就是想笑。"

末嬉说："好吧，你要想笑，就笑吧。"

几天不见，末嬉的肚子看上去更大了。一个女人大着肚子的模样，真是很可爱。嫦娥突然又有了一种忍不住要抚摸它的冲动，她以商量的口吻问道：

"末嬉，我能不能再摸摸你的肚子？"

"我的肚子有什么好摸的，不过你要真的想摸，那你就摸吧。"

末嬉把她的肚子暴露在了外面，高高的一个大肉球，像座小山似的。嫦娥犹豫了一下，把手轻轻地放了上去，在上面来回抚摸着。就像上次一样，末嬉情不自禁又笑起来。她格格地笑了一阵，然后一本正经地问嫦娥，说你不会专程跑来，就只是为了摸摸人家的肚子吧。嫦娥笑着回答，说你说的一点都不错，我就是想过来摸摸你的肚子。末嬉又笑，然后突然不笑了，两个眼珠看着天，木然地瞪着，然后悠悠地说，算了吧，你这么说，骗得了别人，骗不了我。

末嬉说嫦娥你根本就骗不了我，我已经看出来是怎么一回事，你这是想要孩子，想要一个自己的小孩。我知道你为什么会这么想，因为你看到我肚子里有了孩子。凡是我拥有的东西，你总是千方百计地也想得到。说来说去，你还是和当年一样，你是在嫉妒我。

嫦娥不敢相信自己听到的话："你这是在说什么呀？"

"说什么？"末嬉变得咄咄逼人，"我说的难道不对？"

嫦娥不知道末嬉的话对不对，她一时真有些说不清楚自己的想法。也许末嬉的话是对的，事情就是这样。事实上，从童年开始，从有记忆开始，只要是和末嬉在一起，嫦娥就不是很愉快。她和末嬉从来不是什么好朋友，要不是部落被有戎国攻占了，她们根本就不会如此亲密地走到一起。她们本来应该成为仇敌的，就像她们的母亲尤夫人和万夫人那样。现在，末嬉突然把她们之间的那层薄纸，一下子给捅穿了。

末嬉说，嫦娥，看着我住的地方，远比你住的地方好，是不是心里很难受？你心里肯定很难受，结果就是这样，你总是比我差，你注定了要比我差。现在，你住的那个破地方实在太差劲了，你睡觉的地方，怎么可以连一张像点样子的皮褥子都没有呢？

末嬉说，嫦娥，知道我为什么要到你那里去看看？我就是想看看你的日子怎么样。我已经看到了，我都看到了，你过得一点都不好，看到你这样，我真的是很高兴，嫦娥你知道，我很高兴。

末嬉说，嫦娥，如果你看到我过得不如你，你也会高兴的。不是吗？你做梦都希望我不如你，可是事实却是，却是你永远都赶不上我。

回去的路上，吴刚不明白嫦娥为什么一直情绪低落。突然之间，她变得闷闷不乐。相形之下，吴刚完全可以用情绪高涨来形容，一路上都在说呀说呀，滔滔不绝。他告诉嫦娥，造父已经许诺，只要嫦娥生了儿子，他就收这个孩子为徒。造父有很多徒弟，每个徒弟，他只教会一两样手艺。吴刚说，造父已经答应，他很郑重地答应了，只要嫦娥生儿子，他可以多教他几样手艺。

"像造父这样有身份的人，从来都是说话算话。"吴刚显然已被造父的空头许诺大大地感动了，他脑海里此时全是未来的美好前景，并因此有些得意忘形："想想看，我们这是多幸运呀，你要是真生了儿子，我是说真生了儿子，这孩子日后就会变成最有能耐的人，你想想，好好想想——你怎么了，为什么一言不发？"

嫦娥只顾闷着头走路，这让吴刚莫名其妙。

不过，吴刚没有受嫦娥的情绪影响，他仍然兴致很高，仍然沉浸在对未来的美好设计中。这时候，天快要黑了，天空上挂着彩霞。他们来到了一块坡地上，下了这个坡地，就是他们的家。嫦娥突然停下来，目不转睛地看着吴刚。

吴刚再次感到莫名其妙："又怎么了？"

嫦娥一动不动看着吴刚。

吴刚说："你今天的这举动，有那么一点古怪。"

嫦娥仍然是看着他，还是不说话。

"有什么话，就赶快说吧，"吴刚有些不耐烦，"有话快说，有屁快放。"

嫦娥显然有话要说，她说不出来。

吴刚高昂的情绪很受影响，他开始板脸了，一瘸一拐走到嫦娥面前，非常严肃地说：

"喂，你到底想干什么？"

嫦娥突然伸出手，扯住了围在吴刚身上的毛皮，用力一拉，将那块用来遮羞的毛皮拉掉了下来，扔在地上。吴刚毫无防备，被她的袭击吓了一大跳。不过，他很快明白过来她的意思，知道这是在向他发出邀请。一路上，吴刚都在喋喋不休大谈他们的儿子，对于那个并不存在的儿子，已经说了太多太多，他显然忘了必须先得有儿子这么个大前提。

吴刚说："我明白了，全明白了。"

既然是明白，嫦娥便全身心地准备好了迎接他。但是，对于嫦娥的主动邀请，吴刚显然还是有些犹豫。他看了看不远处的家，将地上的那块毛皮捡起来，重新将自己围起来。现在，他的肚子很饿，已经很长时间没有吃东西了，作为一个有些讲究的男人，他不想在肚子感到饥饿的时候，做那样的事情。这是桩力气活，要吃饱了才能做。

"今天晚上，我去你那里，你等着我吧。"吴刚和颜悦色地对嫦娥说，"不过，按说今天应该是在老二的房间里睡觉。好吧，在去老二那以前，我先到你那去，你等着我，乖乖地等着我。"

吃了晚饭，嫦娥果然是乖乖地躺在那里，等候吴刚的到来。她睡的那张所谓的床，其实就是一堆粗糙扎人的茅草。现在，睡在这个粗糙扎人的茅草堆上，吴刚却迟迟不来，嫦娥不由得感慨万千。难怪末嬉会公然地讥笑嫦娥的寒碜。在末嬉的身底下，垫的是一整张的老虎皮，柔软蓬松的毛摸上去舒服极了。一想到这些，嫦娥立刻感到一股不可遏制的恨意。末嬉说得是对的，她什么都比嫦娥强，什么都比嫦娥好。自从尤夫人被万夫人设计害死以后，嫦娥的日子就再也没有比末嬉好过。

尤夫人活着的时候，嫦娥是部落里最受人宠爱的孩子。她是尤夫人最心爱的女儿，是她生前指定的继承人。那时候，末嬉连狗屁都不是。尤夫人是一个伟大的女首领，没有人敢挑战她的权威。那时候的万夫人，只能像条忠实听话的狗一样，摇头摆尾地跟在尤夫人后面。嫦娥记得母亲不止一次关照万夫人，让她仔细照看好自己。那时候的嫦娥，还是个不太听话的小女孩。"我死了以后，你们必须都听嫦娥的话，就像现在听我的话一样。"尤夫人做梦也不会想到，她死了以后，大家会那样对待她的宝贝女儿。其实大家都知道事情的真相，都知道尤夫人是被设计给害死的。嫦娥七岁那年，尤夫人和万夫人还有子姑一起，在大家的眼皮底下走进一个山洞。她们此行的目的，是要与山洞里的一个蛇精对话。可是从山洞里出来的时候，只剩下了血迹斑斑的万夫人和子姑，子姑的舌头已不复存在，满嘴是血。万夫人告诉大家，因为蛇精生了气，它一口把尤夫人吞下了肚子，然后又吃掉了子姑的舌头。

嫦娥沉浸在过去的岁月中。她不时地听到茅屋里有淅淅飒飒的声音，每次都以为是吴刚过来了，可是每次都不是。也许是老鼠在作怪。过去的岁月不堪回首，加上吴刚的迟迟不来，嫦娥感到了一种深深的无奈。百无聊赖之际，吴刚突然从黑暗中摸索进来了，他爬到了茅草堆上，抓住了嫦娥，在她身上一阵乱摸，他摸到了嫦娥的膀子，摸到了她的颈子，摸到她的乳房，摸到了她的肚子，然后又摸到了她的那个地方。

吴刚按捺不住得意：

"你一定在想，我为什么到现在才过来。"

刚开始就结束了，吴刚的办事从来都是这么快，匆匆来了，又立刻要匆匆地去。他告诉嫦娥，自己今天必须要睡到二氏的房间里，规矩就是规矩，规矩不能随便改变。就在吴刚心满意足准备起身的时候，嫦娥一把抱住了他，不愿意他此时离去。吴刚因此有些不乐意，他用力掰开了嫦娥的手指，很生气地说：

"已经跟你说了，不能坏了规矩，我要去老二那里！"

吴刚摸索着离开了茅屋。屋子里有点黑，他一条瘸腿又不太好使，但是这都不是什么障碍。屋子里现在又剩下嫦娥一个人，她赤条条地躺在那里，再次面对孤独。嫦娥知道自己并不愿意回忆过去，血在这个即将开始的漫漫长夜，她只能不无伤感地重温不堪回首的岁月。嫦娥再次陷入辛酸痛苦的回忆中。突然，茅屋里再次传来了淅淅飒飒的声音，嫦娥以为是吴刚又一次回来了，但是立刻知道不是，这绝对不是。吴刚已去了二氏那里，不会再回来。淅淅飒飒的声音越来越厉害，嫦娥不得不从茅草堆上爬起来，借着外面透进来的星光，她注意到墙角落有个黑黑的人影。这一惊非同小可，嫦娥并不害怕，人到了她这一步，已经没什么可害怕的，她只是感到吃惊：

"你是谁？"

黑影子并没有回答。

嫦娥赤身裸体地走到黑影的面前，微微的星光从外面射了进来，她再次问他是谁。黑影没有回答，不过嫦娥已经知道他是谁了。

他是羿。

第六章

孩子学校的第一堂课，就是让那些从阉割中幸存下来的孩子，树立起当武士的信念。树立信念的前提，首先要摆脱心中阴影。必须费尽口舌，让学生明白他们再也不是悲惨的战俘，与过去的生活已完全没有联系。从踏进学校大门的那一刻起，他们就只有一个选择，那就是有戎国未来伟大和光荣的武士。对于他们来说，睾丸的被阉割，只是意味着与过去的彻底决裂，意味着已经脱胎换骨。树立这样一个信念不仅必要，而且必须。在有戎国，为了树立这些学生的信念，孩子学校的地位非常崇高。在学校里任教的教师，都是一些最有身份的人。没有人敢轻视这些学生，任何人对未来的武士只要表现出一丝不恭敬，都将受到最严厉的惩罚。学生的伙食待遇足以让人羡慕，即使到了春季粮食短缺的时候，也能保证足够的肉食供应。

孩子学校对它的学生进行了最残酷的训练，能够经受得住魔鬼训练的学生，才有可能在未来成为武士。学生们被告知，只有成为一名武士，他们的灵魂才可能得到永生。成为武士是学生的唯一目的，也是唯一的出路。可惜羿在孩子学校混了不到一年，便被开除了。学校容不下这个无法无天的孩子，人们一次次试图改变他的种种毛病，最后却发现，在羿身上所下的一切努力都是白费。事实证明，羿身上的毛病一样都改不了。经过一年的观察，大家一致认定，羿这孩子根本就不可能成为武士。

羿的表现屡屡让学校的教师感到沮丧，这个孩子从来就不知道什么叫信念。他是个不会说话的哑巴，不说话，别人也就不知道他到底有没有听懂。反正对羿说什么都是白搭，你说你的，他做他的。在各式各样的格斗训练中，羿总是很轻易地就可以获得胜利，但是他却对输赢根本不在乎。为了讨好那些有好胜心的孩子，羿在训练中常常故意输给人家。大家很快就发现，只要羿想战胜谁，他就一定能够获胜，问题是他根本就不想获胜。

教孩子射箭的布，是有戎国有史以来最好的射手。他表演射箭，常常是让学生头顶一个青柿子，然后站在很远的地方，一箭就把柿子射穿。这样做，既展示了布的非凡才艺，又锻炼了学生的临危不乱。布的教授方法十分独到，他并不是急着让孩子们去射箭，而是先严格训练他们的眼力。他将一只苍蝇系在细线上，让学生目不转睛地盯着它看，经过一段时间的训练，小小的苍蝇看上去已经像一只小鸟那么大了，但是布仍然要求学生继续目不转睛地盯着它看，最后，苍蝇看上去像只又肥又大的鸭子，这时候才让学生准备射箭。

在布的教授下，他的学生个个都会成为优秀的射手，唯独羿经常射不中目标。羿是个注意力集中不起来的孩子，让他久久地盯着吊在空中的苍蝇，根本就是件不可能的事情。其他学生认真地练习着，羿竟然闭起眼睛睡大觉。为此羿不止一次地被布惩罚，但是他顽性不改，有一次竟然故意捣乱，把用来练习射箭的弓弦全部拉断了。尽管很多学生是亲眼所见，但是布绝对不相信羿能把弓弦拉断。羿毕竟还是个孩子，不可能有这么大力气。布更愿意相信，羿只是在玩恶作剧，一定是用什么欺诈手法，蒙蔽了其他孩子的眼睛。

羿的调皮捣蛋，成了所有教师头痛的问题。什么样的惩罚都不管用。羿可以三天三夜不睡觉，也可以三天三夜不吃东西。他不怕热，太阳底下的暴晒对他来说，仿佛是享受日光浴。他也不怕冷，光着身子待在雪地里，羿的额头可以照样冒汗。什么样的惩罚都可能变成一场引人发笑的游戏。有时候，仅仅是为了显示自己的能耐，羿故意闯点小祸招惹惩罚，以此引起其他孩子的注意。

最让人受不了的，是羿每天晚上都会尿床。这是一个不能原谅的毛病。在孩子学校，学生睡的是大通铺，羿常常是哗哗的一泡骚尿，像小溪流一样从大通铺的这一头，一直淌到另一头。在开始时大家都闹不明白是谁干的坏事，因为孩子们都是光着身子睡觉，而且都睡得很死，要想抓到确凿罪证并不容易。寝室里骚气冲天，有戎国的人都喜欢吃大蒜和韭菜，孩子们互相埋怨，不得不怀疑夜里有一只黄鼠狼来干过坏事。他们射杀过黄鼠狼，熟悉它屁眼里冲出来的那股气味。

大家终于知道了是怎么回事。没人再愿意接受羿。他被赶来赶去，从一个大通铺赶到了另一个大通铺，然后接着再换。羿走马换灯似的换着床位，结果差不多所有的大通铺上，都留下了他的尿迹。好像是故意使坏，羿在白天从不撒尿，同伴们发现，他每天只撒一泡尿，这泡憋得很足的尿一定是尿在床铺上。

因为调皮捣蛋和尿床，羿被撵出孩子学校，这件事听起来都不敢相信，然而真相就是如此。大家对羿已完全失去了耐心，终于决定将他驱逐出去。对于一个不配做武士的孩子来说，最好的办法就是请他滚蛋。

这一年里，羿的身体停止了生长发育。他再一次出现的时候，嫦娥吃惊地发现，羿几乎没有任何变化，还是原来的身高，还是一个不会说话的哑巴。他的生长似乎随心所欲，要长就长，可以疯长；要不长就不长，整个身体就跟冬眠一样。

与嫦娥表现出来的激动不同，吴刚对羿的归来不冷不热。在有戎国男人的心目中，一个应该做武士的人，最后竟然没做成武士，这是件很可耻的事情。

吴刚觉得这一次羿让他丢了脸。虽然他不是亲生的儿子，可是吴刚一直拿他当作自己的儿子。现在，这个儿子厚着脸皮又回来了。吴刚便安排他与男孩们住在一起，让大儿子吴能和二儿子吴用照顾他。一切安排停当，吴刚离开了，吴能和吴用迫不及待按住了羿，剥去了他的裤子，察看他阴囊上留下的刀疤。他们急于想知道被割去了睾丸的那玩意，究竟会是什么模样。在过去，只知道父亲是割睾丸的高手，可是直到今天，他们才有机会大开眼界。

吴用说："割掉了卵子，原来是这个样子，有趣，真的是很有趣。我就不明白了，为什么不干脆连鸡巴一起割掉。"

吴能立刻开导吴用："割掉了鸡巴，怎么撒尿？"

其他的几个兄弟岁数还小，朦朦胧胧地听着。吴用继续请教，有人说割掉了卵子，就不能喜欢女人了，是不是这么个道理。吴能说这还用问吗，卵子都叫人割了，怎么去喜欢女人。吴用仍然不太明白，问为什么就不可以，鸡巴不是还在吗。吴能说这事反正跟你说不清楚，你真要是想弄明白，去问爹好了。

羿突然开口说起话来："什么叫喜欢女人？"

这是羿第一次真正意义的开口说话，他自己也觉得吃惊，不相信声音是从自己嘴里发出来。吴能和吴用被他吓了一跳。吴用说："谁说他是哑巴，谁说他不会说话，他不是说话了吗？羿，你把刚刚说过的话，再说一遍。"

羿张开嘴，大着舌头，再也发不出那个声音，他又变成了哑巴。吴用奇怪羿怎么又不会说话了，说你快说呀，张开嘴把话说出来呀。羿的脸色顿时有些发紫，舌头伸出来，又缩回去，就是发不出声音。吴能笑着说，一说他不能喜欢女人，你看他急的，急也没用，急又有什么用呢。其实羿并不是着急，他从来都不急不慢，不慌不忙。他只是奇怪自己怎么就突然能说话，又为什么突然说不出来。

从孩子学校被很不光彩地撵回家，羿把调皮捣蛋和尿床这两个毛病，也一起带了回来。大家发现羿的个子虽然没长，心眼却长了不少。去孩子学校之前，羿看上去像个七八岁的男孩，实际智力仍然与婴儿差不多。现在，羿变成一个让人惊讶的顽童，他能想到的捉弄人的坏点子，可以说是闻所未闻。从孩子学校回来的第二天，羿便让负责照看他的吴能吴用吃了苦头。

兄弟俩大清早起床，没有意识到各自的头发，已被羿悄悄地编成了一根粗辫子，结果吴能一屁股坐起来，吴用痛得哇哇大叫。兄弟互相埋怨了一通，花很长时间，才把辫子解开。他们并没有想到是羿在恶作剧，因为他们的心目中，羿只是个没心没肺的孩子，智力发展还不完善，如此精美的辫子，不可能出自他的小手。弟兄两人都相信是对方干的好事，只是不肯承认罢了。隔了一天，同样的事情再次发生。

吴能愤怒了，对吴用嚷了起来："这个好玩吗？我看一点也不好玩！"

吴用说："我正想要说同样的话，你为什么要这么干？"

"难道是我？"

"难道还不是你？"

其他的男孩子都醒了，羿是最后一个醒。他兴致勃勃地去抚摸那个尚未被解开的辫子。吴能和吴用两人决定问个明白，你一句我一句吵起来，差一点动手，最后他们终于明白了，把这笔账算在对方头上原来是错的。然而即使这样，兄弟俩仍然也没有怀疑到羿。他们相信自己一定是得罪了什么神灵，是神灵在夜里派什么人来干了这件事。到了晚上，弟兄俩谁都不敢合眼，静静地躺在那里，心惊胆战地等候神灵的光临。

一连三夜，没有任何动静。吴能和吴用百思不解，到了第四夜，兄弟俩终于熬不住了，一前一后迷迷糊糊地睡着了，结果第二天一早，他们的头发又被编成了同一根辫子。这一次，兄弟俩彻底傻眼，他们十分慌张地跑了出去，向一名叫力牧的长老请教，请力牧为他们做法事驱邪。力牧是有戎国最有身份的长老，他的嘴里念念有词，在吴能脑袋的左侧，剪了绺头发下来，又在吴用的右脑袋上剪了一绺头发。吴能和吴用两人跪在地上，不停地磕头，作揖。法事做完了，兄弟俩在力牧家的前后打扫卫生，将猪圈里的粪便清理一遍，以此来表示对力牧的谢意。

晚上睡觉的时候，吴能和吴用遵照力牧的指示，不再睡在同一头，大家头脚颠倒，这样谁也不可能把他们的头发编在一起。兄弟俩睡得很香。羿等他们睡着了以后，将吴用轻轻地抱起来，调了一个头，然后再次把他们的头发编织在一起。第二天，兄弟俩又跑到力牧那里去了。力牧不相信事情会这样，问他们是不是按照自己的话做了。

"照长老的话做了，"吴用百思不解地说，"可天亮的时候，我们又睡在了同一头。"

力牧说："这么说，你们还是睡在同一头了？"

兄弟俩感到很委屈，他们说自己确确实实是颠倒睡的，可是结果也不知怎么搞的，又出现那样的情况。

力牧坚定不移地说："你们还是要分头睡。"

吴能说："我们已经分头睡了。"

力牧再一次从吴能吴用的头上，各剪了一绺头发。兄弟俩再一次跪下来磕头作揖，再一次清理猪圈，力牧家门前门后已经很干净，不需要再打扫。到晚上，两人不仅头对脚地颠倒睡，还把几个弟弟搁在他们之间。第二天，同样的事情依然发生了。于是，吴能和吴用决定不再去麻烦力牧，他们不愿意再去清理猪圈，对力牧的法术也产生了根本的动摇。现在，他们打算靠自己的能力来解决此事，彻底追查这件事的前因后果。吴能把弟弟们召集在一起，一番威逼利诱，关照他们晚上都不要睡觉，轮流值班，看看到底是谁在作怪。

这么一来果然有了进展。一连几个晚上相安无事，最后终于让吴家兄弟中的老四看出了端倪。老四吴干是五氏的儿子，今年刚好十岁，是个慢性子。半夜里，大家困得熬不住了，相继进入了梦乡。吴干看见羿悄悄地爬起来，抱起了无用，将他抱到了吴能睡的那一头，这一次，羿没把他们的头发编织在一起，而是用小刀把他们的头发都割了。羿以为自己神不知鬼不觉，没想到这一切，都落在了吴干眼里。

第二天天色大亮，吴用睁开眼睛，看到了光着脑袋的吴能，不由的大喊一声；吴能惊醒过来，看到吴用，也吃了一惊。这一惊非同小可，他们睡在了同一头，没有像以往那样被编成一条辫子，但是长长的头发已经不复存在。有戎国的男人终身都不会剃头，头发与手脚一样，都是身体很重要的一个组成部分，他们现在的这个模样，想不把对方吓一大跳都不可能。

吴能和吴用并不完全相信吴干的告发，毕竟这事情有些离谱。根据吴干的指点，在屋外的一块石板下面，找到了羿藏在那里的小刀，找到了那些被割下来的头发。不过，羿是个哑巴，他不说话，对他的所有审问，基本上也就失去意义。虽然证据确凿，兄弟俩审来问去，仍然还是半信半疑。他们不相信羿会有那么大的能耐。最后，他们向吴干提出质疑，既然看见是羿所为，他为什么不在当时就出面制止。

"你们只让我注意，看看到底是谁干的，"吴干很实在地回答着，"又没要我制止，你们又没要我制止这个天天会尿床的家伙。"

羿到处向别人卖弄自己阉割后留下的伤疤。既然很多人都有这个兴趣，羿也很乐意满足大家的好奇心。他像展示稀罕之物一样，让任何一个有兴趣的人参观欣赏，不仅是给男孩子看，还给女孩子观赏。嫦娥很快就听说羿已经把自己的那个玩意，给有戎国所有的孩子看了，给所有想看的人欣赏过了。

嫦娥说："羿，你怎么可以把那个东西，让谁都看呢？"

羿不知道为什么不能给所有的人看。

嫦娥说："你应该感到羞耻。"

羿并不知道什么叫羞耻，不过，他听懂了她的话，嫦娥说这东西不可以随便给人看，羿就不准备再献宝了。但是嫦娥立刻有些后悔，因为她突然也很有兴趣，也想见识一下那玩意，既然别人都看过了，她为什么不参观一下。

和孩子学校的情形差不多，羿晚上尿床的坏毛病，很快让吴家兄弟忍无可忍。他们可以宽宏大量地忍受他的恶作剧，却再也忍受不了弥漫在屋里的尿臊味，那味道实在有点不好闻。为了解决这件事，吴刚不止一次责骂羿，想出种种法子罚他，但是没有任何效果。羿仍然天天尿床，天天一大泡骚尿。该想的办法都想过了，吴刚试图以羞辱来医治羿，让他顶着湿的茅草游街示众，然后又在毒辣的太阳底下暴晒，结果还是一样。最后吴刚不得不相信，这是阉割睾丸的后遗症。儿子们成天抱怨，吴刚终于失去了耐心。他开始怀疑当初接受羿回家，就是一个大错误。

吴刚决定把羿赶到猪圈里去住。他说你既然喜欢像猪一样，老是在睡觉的地方撒尿，那你就干脆与猪一起做伴吧。羿被赶进了猪圈，他做的第一件事，就是把所有的猪尾巴，用一根细绳紧紧地系在一起。结果猪一个个鬼哭狼嚎，吵得周围人家都不得安生。吴刚家的猪圈与邻居武丁家的猪圈紧挨着，吴家的猪惨叫了一夜，武家一头即将临产的老母猪，也因此难产而死了。

第二天，武丁来到吴刚住处，进行了一场很严肃的谈判。他认定是吴家的猪叫给自己带来了损失，因此吴刚必须赔偿一头怀孕的母猪。吴刚觉得这个要求很不合理。在有戎国，男人之间发生了争议，通常是请长老出来调解。最有身份的长老力牧很快被请来了。他听了事情的经过，立刻做出了一个不容置疑的判决：吴刚用不着赔一头怀孕的母猪，但是，为了安抚武丁的愤怒，他应该赔头小母猪。

吴刚和武丁对这一判决都不满意，不过，既然是力牧长志做出的判决，也只能接受。武丁将一头还在吃奶的小母猪抱到了自家的猪圈，吴刚却亲手削了一根竹竿，将羿上上下下一顿暴抽。羿似乎也知道自己错了，任吴刚怎么抽打，一声也不哼。到晚上，羿仍然还睡在猪圈里，与猪们相安无事地睡在一起。第二天，羿在外面玩，捡了一块大小合适的鹅卵石，半夜里偷偷跑到武丁家的猪圈，将鹅卵石塞进那头最大的公猪屁眼里。几天以后，公猪的肚子仿佛是充足了气，不管白天黑夜，一个劲穷叫唤。它的脾气也开始变得暴怒，不断地去咬别的猪，只要看到有人走近，就龇牙咧嘴地露出凶相，随时要发动攻击。武丁不明白问题出在什么地方，大公猪已饲养了好几年，它的后代多得足以让人自豪。武丁不止一次地去吴刚家的猪圈偷偷观察，白天去，半夜里也去。那里的一切情况都很正常。白天羿出去玩，到晚上，羿回来睡在猪圈里，他总是睡得很香，像小猪一样打着呼噜。

武丁又把力牧请来，希望他能为公猪的暴躁不安，做出合理解释。力牧不明白为什么会这样，那畜生表现出来的极度愤怒，让他一时无话可说，琢磨了半天，最后他认定是自己的上次判决出现了问题。也许一头小母猪并不能平息它的愤怒，它显然是对力牧的判决不满，既然是这样，干脆把吴刚家的那头小猪还给人家算了。

武丁说："这样一来，我不是少了一头母猪，又少了一头母猪？"

力牧不明白："你怎么会少了两头母猪呢？"

"难产的时候死了一头，还有一头，就是吴家赔过来的。"武丁心里在盘算一笔账，越算越亏，"那头母猪就要生产，要是不死的话，还能生下好几头小母猪。"

力牧说："要是不把小猪还给吴家，你们家的猪必定要遭惩罚。"

武丁似乎不太愿意相信力牧的话。

长老十分坚定地说："老天爷正瞪着眼睛看着。"

结果在三天以后，那头公猪死了。武丁这才意识到力牧的话千真万确，看来老天爷是真的生气了。他赶紧把小母猪送还给吴家，又挖了一个深坑，将公猪埋了。有戎国的居民，绝对不敢吃一头遭到老天爷诅咒的公猪。如此强壮的一头大肥猪，就这么挖了个坑埋了，在一个食物短缺的季节里，大家都觉得太可惜。然而可惜又有什么用，谁还敢违抗老天爷的旨意呢。

武丁家的遭遇，让吴刚感到惊恐不安。虽然判赔给武家的小猪失而复得，他的心里并不踏实。老天爷已惩罚了武丁，会不会又惩罚他？吴刚开始检点自己的行为，想想自己是不是有什么地方做错了。也许让羿睡在猪圈里就不对。老天爷一定在暗中保佑他。要不然吴刚对羿进行责罚，将小竹竿都抽断了，羿怎么会没有一点反应？

吴刚向力牧请教，他想知道把羿撵到猪圈里去睡觉，是否违背了天意。

"人怎么可以和畜生睡在一起呢？"力牧想了想，很严肃地说，"既然收养了这可怜的孩子，就不能这么对待他。"

吴刚问力牧，有什么办法才能弥补自己的过失。

力牧神秘兮兮地说："这件事，根本不用问我。你现在就回去吧，一回到家，就会知道应该怎么办了。"

吴刚忐忑不安地回家，一路上苦思冥想，无计可施。然而，就在走进家门的一瞬间，嫦娥迎面走了过来，吴刚突然有想法了。为什么不让羿睡到她的屋子里去呢？这个突如其来的想法，让他喜形于色。吴刚相信这是老天爷给他的启示，这是天意。力牧事前已暗示，屎到了屁眼，自然能屙出来，吴刚只要一回到家，就立刻会得到解决的好办法。

于是，吴刚让嫦娥在她茅屋的角落里，给羿重新搭了一个铺。

第七章

羿搬到嫦娥的屋子不久，出乎意外的两件事接连发生：首先是羿尿床的毛病治好了，然后是这个哑巴开口说话了。

刚搬去住的那几天，嫦娥夜里都要把困意朦胧的羿叫起来撒尿。把已睡着的羿唤醒过来，绝不是件容易的事情，一旦这家伙睡着了，就跟死过去一样。嫦娥得花上九牛二虎之力，才能把他从茅草铺上给硬拉起来。她得拖着他来到门外，把他带到不远处的一个小水沟旁边，帮他把撒尿的玩意拿出来，然后嘴里不断地发出嘘嘘的声音，耐心地等待着，一直等到他把尿撒出来，才算把事做完。

羿每天只撒一泡尿，这一泡尿十分了得。难怪别人会受不了，一旦开始撒尿，仿佛小河决了口一样，哗啦啦没完没了。这是一件非常神奇的事，吴刚家大大小小，一开始有些不信这个邪，终于有一天，一个月光明朗的夜晚，大家相约都不睡觉了，由吴刚领头，带着他所有的女人和孩子，一起聚集在小水沟前。他们很有耐心地等候着羿的撒尿，都想亲眼看个究竟。经过漫长等待，令人难以相信的一幕终于发生了：从羿开始撒尿的那一刻算起，吴家兄弟们慢腾腾地计算起数字，他们数到二百的时候，羿的一泡尿仍然还没有尿完。

夜色中弥漫着浓郁的臊味，仿佛一阵阵浓雾飘过。羿半睡半醒，并不知道有很多人正在观摩。他摇摇晃晃地站在那里，如果不是嫦娥用力扶住了他，随时随地都可能会跌倒。现在，吴刚完全明白了，吴家那些男孩们也完全明白了，原来羿撒的这一泡尿，竟然要比在场的所有人的尿加起来还要多，多得多。

吴刚想不明白："这家伙的肚子里，哪来这么多的尿呢？"

这个问题确实耐人寻味，让大家想不明白。

吴能说："他的前世，一定是龙王爷的儿子，只有龙王爷的儿子，他那个肚子里，才能装得下这么多的水。"

"龙王爷的儿子，怎么会跑到我们家来！"吴用不同意吴能的说法，"他呀，要我说是个淹死鬼投的胎，只有淹死的人，肚子里才会有这么多的水。"

二氏憋半天没有吭声，她终于忍不住了，悻悻地说："羿这是投的哪门子胎呀，我们可都生着眼睛，怎么都没有看到。没看到他是从谁的肚子里钻出来的，哼，谁知道这个小杂种是怎么回事。说是从一个葫芦里蹦出来的，谁看见了，谁看见了？"

"怎么没人看见，"一氏反驳二氏的观点，"我们不是都看见了吗？"

吴刚想起当初的情景，也持相同观点："就是，就是嘛，我们都看见了。"

大家七嘴八舌，女人们孩子们充分发表意见，最后一直认定，不管怎么说，眼前所见的这一切，最能说明问题。羿真的是不同寻常。骇人听闻的一泡尿总算撒完，嫦娥把摇摇晃晃的羿领回房间。他仍然处于朦朦胧胧的状态之中，到了茅草铺垫的床铺那里，一个跟头跌过去，倒头就睡，呼噜声立刻响起来。他的这一举动，更加坚定了大家的看法，于是再一次七嘴八舌议论，再次点头和摇头，唾沫星子乱飞。最后，吴刚认真琢磨了一会，很严肃地对家庭成员发出忠告。他说这件事是他们家的秘密，谁也不要到外面去乱说，既然羿真是个不同寻常的孩子，大家以后多留个心眼好了。

　　为了让羿彻底改掉尿床的毛病，嫦娥花了大力气。她为此少睡了很多觉，度过了无数的不眠之夜，因为睡眠的严重不足，人都变得憔悴了。接下来的日子里，嫦娥与羿之间，进行了一场艰苦卓绝的斗争，她把每天晚上叫他起来撒尿，变成了一件必不可少的差事。唤醒羿是一场持久战，一个坚决不醒，一个不醒过来就没完了没地继续叫。经过惊心动魄的较量，嫦娥终于大获全胜。既然羿一旦睡着，很难再把他喊醒过来，她后来干脆改变了策略，天天只要是不撒了尿，就坚决不让他睡觉。在这场比拼意志的较量中，羿很顽固，嫦娥比他更顽固。每天晚上，困意袭扰的时候，羿即使睁着眼睛，也能迷迷糊糊地睡着。该想到的办法，嫦娥都想到了，她用树枝抽他，用凉水灌他，用刀尖戳他，只要羿试图闭上眼睛，嫦娥便千方百计地弄醒他。羿对疼痛的感觉一向麻木，经过多次努力，一次又一次试验，嫦娥终于摸索到了对付他的好办法。在羿就要进入梦乡的那一刻，她用一根细细长长的野鸡毛，伸到他鼻孔里去搅，去捅，弄得他直打喷嚏。

　　因为嫦娥不让睡觉，恼羞成怒的羿常会在睡梦中，向她发起突然袭击。有一次，他将嫦娥一把抱起，扔到了眼前的小水沟里。还有一次甚至挥起了拳头，把她的一颗牙齿也打掉了。但嫦娥的不屈不挠最终赢得了胜利，经过艰苦卓绝的不懈努力，羿终于明白，自己除了向她的顽强认输之外，绝没有别的退路。

渐渐地，羿不再把天天晚上临睡前的撒尿，当作一件最痛苦糟糕的事。他开始享受撒尿前的乐趣，因为在这一段时候，嫦娥会陪着他一块玩，陪着他一起看星星，一起玩游戏。她跟他没完没了地聊天，教他说话，纠正他的发音。就仿佛神助一样，在嫦娥的耐心教导下，奇迹又一次令人难以置信地出现了，哑巴羿突然开始会说话了，他从开始的牙牙学语，很快发展到和一个正常人差不多。羿在短短的时间里，不仅能像有戎国的人那样说话，还学会了嫦娥原来那个部落的方言。在有戎国，谁也听不懂这种灭亡部落的方言，此后的日子里，它成了嫦娥与羿进行特殊交流的一种密码。

每天临睡前，羿和嫦娥都会度过一段漫长和愉快的时光。他们充分地享受这一段时间，在星光和月光的伴随下，说啊，玩啊，直到羿完成了那泡必须要撒的尿，空气中飞舞着臊味，才会重新回到茅屋里去。

嫦娥与末嬉的再次见面，是在好几年以后。这期间，羿还会有很多故事，让大家感到意外和难以想象。他改掉了尿床的毛病，学会了说话，而且又开始长起了个子。不但个子变高了，最让人想不明白的是长势凶猛，凶猛得让人目瞪口呆。很快，羿的身高超过了已十二岁的吴干，接着又超过了嫦娥。经过短短的几年时间，羿的身高甚至超过了老大吴能和老二吴用。作为这一家的男主人吴刚，突然很惊奇地发现，羿竟然比自己高出了半个脑袋。

不过，无论羿长得多快，他的心底仍然还是个孩子，一天到晚只会跟小孩一块玩。他还是经常闯祸，总是招惹一些稀奇古怪的是非，只要给他一根长竹竿，他能把天上的星星给捅下来。说起来很可笑，羿虽然人高马大，极度的调皮捣蛋，经常遭受欺负的反倒是他，动不动让人打得头破血流。在那些一起玩的孩子眼里，羿不过是个缺心眼的傻大个，从来不会仗势欺人。马善被人骑，人善被人欺，什么样的当都可以让他上，什么人都敢捉弄他。当然，别人不敢做的事，不敢闯的祸，他也都敢。嫦娥常常要为羿的鲁莽行为操心。由于吴刚平时根本就不过问他的事，羿在外面闯了什么祸，招惹了什么是非，别人通常都是来找嫦娥问罪。

这时候，嫦娥已经是个十八岁的小妇人，与刚到有戎国时相比，她健壮了许多，乳房结实，屁股饱满，成了个干农活的好手，再也不是那个只能去放羊的小姑娘，而且，她还是当地最漂亮的女人。有戎国的男人很少干活，农忙时，成群结队站在田埂上，一边欣赏嫦娥，一边七嘴八舌。这些游手好闲的男人，都有好几个老婆，他们东走西逛，专门喜欢对别人的老婆评头论足。吴刚的身份并不算高，在众人眼里，只是一个不起眼的家伙，他居然能拥有既漂亮又能干活的嫦娥，有戎国的男人有些咽不下这口气。

这一天，羿显然又闯了什么祸，被造父揪着耳朵一路押过来。由于羿的个头比造父还高，高举着胳膊的造父只能歪着身子，像一把翘着嘴的茶壶那样走路。跟在造父后面的是一脸怒气的末嬉，然后是造父十三岁的儿子枸和四岁的儿子逢蒙，还有一大群叽叽喳喳的孩子。

远远地看着羿被造父死死地揪住耳朵，嫦娥就知道他又闯了什么祸了。一群人很快走近了，末嬉板着脸将逢蒙带到嫦娥面前，冷笑着说："嫦娥，今天这件事，不能就这么轻易算完。你得给我一个说法。你们家的这个羿，他竟然想射杀我的儿子逢蒙！"嫦娥有些摸不着头脑，几年不见，末嬉看上去比过去丰满了许多。她显然又怀孕了，挺着肚子，气势汹汹。嫦娥看着她那张充满了敌意的脸，又回过头来，看了看一脸无辜的羿。羿的一只手上拿着把弓，一只手捏着三支箭，好像并不明白自己犯了什么错误。嫦娥很着急地问他到底是怎么了，羿不当一回事地说，他不过是想要像有戎国最好的射手布一样，好好表演一下自己的射箭技艺。可是正玩到了兴头上，造父突然出现了，把羿好一顿痛骂，然后像捉贼一样地把他给揪到这儿来了。

"你小子好、好大的胆子，"造父气急败坏地说，"竟然敢偷我的弓箭！"

"我没有偷你的弓箭，要说偷，那也是枸偷的。"

"就是你小子偷的！"

"不是我偷的，就不是我偷的！"

羿不服气地还着嘴，孩子们也七嘴八舌，都说羿手上的弓箭，确实是枸从家里偷偷带出来的。是枸将弓箭偷了出来。那是一把刚做完的良弓，凭小孩子的那点力气，根本不可能拉开。可是羿的臂力过人，不费什么劲就把弓拉开了。不仅把弓拉开了，羿还跟孩子们夸口，打赌说自己想射什么就能射什么。一起玩的枸不相信羿的箭法，他爬到树上摘了一个青柿子，然后放在了他弟弟逄蒙的脑袋上，挑衅说："好吧，人家都说有戎国最优秀的射手布常常就是这样表演的，你既然是说你的箭法好，那你就也试试看吧。"小伙伴拍手叫好，都以为羿被吓住了，没想到羿拉开了弓就准备射，就在这时候，造父从天而降。

"要不是我正好赶到，还不知道会发生什么样的后果！"造父终于不再揪住羿的耳朵，"你小子还嘴硬，竟然会干出这么胆大妄为的事情。"

末嬉在一边喋喋不休："不管怎么说，这件事，不能就这么算完！"

"羿，你真是昏了头了。"嫦娥叹了一口气，说，"想没想过，这箭这么射出去，要是射到了人，怎么办？"

羿说："不会的，根本就不会射到人。"

"万一射到了，怎么办？"

"根本就不会有万一。"

末嬉从一个孩子手里拿过那只正捏着玩的青柿子，看着嫦娥的脑袋，不怀好意地说："好吧，我们就来看看你这孩子的能耐，看看你是怎么不会有万一的。小子，他们都叫你什么来着？哦，对，叫你羿。好吧，羿，现在我把青柿子搁在她的脑袋上了，你射给我看吧。"

这时候，已有很多人围过来观看热闹。闻讯赶到的还有吴刚，他缩着脑袋挤在人群里，跟着大家一起看热闹。羿感到了兴奋，根本也不去想会有什么后果，拉开了弓，冒冒失失地就要射。嫦娥吓得花容失色，连躲带藏，狼狈逃窜，一边大叫羿你千万不可乱来，你会射到我的脑袋的。末嬉在嫦娥后面追，冷笑着说你也知道害怕了？你也害怕了，你怎么不想想，我的儿子逢蒙他才四岁，他会不会害怕？

有人站出来为嫦娥解围，他指着不远处的一棵大树，说小孩子的事，怎么能由着他们的性子胡闹。谁都知道在有戎国，只有伟大的布射箭才能百发百中。羿这孩子既然说自己的箭法好，我们就看看他能不能射到那棵树。大家都赞成这么做，纷纷给他们让开地方。造父也觉得这主意还不错，说好吧小子，你就射射看，我倒要看看你这孩子有多大的能耐。羿于是将弓拉开，刷刷刷接连三箭，箭箭都射在了树干上。众人拍手叫好，孩子们尤其兴奋，大呼小叫尽情地喊了起来。

到了这时候，末嬉依然不肯放过嫦娥。她说把箭射在树上，与把箭射在脑袋上的青柿子上，完全不是一回事。她今天非要看着羿表演一回，她一定要亲眼看到。造父已经看出末嬉是在故意刁难，他也知道嫦娥已被吓得够呛，便宽宏大量地出来打圆场，说这事就到此为止吧，他说末嬉说的话是对的，把箭射到树上和射到青柿子上，这确实不是一回事。但现在，羿已经向大家证明了，他确实是个很不错的射手，既然是这样，我们也就不再为难他了。造父对躲在人堆里的吴刚挥手示意，让他识相一些，赶快过来把嫦娥与羿带回家去。

末嬉说："不行，今天我一定要看个明白。"

造父劝慰说："好了好了，这不是闹着玩的，万一真有个闪失，有个三长两短，小命就完了。"

"我就知道你是心疼她！那好吧，要是她不肯把那柿子搁在脑袋上，那就搁在逢蒙的脑袋上，本来不就是准备要搁在他的小脑袋瓜上的吗？那就搁吧！你做爹的要是舍不得，那好办，就搁在我的脑袋上好了！"末嬉冷笑着，不肯放过嫦娥，"万一有个什么闪失，有个三长两短，丢了小命的也只是我。我死了有什么关系，你反正也不心疼！"

造父平时有些宠着末嬉，听她这么说，一时说不出什么话来。这时候，吴刚已从人堆里走了过来，准备按照造父的话，把嫦娥和羿从众目睽睽下带走。末嬉拦着他们不让走，羿似乎也还没有玩够，仍然是执迷不悟，说什么都不肯离去。吴刚光火了，他试图去拿羿手上的弓箭，羿不肯撒手，吴刚用劲去夺，怎么也夺不下来。见此情景，末嬉便在一边继续煽风点火，她说羿你给我好好地听着，我知道你是喜欢这弓箭，这样吧，你要是真能射中她脑袋上的柿子，我说话算话，就把这弓和箭都送给你。

羿听了这话，想了想，二话不说，从末嬉手上接过青柿子，头也不回地就往嫦娥身边跑。他跑到嫦娥那里，把青柿子往她的脑袋上搁。嫦娥抱着自己的脑袋躲，她在前面跑，羿便在后面追。嫦娥带着哭腔说："你真是我的冤家，你想想，我哪一点待你不好？为了这该死的弓和箭，你竟然可以不顾我的死活！羿，你想过没有，要是失手了，怎么办？"羿傻乎乎的，这时候他根本听不明白嫦娥在说什么，就一个念头，一定要把青柿子搁在嫦娥的脑袋上。

嫦娥很伤心："羿，你难道一点都不在乎我的死活？"

羿把青柿子放在了嫦娥的头上，做手势让她不要动，不要害怕。

末嬉笑着说："对，你一点都不要害怕。"

嫦娥感到一种从未有过的绝望，她说："你知道不知道我很害怕？羿，我真的很害怕！"

末嬉用自己部落的方言跟嫦娥说话，她知道这话只有她和嫦娥才能听明白："嫦娥，承认害怕了吧？害怕了就好，我就是要看着你怎么害怕。"

嫦娥也用自己部落的方言说话，只不过她是在对羿说，她知道他能听懂这些话："好吧，羿，你都听见了，你都听见她说了什么。这个女人就是想借你的手，把我杀了。你不要射柿子了，你就对着我的脑袋射吧，你干脆把我一箭射死，好让这个该死的女人称心！"

末嬉并不知道羿能听懂她们说的话，她继续歹毒地说着："你放心，说不定你还死不了！"

嫦娥悲伤地对羿叫着："你听见了，你都听见了吧！"

羿仍然无动于衷，他示意嫦娥站好别动，然后扭头就跑，跑出去很远，回过身来，在大家还没有明白怎么回事的时候，拉开弓就射。那箭仿佛长了眼睛一样，向嫦娥直飞过去，非常精确地射在了那个青柿子上。

羿精湛的箭法让大家目瞪口呆，孩子们再次雀跃起来。造父不敢相信自己的眼睛，不敢相信他所看到的一切。他从地上捡起那个被箭从中间穿过的青柿子，知道这一定是有神灵在帮助。既然末嬉已经许诺在先，造父毫不犹豫地将那把良弓和剩下来的箭，一起作为礼物送给了羿。

造父说："小子，你以后说不定会比布更伟大！"

回到家，嫦娥一直闷闷不乐，羿想尽一切办法逗她开心，可是她怎么也高兴不起来。羿在她面前卖弄着他的弓箭，看得出，他非常喜欢这玩意。为了讨嫦娥的欢心，他兴冲冲地出去打猎，为她带回来了山鸡和野兔。到临了，嫦娥始终都是不开心。羿终于发急了，他把弓弦扯断了，把箭折了，然后躺在床铺上像小孩子一样赌气。很显然，弓箭是他心目中最心爱的东西，现在，这东西已经坏了毁了，羿非常的不开心。嫦娥说，你既是这么喜欢弓箭，干吗又把它们弄坏了。羿不回答，突然又像小孩子一样任性地哭起来。嫦娥感到吃惊，她从来没见他流过一滴眼泪。

嫦娥立刻有些心痛，说："你干吗要哭？"

羿说："我没有哭，我只是流了眼泪。"

嫦娥说："真是傻孩子，流眼泪还不算是哭？"

羿说："流眼泪，是因为你不开心。"

嫦娥想到前不久发生的事情，立刻又有些寒心，说："我开不开心，你又不在乎！"

"我在乎，我明明是在乎，谁说我不在乎！"

嫦娥说："你有没有想过，要是射到我怎么办？"

羿坚定不移地说："我不会射到你的。"

嫦娥开始相信羿说的是真话，他从来不对嫦娥说假话。造父预言羿会成为一个比布更伟大的射手，他的话绝不会是瞎说八道。毫无疑问，羿如果没有绝对的把握，他绝不可能那么做的。现在，嫦娥的心里已经不难过了，开始感到由衷的高兴。她既高兴羿会有那么好的射箭技法，同时还高兴羿竟然会那么在乎她，竟然会为了她把自己最心爱的弓箭都弄断了。更让她感动的，是羿竟然因为她不开心流了眼泪。嫦娥抹去挂在羿脸上的泪珠，很柔情地说：

"羿，你真的很在乎我吗？"

羿看见嫦娥不伤心了，立刻破涕为笑。

嫦娥说："好吧，我知道你是在乎我的。"

接下来，嫦娥决心要为羿重觅一副良弓。她知道，这件事只能是去求造父，因为在有戎国，除了造父，没人会制作良弓。于是嫦娥开始鼓动吴刚，最后终于说服了他，和他一起带了一头小猪去见造父。造父很高兴地接待了他们，从一开始，他的眼睛就一直在嫦娥的身上打转。虽然吴刚就在旁边，但是造父的眼睛里对嫦娥充满了欲望。听说羿把自己送的那副弓箭弄断了，造父不但没有生气，而是立刻许诺要为羿做一副更好的弓箭。

造父说："一个好射手，没有一副合适的好弓箭，那他自然就什么都不是。"

造父让吴刚把带来的那头小猪抱回去，他说老天爷既然给了羿那样奇异的能力，那么为他制作一副好的弓箭，同样就是老天爷的意思。造父说他不敢违背老天爷他老人家的想法，天意不可违，羿应该获得一副更好的弓箭。听造父这么说，吴刚和嫦娥感激得不知道说什么好。

"十天以后，你们过来取吧，"造父意味深长地看了嫦娥一眼，转过身去，对吴刚说，"到时候，你会看到羿已经有了一副更好的弓箭。"

十天以后，吴刚独自一人兴冲冲地去取弓箭。造父的脸色有些难看，按捺不住失望地问嫦娥怎么没有一起来。吴刚说嫦娥正在地里干活，造父于是告诉吴刚，他的弓箭还没有完工，过十天再来吧。又过了十天，吴刚还是独自去取弓箭，造父脸色仍然难看，仍然说没有完工，仍然是让他过十天再来。连续几个十天以后，吴刚失望透顶，想不明白为什么造父的弓箭总是完工不了。

嫦娥说："我去拿吧，我能把它拿回来。"

吴刚说："我拿不回来，凭什么你去了，就能拿回来？"

嫦娥一去果然就把弓箭取回来了。造父一直在等着她上钩，他说这玩意我早就准备好了，就等着你来取，你为什么不早点过来呢。嫦娥知道造父这话是什么意思，她心里早就明白了。事情显然是明摆着的，但是嫦娥不动声色，她悠悠地看着造父，说我这不是来了吗。造父说，你来是来了，可是你来得太晚了，我已经很不耐烦。造父一脸严肃，他把嫦娥带到了自己的工作坊，向她展示那张已经落满灰尘的弓。他将弓拿在手上，对她拨弄了几下紧绷着的弓弦，然后就在悦耳的弦声中，将嫦娥顺势推倒在了那张硕大的工作台上，很轻易地占了她一回便宜。

有戎国最伟大的射手应该是布，这是人们公认的一个事实。大家都说，有戎国能够天下无敌，就是因为拥有了最伟大的射手布。这一天，布气势汹汹地跑来，指名道姓要见羿和嫦娥。他的突然出现，把正与羿说话的嫦娥吓一大跳。和有戎国别的女人一样，嫦娥一直仰慕布的大名。她不明白他为何会来，更没有想到他会怒气冲冲。布是个心高气傲的人，他不相信还会有人比自己的箭法更高明，此行的目的是兴师问罪，要好好地教训一下胆大妄为的羿。一脸不高兴的布进门以后，毫不含糊地训斥羿，说你小子算个什么狗屁射手，不过偷偷地学了我的一点皮毛，就敢在别人面前卖弄箭法。羿在孩子学校的时候，确实跟布学过射箭，不过就像布已记不住羿这个学生一样，羿也早忘了自己曾经跟布这个老师学过箭。在孩子学校的一年里，羿只顾着调皮捣蛋，根本就没有好好地跟布学过。

布以十分不屑的口吻告诉嫦娥，在孩子学校，所有的学生都像羿一样优秀。布告诉嫦娥，羿不过是学到了一个射手的一点点最基本的东西，仅仅是靠这么一点东西，就敢到处卖弄，实在是太可笑，太不知天高地厚。在有戎国，布的名声十分响亮，他的这次突然光临，不仅让嫦娥十分意外，而且感到无上光荣，因为像布这样的伟大人物，平时谁想见一面都很困难。嫦娥突然想到造父占她便宜时，在她耳边叮嘱过的一番话，他说根据他的经验，羿很可能会成为一名比布更伟大的射手，但是要想达到这一步，羿还必须先拜布为师。为了让羿成为一名真正的伟大射手，嫦娥乐意为他做任何事情。现在，布既然自己送上门来，天赐良机，嫦娥决心不放过这个好机会。

几乎没费什么口舌，布就转怒为喜，很爽快地答应收下羿这个学生。不过，布答应再一次收羿为徒是有条件的，他的条件是嫦娥必须像满足造父那样，让他也占一回便宜。对于布会直截了当地提出这样的条件，嫦娥并没有感到丝毫冒昧，恰恰相反，她甚至感到有些荣幸，因为在有戎国能被布这样的英雄看中，是许多女人梦寐以求的事情。就像嫦娥的美貌让许多男人垂涎一样，嫦娥对于大家公认的英雄布，早就充满了不可遏止的好感。对于嫦娥来说，能和布有点那样的事，真可谓一举两得，既为羿找到了师父，又遂了自己的心愿。与这两人的一拍即合不同，羿对自己是不是要当布的学生，根本不感兴趣。他并不觉得布有什么了不起，羿只知道要让嫦娥高兴，既然她觉得他应该成为布的学生，那羿就只能无怨无悔地成为他的弟子。

第二天，布把羿和嫦娥带到野外的山崖上，开始为羿上教学的第一课。天高云淡，草木青青，横在他们眼前的是一道深深的山沟。布取下了自己身上的宝弓，问羿有没有看见对面的山崖上一只麋鹿在行走。羿点点头，说他看到的不是一只，而是一群。布又问羿有没有看见领头的那只麋鹿，羿回答说看见了，是不是走在最前面头上长了一堆角的那头。布点点头，说你小子果然有一双好眼力，真是一块做好射手的材料。嫦娥不知道他们在说什么，因为她什么也没有看见，只是隐隐觉得对面山坡上有树枝在晃动。不过，能听到布这样夸奖羿，嫦娥感到一阵由衷的高兴，她为羿感到高兴。想到羿能成为有戎国最伟大的射手，嫦娥的心里甜甜的。这时候，远远的那只麋鹿的脑袋正对着这边张望。布又问羿，如果他这时候挽弓发箭，会射中领头麋鹿的哪只眼睛，羿想都不想就回答说是左眼，布问他为什么，羿说它马上就要向右转了，话音刚落，麋鹿果然已经侧过身去，布真的是只能看到它的左眼。

布说："好吧，那我就射它的左眼。"

布从箭囊里取出了一根箭，拉开弓便射，箭嗖的一声直飞出去，消失在远处的树林里。箭无虚发的布自然不会射不中靶子，他一本正经地让羿过去把猎物给取回来。要想取回猎物，羿必须先下到很深的山沟里，然后才能爬到对面的山崖上，布知道羿这一过去，一时半会绝对不可能回来，他的脸上情不自禁地流过了一丝笑意。羿不明白布为什么突然要笑，他回过头来看了一眼嫦娥，嫦娥对他点点头，示意他应该按照布的话去做，于是羿便去取猎物了。

看着羿的身影在树丛中渐渐消失，布洋洋得意转过身来，意味深长地看了嫦娥一眼。她的眼睛还在看着羿走过去的那个方向，她的神态是那样的迷人，布突然不由分说地便把她推倒在了地上。嫦娥并没有感到太大的意外，她象征性地抵抗了一番，与其说是在抵抗，还不如说是在和布玩游戏。她在地上灵巧地打着滚，害得欲火焚心的布一次次扑空。很快布就取得了实质性的进展，他死死地按住了她，完完全全地把她给制服了。现在，嫦娥已经完全放弃了抵抗，布已经大获全胜，可是就在刚刚进入的那一瞬间，嫦娥吃惊地发现，羿扛着那头作为猎物的麋鹿，已经站在了他们面前。

嫦娥刺耳的尖叫声，并没有让布一下子明白是怎么回事，然而他很快也意识到了羿的存在，他想不明白羿怎么会那么快就回来了，快得简直不可思议。这时候，箭已离弦，刀已出鞘，布已经不可能停下来，现在他能做的唯一选择，就是立刻把该做的事赶快做完。结果，布和嫦娥在羿的眼皮底下，将就着做完了该做的工作。羿似乎并不明白他们在做什么，因为他根本就没有做出任何反应，只是木然地盯着他们看，看着布毛茸茸的屁股，看着嫦娥光溜溜的大腿。他的肩上扛着那只麋鹿，已咽了气却还在流血，一只箭插在了它的左眼上。嫦娥推了推一动不动的布，让他从自己的身上下来。背对着羿的布一时间竟然没有什么反应，他终于转过脸来，很严肃地对羿说：

"记住了小子，你是我的学生，是学生就得听师父的话，你可不能把今天看到的事，给我说出去。"

第八章

布很快发现羿确实是一名天生的射手，很快发现自己根本就教不了他。好的学生根本不需要什么老师，好的学生从来就是无师自通。布发现羿的两只手与自己一样，只是特点更加突出，它们并不是一样长短，左手要短一些粗一些，右手要长一些细一些。这样的两只手天生就适合射箭。布所拥有的优点，羿每一项都具备，每一项都比布更加优秀。羿是天生的千里眼，不仅看得远，而且不管白天黑夜，都能看得异常清楚，他能看见黑夜里飞过的猫头鹰，能迎着太阳一连看上半天不眨眼睛。羿的臂力惊人，布非常吃惊地发现，他引以为自豪的那把硬弓，在有戎国只有他一个人才能拉开的宝弓，到了羿的手里，竟然不费吹灰之力就拉开了。

有戎国最伟大的神射手布开始感到了忧伤，这是他记事以后，第一次感到别人会挑战和动摇他的地位。这显然是个不祥的信号。很快，受到挑战和感到地位动摇的，已不仅仅是布，而是连续多年战无不胜的有戎国。强大的有戎国突然开始遭遇强敌，他们所向披靡的将士在与牛黎国决战中，遇到了令人难以置信的致命打击。牛黎国是出现在东南方向的一个新兴国家，以往曾和有戎国有过几次交手，每次都是有戎国占据上风，可是最近一次的激战中，牛黎国竟然击溃了自己的对手，不但是击溃，而且还尾随着溃败的有戎国军队一路追杀过来。这是多年来，强大的有戎国第一次活生生地感受到生存的危机。有戎国早已忘记了失败的滋味，多少年来，都是他们在掠夺和消灭别人，无数部落被他们掠夺了，无数小国家被他们吞并了。现在，牛黎国大军兵临城下，有戎国到了生死关头。

牛黎国突然变得强大，与他们拥有最优秀的英雄好汉长狄不无关系。与布是有戎国的神射手一样，长狄是牛黎国的最佳射手。几年前，在一次比试中，有戎国的布将牛黎国的长人的两个眼睛都射瞎了。长人是长狄的哥哥，也是一名很优秀的射手。对于一名射手来说，能一箭同时射瞎掉对手的两只眼睛，是一件不可思议的事情，而这种伟大的传奇只有布才能做到。那次让人惊心动魄的比试，直接导致了牛黎国的大败，从此牛黎国一直忍辱负重，悄悄地为复仇积蓄力量。三十年河东，四十年河西，牛黎国渐渐从失败的阴影中走了出来，他们终于反败为胜，打退了有戎国的进攻，转守为攻，把熊熊战火直接引向有戎国的家门口。

为哥哥长人复仇一直是长狄心目中的理想，现在，这个久已等待的时机终于到了。两军大战前夕，长狄来到了阵前，指名道姓地要布出来单挑。这时候，有戎国兵败如山倒，残兵败将一个个灰头土脸，已经斗志全无，而唯一能够挽回这种颓势的希望，就落在了射手布的身上。布在大家期待的目光下，沉着冷静地走出去应战。面对长狄这个咄咄逼人的对手，布并不把他放在眼里。严峻的时刻让布又有了一次展现自己才华的机会。有戎国目前虽然处于劣势，但是布相信自己有足够的能力战胜长狄。几年以前，布打败了哥哥长人，现在，布同样可以打败弟弟长狄。

大战一触即发，空气中漂浮着血腥味，可是双方似乎都不着急，各请了几位有身份的长老出来做目击证人。生死关头，大家都显得很从容，不但从容，而且优雅。

长狄抱了抱拳，十分恭敬地说："布是长者，是前辈，当然应该是由他先来放箭。"

布笑着说："布此次未与大军出征，因此，一直没有交手的机会。俗话说，来者为客，客为大，长狄既是上门请战，还是请你先放箭吧。"

两人相持不下，双方请出来作证的长老经过一番议论，最后裁定两人同时放箭。于是各挑出五名战士，一条线站好了，每人头上顶一个青柿子，只见布与长狄拉开弓，嗖的一声，两只箭同时飞出去，将五个青柿子像串糖葫芦那样串在了箭杆上。双方将士见此情景，无不目瞪口呆。

第一回合打成了平手，于是增加人数，双方各派出十名战士，依然是头上顶着青柿子，布和长狄依然是同时拉弓放箭，依然是将十个柿子串在了一起。第二回合又是平手。长狄不动声色，布的心里不由得打起了鼓，因为经过两个回合的较量，布意识到这个长狄显然要比他的哥哥长人技高一筹。这时候，远处飞来了一群大雁，布顿时有了主意，知道表现自己的机会到了，等那群大雁悄悄飞近的时候，布突然抽出三支箭来，连放三箭，箭箭射中目标，立刻有三只大雁掉下来，每只雁都射中了脑袋。

但是大家并没有为布喝彩，因为他们看到了更让人不可相信的一幕——就在布将三支箭射出去的那一刻，长狄也从箭囊里抽出了三支箭，以同样的箭法，将箭放了出去；也射下了三只大雁，也都射中了脑袋。这一回合，显然是布输了，因为他放箭的时候，那群大雁是排着队以一种平稳的速度过来的，此时放箭，当然容易得多。长狄放箭的时候，那群大雁因为受惊，已经向四处胡乱分开，此时要想射到大雁，其难度可想而知。布立刻感到了一种从未有过的挫败感，他掂量自己的能耐，知道他绝对做不到这一点，于是将手中的弓箭扔在地上，很沮丧地对长狄说：

"年轻人，现在你是最好的射手，我输了，为你的哥报仇吧。我输了，有戎国也输了。"

"你确实是输了。"

长狄脸上露出了胜利者的微笑，这一天他已经等待了很久。牛黎国的将士立刻欢腾起来，振臂高呼喊成一片。双方请出来作证的长老，此时也用不着再说什么，一方是喜气洋洋，一方是垂头丧气。认输便意味着失败，在牛黎国的呐喊声中，有戎国的噩运似乎已经注定了，除了缴械投降任人宰杀别无选择。这时候，造父突然从人群中跑了出来，说怎么能就这样便判布是输呢，既然是大家都射中了三只大雁，那也只能算是打成了平手。

双方的长老觉得造父的话毫无道理，布已经输了，既然是输了，就应该以一种体面的方式，结束自己的生命。他们知道照现在的情形，如果继续比试下去，布必死无疑，一定会死在长狄的箭下。无论比试不比试，他都将是一个要死的人，布此时认输，只是想亲口表明他对一个胜利者的尊重和佩服。一个伟大的射手，一旦真发现别人比自己更伟大，他必须心服口服地承认这一点。

布再次沮丧地说："我输了，确实是输了。"

羿走到布面前的时候，没有人想到他这时候冒出来要干什么。大家甚至都不知道他是从哪里钻出来的。他突然出现在众人的眼皮底下，跟玩似的捡起了布扔在地上的弓箭，对不可一世的长狄说：

"来，我跟你比试比试。"

看着这个一脸孩子气的家伙，在场的很多人都笑了，尤其是牛黎国的将士，他们对羿的身份一无所知，不明白这个愣头愣脑的人想扮演什么样的角色。有戎国的长老们互相叹着气，他们觉得在这样的关键时刻，有戎国已站在即将灭亡的门槛上了，牛黎国大军正准备发起最后一次攻击，连伟大的布都缴械认输了，羿却要不知天高地厚地站出来起哄，这无异于是在瞎胡闹。

长狄连看都不愿意看羿一眼，很鄙夷地说："这是个什么东西，竟然也敢跑出来向我挑战！"

众目睽睽之下，羿傻傻地站在那里，不知该说什么。

在一旁的造父解释说："他是布的学生羿。"

长狄冷笑着，说："师父都认输了，他还想跟我比，他配吗？"

羿说："赢得了师父，不一定赢得了学生。"

羿的话立刻让众人刮目相看，有人震惊，有人窃笑。震惊是觉得这件事不可思议，窃笑是因为这件事全无意义。长狄的脸色立刻变得很难看。一个毫无身份的毛孩子，居然敢用这种腔调对他说话，他不由得火冒三丈。"你说吧，怎么比？"长狄终于回过头来，看了羿一眼，"既然有人已经活得不耐烦了，我们就比一比，你想怎么比试？"

"我们互射三箭，三箭射完，就知道谁更厉害。"

长狄笑了："只要一箭，你的小命就完了。"

"不是一箭，是三箭。"

"好吧，不要再说废话了，开始吧！"长狄从箭囊里抽出一支箭来，搭在了弓上，"你现在可以向后退五十步，等五十步走完，你的小命也就完了。"

嫦娥从人群中跑了出来，一个女人在这种时候出现，很奇怪也很不应该。她跑到羿的面前，一把揪住他，说你胡闹什么呀，你什么都不知道，你什么都不懂，赶快跟我回家。说完这几句话，嫦娥又转向长狄，求长狄不要和羿一般见识，她说羿根本就不是你的对手，你大人大量，就放过他吧。嫦娥说羿的个头虽然已经不小了，但他毕竟还是个孩子，你既然是个英雄好汉，就不应该和一个头脑不清的孩子赌气。长狄顿时大怒，一个什么都不是的家伙，竟然敢向他挑战，他为此已怒不可遏，现在又在阵前冒出一个女人，满口胡说八道，是可忍，孰不可忍？！

长狄十分傲慢地说："知道为什么你们要完蛋吗？因为有戎国已经没人了，有戎国已经没男人了！"

嫦娥试图把羿拉走，但是羿甩开了她的纠缠，从箭囊里取出三支箭，大踏步地向后退，一口气退出去了五十步。退完了五十步，他昂首挺胸地站在那里，微微地拉开了弓箭，等候着长狄开弓。

长狄不屑地说："小子，你可以射了。"

羿说："不，应该是你先射。"

这样的回答对神射手长狄来说，简直就是奇耻大辱。对羿这样一个毫无功名的家伙，英雄盖世的长狄怎么可能先放箭呢。可是只要长狄不放箭，羿也不放箭，结果大家就这么傻傻地僵持着。这与长狄伟大的射手形象实在是不相符。长狄终于不耐烦了，他不愿意再这么僵持下去，不愿意在众人面前继续陪羿玩。他缓缓地拉开弓，对准了羿的脑门，嗖的一声，箭飞了出去。

几乎是在同时，羿也拉开弓，也将箭放了出去。两支箭仿佛空中飞行的鸟一样，呼啸着向对方飞去，然后在半路上猛烈地撞在了一起，应声跌落在路边。大家都被眼前的情景看傻了眼，谁都不相信会有这样的事情发生，结果只有造父一人在一边大声叫好。外行看热闹，内行看门道，懂点射箭知识的人都知道，能在半路上射到另一支正飞过来的箭的人，绝对不是等闲之辈。很显然，羿并不像大家设想的那样不堪一击。一个回合下来，傲慢的长狄立刻不敢再轻敌，他没想到一个半路上冒出来的傻瓜，一个根本就不起眼的家伙，竟然会有如此非凡的功力。

接下来便是第二箭。如果说第一箭还有些心慈手软的话，这一次，长狄使足了力气，一心想致羿于死地。与羿这样的无名之辈交手，就已经让长狄感到丢脸了，更何况在第一次还打成了平手。长狄决意用第二箭来解决问题，他发誓一定要让这一箭射中，但是结果却和第一箭的情形完全一样，虽然长狄使足了力气，他射出去的箭却又一次被羿射出的箭击落了。这一次，又是打成了平手，羿和长狄再次不分胜负。由于两人都用了力，两支箭在空中相遇，竟然撞击出了火花。

布的眼睛开始发亮了，虽然还有些沮丧，可是他意识到在这场最佳射手的较量中，稍稍占着上风的已经是自己的学生羿。不仅是经验老到的布看出了这个玄机，善于制造弓箭的造父也看出了门道。现在，长狄的内心已经方寸大乱，他显然不知道应该如何去对付羿才好。这剩下的第三箭，必须要取胜，否则就太丢人了，不但丢人，而且根本就没有退路。长狄虽然已让有戎国最伟大的射手布认输了，可是他却没办法让布的学生羿服软。也许布根本就不是真正的认输，他不过是故意玩了一个花招，好让自己的学生出来羞辱长狄。不仅是长狄心里在犯这样的嘀咕，那些觉得自己一方已稳操胜券的牛黎国将士，心里也突然产生了同样的疑问。

长狄磨磨蹭蹭地将第三箭射了出去，他知道这一箭不同寻常，必须致羿于死地。但是长狄心里也明白，这一箭很可能不会奏效，因为羿既然可以轻易地射落前面的两支箭，就同样可以击落第三支箭。在第三箭刚放出去的那一瞬间，颇有心计的长狄已想好了下一步的招数。他注意到羿只有三支箭，一旦用完了这第三支箭，就会毫无招架之力。长狄将第三箭刚射出去，第四支箭便已架在了弦上。那边羿也射出了最后一箭，双方的第三支箭再一次在空中相撞，再次跌落到路边。就在这时候，长狄的第四支箭呼啸着射了出去，直扑羿的面门。羿显然没想到会遇到这样的情况，他下意识地去找箭，可是情急之中哪里能找得到。长狄的箭说到就到了，只见羿的嘴一张，那箭便直奔他的喉咙。

羿往后一仰跌倒在了地上。所有的人都相信羿必死无疑。阵前死一般的寂静。大家不敢相信自己看到的这一切，一个打败了伟大射手布的英雄长狄，竟然会对无名之辈羿使出如此毒辣的一招。嫦娥不顾一切地向羿跑过去，她扑在了他的身上，看着那支插在他嘴里的箭，号啕大哭。"你这个缺心眼的家伙，你比什么箭呀！"嫦娥试图去拔插在羿口腔中的那支箭，让她感到震惊的，是自己根本就没用什么劲，只是轻轻一拔，竟然将那支箭完完整整地拔了出来。

本该血淋淋的场面，并没有像想象中那样出现，大家没有看到一滴血，这让在场的所有人都感到震惊。羿突然从地上坐了起来，若无其事地坐在那里，嬉皮笑脸地看着嫦娥，完全没有一点受伤的样子。嫦娥被惊呆了，她大张着嘴，说不出话来。羿十分顽皮地从嫦娥手里拿过那支箭，插在自己嘴里，做了一个鬼脸，又把箭拔了出来。现在，大家才明白过来，原来羿是用自己的牙，咬住了那支箭。面对着如此神奇的现实，两个敌对阵营里作证的长老，一个个都不知道说什么好。这绝对是闻所未闻，绝对是一个常人不可能做到的事情。

羿笑着站了起来，看着同样是目瞪口呆的长狄。这时候，长狄不敢相信自己的眼睛，精神已完全崩溃了。他做梦也不会想到自己的对手竟然会有这等绝技。战胜有戎国伟大射手布引起的那点荣誉感，已经不复存在了，长狄的脸面早已丢失殆尽。他呆呆地看着羿，看着羿手中的那支箭，看着他将箭慢慢地架在弦上，看着他对准了自己。长狄见势不妙，扭头就跑。羿跟玩似的放出了箭，那箭像一只训练有素的飞鸟一样，立刻追着长狄而去。长狄在前面跑，那箭便在后面穷追不放。长狄围着大树绕圈子，那箭竟然也跟着大树绕圈子。长狄跑得快，那箭也跑得快，长狄气喘吁吁跑不动了，箭的速度也有意地放慢下来。

跑到后来，长狄实在是跑不动了，膝盖一软，跪下了来，那箭便也随即扎在了他面前的地上。

羿成了有戎国的大英雄。在最危急的时候，羿挺身而出，凭着自己一个人的力量，扭转了乾坤，挽救了有戎国的命运。现在该轮到有戎国士气大振了，牛黎国的将士在即将大获全胜的前夕，突然一个个都跟中了邪一样，变得不会打仗了。双方稍事接触，牛黎国的人马便狂喊着向四处逃散。一场大战和恶战，就这么轻而易举地以有戎国的全面胜利宣告结束。

牛黎国是有戎国近年来遇到的最强劲对手，它的溃败让有戎国又一次恢复了往日的强大。大战过后，照例要论功行赏，犒劳有功人员。长老们召开会议，经过一番讨论，做出了一个不可更改的决议，一致认定要让羿享受到英雄布同样的待遇。现在，有戎国最伟大的神射手封号，落到了羿的头上。大家立刻加班加点，在极短的时间里，为羿盖了一座很漂亮的新房子。房子盖好以后，又为羿安排了七个美丽的女奴，七个健壮的男奴。羿即将迁入新居之际，长老们前去向他祝贺。羿并没有表现出任何高兴，他挑剔地看着那七位精心挑选出来的女奴，对她们一点都不感兴趣。

长老说："对这些女人，你想干什么，就可以干什么。"

羿说他根本就不想干什么。

长老们发出了会心一笑，他们立刻想起羿是个阉人。羿说他不要这些女人，他只要一个女人，这个女人就是嫦娥。长老们有些为难，他们说嫦娥已经是吴刚的女人，他们不能把吴刚的女人判定给他。

羿拒绝搬到为他建造的新房子里去，他情愿与嫦娥一起住旧的简陋的茅屋。长老们感到很无奈，他们一个接一个地做说服工作。他们说有戎国最伟大的射手，一个为国家做了贡献的人，不应该住在一间破茅屋里，就算是为了有戎国的面子，羿也应该立刻搬到新房子里去居住。羿告诉他们，让自己住进新房子的唯一条件，就是让嫦娥一起搬过去。羿说他不仅不喜欢那七个女奴，而且讨厌那七个健壮的男奴，因为他们的岁数都太大了，根本就不可能陪他玩。

于是长老们再次开会，这一次是召开扩大会议，像造父和布这样有身份的男人都应邀参加，特别邀请参加的还有吴刚。吴刚第一次有机会与这么多有身份的人在一起，他老实巴交地坐在那，从头到尾一声不吭。大家唇枪舌剑，针锋相对，谁也说服不了谁。在有戎国，把别人的老婆据为己有，是一件很不光彩的事情。一个女人一旦被判属于谁，那么就应该永远属于谁。根据这个法则，嫦娥就应该永远属于吴刚。最后还是造父解开了这个死结，找到一个能说服大家的理由——他首先提醒大家一定要注意，羿是个阉人这一最基本的事实；此外，虽然从外表上看，羿几乎已经是个成人了，可实际上他的心理还只是一个孩子，和一个小孩子有什么可顶真的？大家其实都知道，羿和嫦娥之间更多的是一种母子关系。他笑着说：

"儿子不愿意离开他的母亲，这个又有什么大不了呢？"

布的观点更加极端，他觉得羿既然对国家有那么大的贡献，提出什么样的要求都不应该算作过分。论功行赏，不要说羿和嫦娥之间是一种近乎母子的关系，就算他是真看中了吴刚的女人，那吴刚也得乖乖地把自己的女人让给羿。布的这番话立刻引起一片哗然，但是他意犹未尽，又着重补充了一句："大家都别忘了，是吴刚让羿成为了阉人。既然羿都已经是个阉人了，吴刚他还有什么可担心呢？"布的话再次引起了哗然。这些话听起来虽然有违常理，不符合有戎国的规矩，可是长老们心里却都已经认同了。他们终于做出决定，嫦娥即日起离开吴刚，与羿一起搬到新房子去居住；作为补偿，原来安排给羿的七位年轻貌美的女奴，吴刚可以任意挑选两位带回家。

从这一天开始，羿和嫦娥便搬进了美轮美奂的新房。嫦娥很喜欢这个新家，宽大明亮的新屋让人感觉良好，这让她想到末嬉居住的那个房子。现在，她的住处要比末嬉的还要好，要好得多，床上褥子是一张崭新的老虎皮。一想到这些，嫦娥就忍不住想笑。当初她曾经是那样羡慕末嬉身下垫着的那张小老虎皮，如今自己的这张老虎皮，差不多要比末嬉的大出一倍。嫦娥恨不得立刻就让末嬉来看看自己的新房，她要让她看看，让她好好地眼红眼红。她还要让末嬉看看，自己是这个家里地地道道的女主人，能随心所欲地使唤十二名属于她的奴隶。

就在那天晚上，嫦娥与羿之间，进行了一场别有意味的谈话。她从自己的胸前，摘下那个用葫芦碎片做成的装饰挂件，告诉羿这个玩意的确切来历。她跟他说了那个有关葫芦的故事，原以为羿会很吃惊，可是这些故事，羿似乎早就听他的小伙伴说过，一点都不觉得新鲜。羿很坦然地说，他知道吴刚不是自己父亲，也知道嫦娥不是他母亲。

　　嫦娥问羿，他是不是不愿意吴刚当他的父亲。嫦娥又问羿，他是不是也不愿意她当他的母亲。

　　羿说："你当然不是我妈。"

　　嫦娥脸上有些失落。

　　羿又说："我也不要你当我妈。"

　　嫦娥叹了一口气，想不明白地问："为什么呢？"

　　羿孩子气地告诉嫦娥，他要娶她，因为儿子是不能娶母亲的，所以嫦娥就不应该是他的母亲。

　　嫦娥觉得他的想法很有趣，说："你竟然想要娶我？"

　　羿一本正经地说："我已经娶了你了。"

　　嫦娥笑了起来，她知道羿是个阉人，在那方面也许永远也不会开窍："是吗，你都已经娶了我了，我怎么不知道？"

　　羿的名声已不同寻常，可是他的生活方式，他的生活态度，仍然没有太多改变。他仍然喜欢与那些比他矮许多的小孩子一起玩，仍然像过去一样恶作剧，甚至仍然像过去一样，被别的孩子打得头破血流。羿的神射手名声在外面广为流传，有戎国凭着他的赫赫名声，往往可以不战而胜。不到一年的时间里，有戎国将士攻城掠地，攻无不克战无不胜，有戎国的地盘再一次地扩大，现在是真的有些弄不明白自己疆界已到什么地方了。

　　很快就到了绿脸节。绿脸节是有戎国的狂欢节，在过节的那几天里，有戎国的男女老少都要用一种树叶的浆汁，将自己的脸涂成怪怪的绿颜色。他们一个个都成了绿色的怪物，肆无忌惮地在田野里追逐，在山坡上游戏，在任何一个地方做爱。男人和女人都处在极度的亢奋中，不但是成年男女可以在这些天充分享受交欢的乐趣，未婚的男孩女孩也会在这几天，完成自己性爱学堂里的第一课。通常情况下，男孩女孩各分成一组，他们也会像大人一样追逐游戏，稀奇古怪地胡喊乱叫，除了自己的兄弟姐妹不能随便乱碰之外，无论跟谁在草地上打滚都没有关系。

羿有传奇响亮的名声，很自然地会得到年轻女孩的青睐，她们明知道他是一个阉人，可是对他的兴趣丝毫不减。在这个狂欢的日子里，谁都想与羿单独在一起，因为谁都想，谁都不愿意放弃，结果就是谁也得不到这个机会。羿不愿意跟任何一个女孩单独约会，他对女孩根本就不感兴趣。最后，羿还是上了几个有心眼的女孩的当，被她们花言巧语地骗到了后山的小溪边。女孩们当着羿的面脱去了衣服，然后也让他把自己的衣服脱了。

"我才不会把衣服脱了，"羿想到了嫦娥的关照，狡黠地对她们说，"我知道你们的打算，你们不就是想看看我的东西吗？哼，别想了，我才不会给你们看呢。"

女孩子们七嘴八舌："为什么不能给我们看呢？"

羿说："反正就是不可以。"

"不可以我们也要看。"

"不可以就是不可以。"

结果这些女孩同时发威，尖叫着一哄而上，推的推，拉的拉，硬把羿按到了小溪里，然后轻而易举地就把他湿漉漉的衣服扒光了。羿并没有强烈的反抗，他不是真心地想拒绝这些好奇的女孩。女孩的戏闹声响彻云霄，在这些女孩中，还有吴刚的女儿女巳，她其实早就见过羿的那玩意。羿从来就没有那种自己是阉人的自卑感，既然女孩们是那样的感兴趣，他干脆有意无意地满足她们一次。现在,女孩们都看清楚了,她们一个个都看得很清楚,看得真真切切:羿虽然人高马大,但他的生殖器官,确实只是和一个未曾发育的小男孩一样。

绿脸节也是嫦娥忙于应付的日子,有戎国很多男人都想趁着这节日,与心目中的美丽女人嫦娥有点瓜葛。羿出去与孩子们玩了,男人们立刻抓住这个千载难逢的好机会,把新房子给团团地围了起来。他们向嫦娥大献殷勤,在她的住所周围唱歌跳舞,鬼喊乱叫,用各种手段向嫦娥讨好,希望她能把那个美妙的机会赏给自己。既然嫦娥已不再是吴刚的老婆,既然神勇盖世的羿只是个阉人,那么就是天赐良机,无论是谁都可以在这一天与她干点什么。

嫦娥出人意外地拒绝了所有男人。在绿脸节的这几天,也许只有她一个人,没有在自己脸上涂上树叶的绿汁。嫦娥显然不喜欢这种怪怪的打扮,也不喜欢狂欢和热闹,她的情绪突然变得很坏。门外追求者不断,她却吩咐家中的男奴女奴把门窗统统关严实了,然后自己一个人蒙头睡起了大觉。那几天,在嫦娥门外徘徊的男人成群结队,既有造父这种已上了年岁的,也有布那样有名声有相貌的,更有一些一文不名的无赖。最滑稽的是吴能和吴用兄弟两个,他们对嫦娥的美貌垂涎已久,梦想了好多年了,碍于她是父亲的女人没敢下手,现在既然已不再是父亲的老婆,兄弟俩便公开地追求起她来。

整个绿脸节期间,吴能和吴用兄弟都在琢磨,如何才能攻下嫦娥这座堡垒。所有的努力都是白搭,尽管他们费尽了心思,嫦娥的大门却怎么也不肯为他们打开。最后,近乎绝望的兄弟不约而同地想到了羿,想到了他们曾经的小兄弟。毕竟也是兄弟过一场,毕竟曾经是一家人,现在羿虽然已成了大英雄,吴能和吴用相信,只要他们很好地用甜言蜜语去求他,羿很可能就会帮他们这个忙。

事实证明兄弟俩的判断并没有错。吴能吴用提出要参观羿的新居，毫无戒备之心的羿想都没想，立刻一口答应。羿把吴能吴用兄弟带进了家门，让女奴赶快拿出最好吃的东西招待他们。在吴能吴用一连串虚伪的赞美声中，羿带着他们到处参观，最后还把他们领到了嫦娥睡觉的地方。嫦娥正在蒙头睡觉，她早就听见外面吵吵嚷嚷的声音，只是装作没听见罢了。现在，已经没办法再躲了，羿不仅把吴能吴用兄弟领进了家门，而且带到了自己的卧房，嫦娥不由得勃然大怒，衣衫不整地从床上爬了起来。

"好啊，居然把这两个人给带了回来！"嫦娥瞪着眼睛，满脸不高兴，"羿，你知道他们到这儿来，想干什么？"

羿一脸无辜，不明白嫦娥为什么生气。看到嫦娥怒气冲冲的样子，吴能和吴用不由得有些害怕。从来没见过嫦娥会这么凶神恶煞，他们的腿肚子不由得打起颤来，事先准备的那些讨好词汇，都不知道跑哪去了。

嫦娥说："要不，你们两个自己告诉他吧！告诉羿，告诉他你们到这来，究竟是想干什么？"

兄弟俩你看着我，我看着你，都不愿意开口。他们的用心显而易见，真说出来就没意思。让兄弟俩感到震惊的，只不过是短短的一段时间没见面，嫦娥竟然变得像母老虎一样厉害。弟弟吴用首先想到了打退堂鼓，因为他已从嫦娥的眼神里，看到了一种从未有过的敌意。紧接着吴能也想撤退。但是他们已经进了这个家门，再想出去，就没那么容易了。嫦娥决心给羿一个教训，她要让他知道，自己的这个家门，是不可以随随便便带男人进来的。

"好吧，既然来了，那就索性让羿也睁开眼睛看看，让他好好地看看，让他开开眼，看看你们都干了些什么！"嫦娥慢慢地解开了衣服，露出了雪白的胸膛，露出了那对鲜嫩的活蹦乱跳的奶子，冷笑着说，"你们哥俩商量一下，看看是谁先来?"

吴能和吴用完全傻了眼。他们做梦也不会想到，就在羿的面前，嫦娥竟然会如此直截了当，如此没有一点遮拦，没有一点羞耻。她很快脱个精光，仰面躺在了床铺上，四脚朝天，公然做出了媚态，毫无禁忌地展示着优美的身姿。现在，谁也弄不明白嫦娥此时的真实用心，是在诱惑吴能吴用，还是在威胁他们。一个赤身裸体的女人，与一个全副武装随时准备发动攻击的女人，并没有本质区别。反正这时候，兄弟俩傻了，羿也傻了。对男女之间的种种勾当，羿虽然一向缺心眼，可是眼前的这一切，实实在在地让他开始感到震撼。在田野里，在山坡上，羿不止一次看到男人和女人在做那事，他从来都是无动于衷，然而现在的情形却有些不一样，完全不一样。羿的内心深处突然电闪雷鸣，他第一次地感到了震撼，第一次朦朦胧胧地有了那种从未体会过的感受。

吴家兄弟落荒而逃，巨大的恐怖像无数只鹰爪悬在空中，随时随地要伸过来，吓得他们喘不过气来。他们不顾一切地冲了出去，连告别一声的勇气都没有了。嫦娥赤条条地躺在那里，先是冷笑，接着便是自顾自地流起了眼泪。她显得非常悲哀和失望，羿顿时有了种闯祸的畏惧，他看见嫦娥伤心欲绝的样子，心里七上八下，感到从未有过的恍惚。

嫦娥说:"羿，你知道他们想对我做什么?"

羿说不出话来，憋了半天，他说:"他们想做那个事。"

"什么事?"

"就那个事。"

"到底是什么事?"

"我知道是那个事，"羿突然害羞来，"就是那个事。"

嫦娥说:"你知道就好，你希望他们对我做那个事吗?"

羿咬着嘴唇，不吭声。

"你说呀?"

"不希望。"

"不希望,"嫦娥叹着气说,"既然是不希望,你发什么傻呢,干吗还要带他们来!"

第九章

有戎国的长老又在开会了,讨论再选多少位女孩进贡。已经一年多没下雨,这是大家自有记忆以来,从未有过的怪事情。一条条的小河干涸了,时常要泛滥的大河也断流了。毒辣的太阳不仅把禾苗晒死,把土地也烤得跟黑炭一样。四季已经不复存在,天天都是炎热的夏季,人们都不敢待在露天,一个个热得喘不过气来,连血管里流淌着的血都快沸腾了。攻城掠地的战事再也无法进行,大家已没有兴趣再进行征战。储备丰富的粮食早就吃完了,大地上可以让人们填肚子的东西,正在一天天减少,人人肚子里都燃烧着饥饿的烈火。

谁也闹不明白为什么会这么多天不下雨,应该想的办法都想过了,向老天爷祷告,天天宰猪杀羊屠牛祭祀,为负责降雨的龙王爷修了一座又一座的庙,可是雨仍然没有降下来。谁也记不清已进贡了多少位美女,既然雨不能下下来,有戎国的长老们就不得不一次一次,重复讨论这个容易引起争议的问题。会议在一个很深的山洞里进行,这里差不多是唯一凉快的地方。当年这里曾是一个巨大的冰窟，羿正是在这个地方，被吴刚阉割了睾丸。现在厚厚的冰层已不复存在，只有裸露的石头，还在隐隐地散发出一些潮气。

经过一番争吵，长老们终于做出决定，再挑选九位女孩进贡给老天爷。同时要进贡的还有三条牛，五头猪，七只羊。九位女孩用抽签的方式决定，老百姓似乎早就习惯了这种方式，有未婚女孩的家庭都必须参加抽签。女孩们被编好了号，一旦抽中，就会被精心化妆打扮，用所剩不多的清水将身体洗干净，然后送到高高的悬崖上，放在灼热的岩石上，等候阳光把她们烤焦。与被进贡的牛猪羊一样，在放在灼热的岩石前，这些女孩就已经咽了气，所不同的只是，畜生们是被宰杀，而女孩却是被人用手握住鼻子和嘴，让她们窒息而亡。

会议结束之前，长老们起身准备离开，一个鹤发童颜的老女人蹒跚着走了进来。她头上戴着花冠，细细长长的脸盘，长着一对不大不小的虎牙，两只眼睛炯炯有神。没人知道她是谁，但是一看装束，长老们便知道她不会是凡人。老女人也不等别人提问，自报来历，告诉大家她是住在玉山的西王母。长老们似信非信，不约而同地把目光转向力牧，毕竟他的年纪最大见识最广。力牧不负众望地打量着眼前的老女人。小时候，他曾听老人说起过西王母，听说这位王母娘娘有个奇怪的特征：

"王母娘娘说自己住在玉山，这不错，这大家都知道。不过，我们怎么才能相信，你就是传说中的那位女人呢？你凭什么让我们相信？"

老女人转过身子，背对着长老们。长老们一个个都莫名其妙，只有力牧明白她的意思。不过他仍然不敢冒昧，问老女人这是要干什么。

"不是要验明正身吗，"老女人回过头来，对力牧说，"你既然知道我西王母的故事，那还犹豫什么？"

力牧听她这么说，也顾不上什么禁忌不禁忌，走过去，说了一声"得罪了，"便在众目睽睽之下，在老女人的屁股后面摸了一下。长老们看着十分吃惊，不明白力牧为什么要摸她的屁股。

老女人说："把手伸进去摸吧，这样摸得真切。"

力牧想自己反正也是摸了，要说非礼也已经非礼了，她既然这么说，干脆一不做二不休，把手伸进衣服里去摸个仔细。没想到这一摸，他立刻大惊失色，连声喊"失敬，失敬"。原来力牧小时候曾听老人说过，住在玉山的王母娘娘的特征，是鹤发童颜，头戴花冠，虎牙豹尾。鹤发童颜和花冠虎牙已都见到了，唯独那个豹尾，非要摸了才能知道。因此力牧的这一摸，摸到了老女人屁股上确有一根尾巴，手摸上去竟然是热乎乎的，像条火蛇一样，由此可见她一定就是西王母。

力牧充满歉意地说："我们都是有眼无珠，失敬失敬，真是太对不住你王母娘娘的驾到。"

西王母说："我呢，本来不想管你们的闲事，但看着你们没完没了地用无辜的女孩子祭祀，都是些活蹦乱跳的孩子，实在于心不忍，因此过来助你们一臂之力。"

力牧听了，不胜感激，含着热泪说：

"老天爷这次开了眼了，王母娘娘出手相救，那我们有戎国就有救了！"

长老们一个个拱手致谢。

西王母告诉长老们，问题其实出在老天爷的儿子身上。老天爷有两个太太，一个太太叫常羲，常羲是月亮女神，她与老天爷生了十二个月亮公主；另一个太太叫羲和，她是太阳女神，与老天爷生了十个太阳王子。羲和与王子平时住在东方海外的汤谷，所以叫汤谷，是因为王子们和羲和老是在这洗澡，把水都弄热了，弄得像沸腾的开水似的。汤谷附近是一棵巨大的扶桑树，有上万米高，树桩粗得几千个人才能将其抱住，十个王子平时就歇在树上。太阳王子们轮流值班，每天只可以有一个出来溜达，出来的时候，天就亮了，等到回去，天便黑了。多少年来，王子们一向循规蹈矩，不料近来却调皮捣蛋起来，完全坏了天上的规矩，动不动就是十个太阳一起出动。他们一起出来，人间的老百姓便遭了殃。

听西王母这么一说，长老们都傻了，仿佛迎头泼了一盆冷水。既然是老天爷的王子们在闯祸，这件事情又怎么才能摆平？西王母说，老天爷早预料到会有这一天，因此，如何解决此次劫难的人选，也早就派到人间来了。长老们听她这么一说，无奈的脸上立刻舒展了眉头。西王母说，事到如今，老天爷只能大义灭亲，只能用箭把那些太阳王子给射下来。长老们听了目瞪口呆，都觉得这事不可思议。力牧想了一会，问西王母怎么才能把太阳给射下来，那个老天爷派来解救劫难的大英雄，现在又在哪里。

西王母说："我想羿这孩子，应该已经长大成人了？"

"羿？"长老们不相信自己的耳朵。

"对，我说的就是羿。"西王母不容置疑地说。

长老们突然都明白了，原来羿是天上的神仙下凡，难怪他会是那么优秀的一个射手。

"不过，挽弓当挽强，真要把这件事情做好做完，"西王母关照长老们，"就得先为羿造出一副好的弓箭来。"

西王母说着，突然消失了，就像她突然出现一样。长老们发现她可以来无影，去无踪，更加坚信她就是传说中的神仙西王母。现在，既然西王母的意思，是要先造出好的弓箭，长老们也无话可说，立刻派人去把造父喊来。造父是有戎国最伟大的能工巧匠，要想造出一副好的弓箭，他显然是最适合的不二人选。造父很快被喊来了。长老们把西王母的旨意，传达给他听。造父听了，不住地点头，听完了传达，他仿佛早就料到事情会这样：

"羿这个孩子，果然不同寻常。"

"这事，我是说要造出好的弓箭，"力牧迫不及待地追问着，"你能有几分把握？"

造父不说话，长老们都盯着他看。力牧等了一会，不见造父回答，又心急火燎地问了一遍。造父依然不说话。长老们你看着我，我看着你，最后再次回过头来看造父。造父眉头紧锁，显然还在琢磨这件事。过了一会，经过一番深思熟虑，他很自信地给出了答案：

"要说把握，自然不敢说有十分，不过要试它一试，倒也是未尝不可。"

造父的回答让长老们感到很满意，大家都知道他是个有能耐的人，能这么说，起码也是有了七八成的把握。力牧于是代表长老向造父许诺，此次制造弓箭，关系到国家的生死存亡，如果真把事情做成功了，造父的地位将再升一级，直接成为长老中的一员。事到如今，有戎国老百姓都应该视制造弓箭为头等大事，无论造父有什么样的要求，都必须尽力满足。

"那好吧，我先说说这弓，弓为本，有了好弓，再造出好箭，自然就不是什么难事。"成为长老是造父梦寐以求的理想，现在，这么好的机会放在眼前，自然不愿意错过。他慢吞吞地说道："我听说在南山之顶，有一种风声木，此树可是神树，生长在风口之中，柔韧性极好。五千岁一湿，万岁一枯，可以说是极其罕见。风吹过时，它的树枝会发出音乐之声，并且可以预告祸福，有武事则如金革之响，遇文事则如琴瑟之鸣，人有病则枝头冒汗，人将死则枝杆自断。若以此木制弓，必为神弓。"

长老们一边听，一边点头。造父说的这个风声木，他们闻所未闻，不过既然这么说了，就一定要想方设法找到。造父说完了弓，又不急不慢地说起了弦："再说这弓上的弦，当然也有一番讲究，要取一百头公牛后腿的牛筋，搁锅里熬上三天三夜，火不能太大，必须是文火，然后加上我秘制的凝固胶，便可制成。"

"那箭呢?"力牧听造父只说弓,忍不住要问。

造父不当一回事地说:"有了一把好弓,这箭吗,自然就不难了。"

这时候,由于有十个太阳一起在天上发威,人类正经历着前所未有的困境。食物短缺,大家都在挨饿,找到一百头牛十分艰难得。但是形势已如此,再艰难的事情,也必须硬头皮去做。于是上山找风声木的找风声木,负责搜牛的到处搜牛,历经千辛万苦,终于风声木也有了,一百头公牛也凑足了。很快,造父将弓箭造了出来,弓箭造好,接下来便是试射,到试射的那天,有戎国的老百姓不顾酷热,一个个都从躲藏的地方跑出来看热闹。

羿是神仙下凡的消息,早就不胫而走,像燎原的野火一样,烧遍了有戎国的每一个角落。不熟悉羿的人,对他是神的说法深信不疑,他们觉得只有神才可能关键时刻力挽狂澜,既让牛黎国的伟大射手长狄丢人出丑,又将有戎国从亡国噩运中拯救出来。反倒是那些熟悉羿的人心存疑虑,他们成天与他在一起,谁也看不出这个依然有些孩子气的羿,除了箭射得好之外,还有多少神的特质。羿自己也弄不明白什么是神。现在,造父把用来射日的弓箭制作好了,羿向人们证明自己的时候也就到了。如果真是天上的神下凡,他就应该去把太阳给射落下来;如果不能,他就不是什么神,大家就不得不继续在十个太阳的淫威下艰难度日。

对造父精心制造出来的弓箭,羿似乎并不满意。他试了试弓的力度,将箭搭在弦上,对着不远处的一座小山就是一箭,只见那箭一头扎进岩石,深深地扎了进去,在坚硬的岩石上留下了一个深不见底的黑洞。众人立刻欢呼起来,他们从来没见过一支箭能有这么大的威力。接着,羿又试射了第二箭,这次是对天上射击,箭放出去以后,人们看着那箭越飞越高,很快就没了踪影。众人情不自禁地又欢呼起来,从来不曾见过一支箭可以射得如此之高。造父也按捺不住有些得意,但是羿的嘴边却流过了一丝不屑。

过了一段时间，那支箭从高处落了下来，跌落羿的身边，羿再次不屑地笑了。造父注意到了他脸上的表情，从一开始，羿就有些不满意，现在已经是非常失望了，那支箭射出去的高度显然不够。

长老们问造父这是怎么一回事，造父也不知道问题出在什么地方，于是大家都向羿请教。羿二话不说，又把弓拉了开来，这次他没有搭上箭，只是用力将弓拉开，看上去只是稍稍用了些劲，那弓却被他轻易地扯断了。很显然，羿是在用这种办法告诉造父，箭射出去的高度不够，是因为这把弓的硬度不够。如果要想让他射日，必须再制作一把更硬的弓才行。造父立刻明白了羿的意思，可是他感到有些为难，觉得自己已无能为力。他制作的这把弓，十几条好汉都别想拉开，羿却还嫌弓不够硬。

接下来的一段日子，造父关起门来苦思冥想。必须制造出一把适合羿使用的弓来，这是造父的职责所在。终于，苦思冥想有了结果，造父已意识到问题出在什么地方。仿佛被什么高人指点了一样，他豁然开朗，一下子找到了症结所在。既然风声木还不够强硬，造父决定用更结实的指星木来做弓架。这指星木也是一种神树，用它的树枝做成手杖，指着天上的星星，星星立刻就会消失。弓弦也不再用牛筋熬制，造父决定用更神奇的蚺蛇的筋来做，蚺蛇同样是一种神蛇，深藏在洞穴之中，长约十几丈，剥皮抽筋以后，它的筋会自动缩短，短到不足一丈。造父相信，用这两样宝物制成的弓，比上一把弓会强硬许多。

很快又到了试射的日子，这一次又是人山人海。大家再次跑出来，不仅仅是看热闹，还因为人们都被饥饿折磨得吃不消了，要是再不下雨，再不改变眼前干旱酷热，地球上所有生灵都将没法继续存活下去。最后的希望现在都寄托在了羿的身上，大家都希望羿能在这个节骨眼上，再一次把他们从危难之中解救出来。羿出场了，他对造父的新弓，似乎还有些看不上眼，众目睽睽之下，有些孩子气地拿起了弓，很随意地想拉开。出乎羿的意料，也出乎在场的所有人意外，这一次羿竟然未能把弓拉开。见此情景，造父不由得暗暗得意，他知道自己的任务已经完成了，自己已经将宝弓制造出来，接下来怎么办，那就要看羿的能耐了。羿又一次试图拉弓，他用尽全身的力气，还是不能把那张弓拉开。

接下来的几天，羿很不快乐。他不明白自己为什么拉不开那把弓，感到很沮丧，一肚子的不痛快。闷闷不乐的羿甚至不愿意出去与孩子们一起玩，他把自己关在小屋子里，成天蒙头睡大觉。有戎国在挨饿，大地被烤焦了，万物枯萎，能吃的食物都吃得差不多了。到了这个关键时刻，羿的所作所为急坏了那些长老。他们在羿的住处徘徊，一次次走进他睡觉的房间，把他从床上叫起来。长老们说羿你不能这样，你要振作起来，你不是普通的人，你是神，你要像王母娘娘说的那样，用箭去把那些太阳给射下来。

羿被长老们的唠叨弄得不胜其烦，他说："王母娘娘是谁呀，我根本就不认识她。"

长老们说："王母娘娘说了，你是老天爷派下来的神。"

羿仍然是不耐烦："老天爷又是谁？"

羿的态度让长老们感到很无奈，他们没有办法，只好拉着嫦娥一起过来劝他。长老们知道羿很听嫦娥的话，也许只有她出来劝说，羿才可能听进去。嫦娥被叫了过来，她并不愿意加入规劝羿的队列中去，她说羿还是个孩子，干吗非要让他去做根本做不到的事情：

"你们干吗非要为难一个孩子呢？"

"事到如今，只有羿，只有他，才能把大家从危难中解救出来。"

长老们七嘴八舌，不得不试图先说服嫦娥。他们千方百计地让嫦娥相信，羿可不是一个普通的孩子，他是老天爷派来的神。既然他都已经是神了，就不能这么成天蒙头睡觉。除了不停地说教之外，长老们还向羿许诺，只要他能完成自己的使命，有戎国将封他为最高首领。他将获得一个最高的荣誉，到那时候，羿将成为领袖，成为有戎国的统治者。长老们的这番许诺，对混沌初开的羿没有任何诱惑力，可是嫦娥听了，却忍不住怦然心动：

"这么说，到那时候，你们都要听羿的话，都得照他的意思办事了？"

嫦娥不太相信自己的耳朵，她不相信长老们真会这么做，不相信他们真会把手中的权力交给羿。

长老们最后无奈地离去了，羿仍然是躺在那里不肯动弹。接下来，嫦娥开始了对羿的说服工作，不过她所说的那些话，与其说在试图说服，还不如说在做亲切安慰。嫦娥首先问他为什么要成天睡在床上，为什么不像过去一样，出去与孩子们一起玩。类似的话已经问过无数遍了。嫦娥说你不就是拉不开那弓吗，拉不开就拉不开吧，有什么了不起的。你知道自己为什么拉不开那弓？因为你还是个孩子，等到你长大了，不再是孩子了，你就能把那弓拉开。让嫦娥感到不明白的，是羿虽然成天在睡觉，可是却显得异常疲惫，他的眼睛里充满了血丝，不住地打着哈欠。

羿说："我已经不是孩子了。"

"胡说，"嫦娥笑着说，"你当然还是个孩子。"

羿固执地说："不，我不是孩子了。"

羿突然对嫦娥说起了真话，他坦白说自己之所以要成天蒙头睡觉，最主要的原因，是他根本就睡不着觉。羿说自从那次没有把弓拉开以后，就一直没有再睡着过。只要一闭上眼睛，那把拉不开的弓就在他眼前晃悠。他不知道为什么会这样，为什么自己不能入眠，睡不着觉的滋味非常不好，他并不愿意这样，但是无论怎么努力，羿都没有办法摆脱那把弓的纠缠，都没办法进入梦乡。

嫦娥没想到羿原来是在受着失眠的折磨，一时不知道如何安慰他才好。她说好吧，你已经把自己的心思说出来了，说出来就好，说出来你就会睡着，你很快就会呼呼大睡。嫦娥安慰他说，睡不着觉又有什么关系呢，睡不着你就这么一直睡下去，一直睡到睡着为止。你总不能老是睡不着吧。现在有我陪着你，我就在你旁边陪着，你很快就会睡着的。既然你已经好几天都没睡觉了，那么现在最要紧的事情，就是好好地睡上一觉。

　　羿说："我睡不着。"

　　"不，你会睡着的，我哄你睡，一会就会睡着。"

　　仿佛又回到了几年前，天天在睡觉的时候，他们都要说上许多废话。那时候的羿还是个尿床的孩子，是羿要睡，嫦娥不让他睡，一定要等他尿完了才让入眠。那时候想不让羿睡觉实在太艰难了，现在这一切正好颠倒过来，是羿睡不着，要千方百计地哄他睡觉。嫦娥突然发现，有时候哄一个人睡觉，要比不让他睡觉更困难，哄了半天，羿仍然没有任何睡意。嫦娥反倒有些困了，眼睛已经睁不开了，她打着哈欠，说羿你要是再不睡的话，我可要睡了。

　　羿说："你睡吧，我反正是睡不着。"

　　嫦娥说："好吧，我先睡一会，待会再陪你说话。"

　　嫦娥说着，一歪头便睡着了，甜甜地进了梦乡。她显然是太困了，已经坚持不住。受嫦娥的感染，羿恍恍惚惚也似乎有了些困意，刚要随着她一起进入梦境，忽然看见嫦娥又醒了过来，两个眼睛睁得大大的，直直地看着他。羿说，你尽管睡觉，干吗又要睁开眼睛。嫦娥笑了，用一种很奇怪的语调说，你看看清楚，我是谁，我可不是什么嫦娥。羿觉得这话有些滑稽，说你不是嫦娥，那你又是谁。那女人说，我不是嫦娥，我是住在玉山的西王母。羿觉得这件事更加滑稽了，说你明明就是嫦娥，为什么要说自己是西王母。那女人说，真正的嫦娥还在睡觉，我只是借用了她的身体。

羿还是不相信她的话，说你干吗要借她的身体，你干吗不显出你的真身呢。那女人说，我的真身太老了，已经是个老太婆了，怕吓着了你。

化身嫦娥的西王母为了让羿相信自己说的话，突然从嫦娥的身体上消失了。这时候，一切又回到了现实中，羿发现一旁的嫦娥，果然还沉睡在梦乡里，对刚刚发生的事情一无所知。羿开始有些相信那女人说过的话了。他突然有些开窍，对着空中喊着："好吧，王母娘娘，就算你说的都是真话，你出来吧。"西王母听他这么一说，立刻又借着嫦娥的身体，出现在了羿的面前。

羿说："你真的就是那位他们所说的王母娘娘？"

"一点不错，我就是。"

"他们所说的，难道都是真的？"

"差不多吧。"

"那么我也是一个神了？"

"这话也不错，"西王母笑了，"你确实就是。"

"我既然也是神，为什么我不能拉开那把弓？"羿现在最需要的，就是有人告诉他答案，"你们都要我去射日，可如果不能拉开那把弓，我又怎么可能去射日呢？"

西王母说这事说起来也简单，毕竟你还是个没开窍的孩子。羿想起不久前，嫦娥也对他说过同样的话，他说我明明已经不是孩子了，你们为什么都要这么说。西王母告诉羿，你可以觉得自己已不是个孩子了，可是你毕竟还不是男人，你必须从女人身上获得力量。男人只有通过女人，才会让自己变成真正的男人。羿便问西王母，怎么样才能算是个男人，怎么样才能从女人的身上获得力量。西王母笑而不语，过了一会，她说羿提出来的这个问题，恰恰是只有小孩子才会想不明白。西王母说你既然什么都不懂，就让我来告诉你吧。她伏在羿的耳朵边轻声说了几句，羿听了之后，立刻脸红起来。西王母说他用不着不好意思，这件事是天经地义，有戎国的人都以为羿被阉了，就不再是个男人了，其实他既然是神，不要说是被割了两个睾丸，就是被割了十个八个，依然会是个十分出色的男子汉。人的法则，对神是不起作用的。

让西王母这么一说，羿的生理上果然就有了反应。西王母显然也知道他有了反应，便怂恿他不妨先试一试云雨之欢，如果他不介意的话，可以先在她身上尝试一个新鲜。说着说着，她便一件接一件地解去了身上的衣服，露出白花花的肉体，因为西王母是化身在嫦娥的身上，此时羿见到的，其实就是一个赤身裸体的嫦娥。对于这个充满活力的身体，羿也不陌生，嫦娥对他也从不刻意隐藏，但以往每次见到，他并无一点欲念，可是今天的情况却有些大不一样。羿突然感到呼吸很困难，身上到处就跟着了火一样，这是一种从未有过的强烈感受。他突然地开窍了，情不自禁地把手伸出去，很放肆地去抚摸她的那个地方，抚摸她柔软而浓密的阴毛，抚摸她高耸而稍带些弹性的阴阜。她充分地舒展着自己的身体，像一朵盛开的鲜花那样怒放，听任他的抚摸，每一次抚摸都会做出不同的回应。

好事就这么开始了。就在浑身抽搐的那一瞬间，羿醒了过来。一时间，他不知道自己身处何地，渐渐地，才知道自己是做了一场春梦。这时候，嫦娥正睁大了眼睛，在一旁看着气喘吁吁的他。她不明白发生了什么事，很不放心地问他怎么了，为什么要这么恐怖和紧张。羿一时说不出话来，只是觉得这梦醒得很不是时候，觉得这样的美梦根本就不应该这么快就醒了。过了片刻，他不无遗憾地告诉嫦娥，自己刚梦到王母娘娘。

嫦娥很吃惊，十分好奇地问他王母娘娘长什么样子。

羿说："她长得跟你一模一样。"

"你瞎说什么，"嫦娥觉得羿是在胡扯，"王母娘娘是什么人，她怎么可能长得跟我一样呢。"

"她真的长得跟你一模一样。"

羿把梦中的一切，都仔仔细细地说给嫦娥听，没有一点点隐瞒。从西王母如何化身嫦娥，到自己如何抚摸她的身体，如何进入，如何一泻如注。嫦娥一边听着，一边依然有些不相信。她知道羿从来不会对自己说谎，绝不会编了故事来骗她。为了检验他这次是不是说了真话，嫦娥伸出手去，摸了摸羿的那个地方。不摸也罢了，这一摸，真把她吓了一大跳。那里果然是一片冰凉，粘糊糊的，已湿了一大片。

"我的天哪，你、你怎么了？"她一时不知道说什么好，"不可以这样的。"

"为什么不可以？"

"当然是不可以。"

"人家好端端地，正做着一个美梦，"羿似乎也有一点点害羞，意犹未尽，"好端端地就被你弄醒了。"

嫦娥说："梦是你自己要醒的，怎么可以怪我呢。"

羿的神情依然还有几分茫然。

嫦娥又说了遍："这梦可是你自己醒的。"

羿不依不饶："赔我的梦，你得赔。"

"赔什么的都有，赔什么都可以，可就是没听说过，连这梦还有能赔的。"羿的故事让嫦娥心咚咚直跳，她红着脸说，"我倒是很想赔呀，怎么赔呢？我又不是那个什么王母娘娘。"

"你得赔！"

"怎么赔？"

羿也不跟嫦娥多说什么了，他孩子气地解开了她的衣服，扑到了她怀里，继续做他的美梦。嫦娥并没想到事情最后会是这样，她觉得自己起码也应该挣扎一番，哪怕只是做做样子。可是就在这么想的时候，她已经紧

紧地抱住了羿。嫦娥紧紧地迫不及待地抱住了他，好像这么多年来，一直
处心积虑地都在等待着这一天。现在，羿的美梦，同样也是嫦娥的美梦。
此时的嫦娥仿佛一把枯萎的干柴，遇上了羿这团烈火，立刻轰轰烈烈燃烧
起来。一时间，无论是羿，还是嫦娥，都弄不明白自己是在做梦，还是正
处在活生生的现实之中。

　　羿挎着弓箭去射日的那一天终于到了。现在，羿再也不只是一个人高
马大，光长个子不长心眼的傻孩子。他已是个真正的男子汉，便能轻而易
举地拉开造父为他定做的那把宝弓。很多原本不明白的事情，一下子都明
白了。临行之夜，嫦娥与羿之间难免又有一番缠绵，两人情投意合极尽恩
爱，就在嫦娥心满意足昏昏欲睡之际，西王母又一次借助她的身体显了灵。
她笑着向羿表示了祝贺，然后很关心地问他准备带上几支箭出发。羿告诉
她造父已为自己准备好了十支箭，因为天上一共有十个太阳。西王母听了，
叹气说你们怎么这么糊涂，如果把那十个太阳都射下来，便会永远处在黑
暗和阴冷之中，没有了太阳，人类过的将会是一个更糟糕的日子，黑暗要
比光明更可怕，阴冷要比酷热更恐惧。
　　·羿根本就没想那么多，他懒得去想这些。别人怎么安排，他就怎么做。
西王母也不多说什么，她从身上掏出了一粒红颜色的仙丹，告诉羿在射日
之后，立刻服下这粒仙丹，一旦将仙丹吞服下去，他便可以重新回到天上。
西王母说，羿本来就是天上的神，他来到人间的一切活动，都是老天爷事
先安排好的。一旦他完成了射日的使命，天上将会有一个很好的位置在等
候他。西王母千叮万嘱，要羿保管好这粒仙丹，因为如果没有了它，他便
再也可能回到天上去了。对于天上的神仙来说，没有什么更糟糕的事，能
和永远沦落人间相比。天上是天堂，人间是地狱。
　　就在羿伸手接仙丹的时候，西王母偷偷地在他箭囊里拔了一支箭，然

后便神不知鬼不觉地消失了。羿一下子完全明白了西王母所说的话，也立刻明白自己应该怎么做。昏昏沉沉的嫦娥醒了过来，对刚发生的事情一点都不知道。看着睡眼惺忪的嫦娥，羿告诉她西王母又出现过了，一听说西王母，嫦娥首先感到的是嫉妒，她酸溜溜地说：

"她跑出来干什么，总不会又要跟你做那事吧。"

天隐隐约约亮了，是羿应该上路的时候了。现在，羿没有时间向嫦娥解释，他必须立刻启程，去完成射日的伟大使命。临行前，他把西王母给的那粒仙丹，郑重其事地交给了嫦娥保管。对自己的未来命运，羿已经做出了安排，他不愿意再回到天上去，他要永远和她在一起。他们永远也不分离。

"我不会再回到天上去的，"羿告诉她。

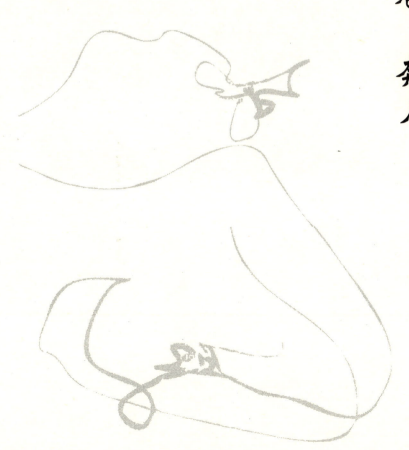

下卷　奔月

第一章

羿从箭囊里拔出了第一支箭，看热闹的人仿佛一群受惊的小鸟，惊叫着往后退了好几步。一时间，几个弱不禁风的人跌倒在地。因为食物短缺，饥荒已经持续了很久，有戎国的人一个个骨瘦如柴，一阵风过来都可以把他们吹倒。天色已经大亮了，十个太阳缓缓升了起来，慵懒地在地平线上散着步，对于即将到来的危险，没有一丝一毫的察觉。初升的太阳看上去还算不上太耀眼，一个个发出的热量也十分有限，它们以忽快忽慢的速度往上升着，很快，就像一串鲜艳的红气球似的挂了天空上。在一开始，旭日的模样多少还有些可爱，仿佛一张张孩子的小脸蛋，红红的圆圆的，对着大地调皮地眨巴着它们的眼睛。渐渐地，便露出了狰狞的面目，它们开始肆无忌惮地发起威来，颜色变得越来越白，光线也越来越强，逼人的热浪开始扑向地球表面，地面的温度骤然上升，空气中立刻弥漫着一股焦枯的味道。

羿此时站在一个平缓的山坡上，两眼一直注视着这些太阳。他天生一双好眼睛，越来越强烈的阳光并没有妨碍他，他甚至连眉头都可以不皱一下。终于，羿将那支箭架在了弦上，他侧身拉弓，将弓拉满了，手一松，嗖的一声，箭直溜溜地飞了出去。围观的人屏住了呼吸，目送着箭向天空飞去。他们没想到羿如此轻易地就把弓给拉开了，他们也不知道这一箭射出去，最终会是什么结果。长老们并排站在最显眼的地方，神情肃然，默默地在为羿祈祷。

就听见一声巨响，天崩地裂电闪雷鸣，紧接着，便是飞沙走石，流火四溅。显然，羿的箭射到了太阳。爆炸声过后，人们看见一个巨大的黑影从高处坠落了下来，重重地摔在了地上，在地上砸出了一个大坑。大家迫不及待地跑过去看，原来是一个三只脚的黑乌鸦，个头竟然像成年的母猪那么大。"这是什么东西呢?"围观的人七嘴八舌，好奇地互相询问着。长老们也不太明白是怎么回事，你看着我，我看着你。只有见多识广的力牧喜形于色，他洋洋得意地告诉大家，说这个就是太阳精魂的化身，它已经被羿的神箭射了下来。

羿继续向天上放箭，弦惊霹雳，随着霹雳之声而来的，是一声声更强烈更持久的巨响，地随之动，山跟着摇。在人们的惊呼声中，一个接一个火球在天空中爆炸，先是放射出耀眼的光芒，然后便形成一团团硕大的蘑菇云。转眼间，十个太阳竟然有九个被羿射落了下来。幸好西王母在他临行前，偷偷拿掉了一支箭，要不然羿杀得一时性起，很可能把天上所有的太阳都给报销了。三脚乌鸦从不同的方向接二连三地坠落下来，一共是九个，在地上砸了九个深深的大坑。羿的神箭果然厉害，最后一个幸存的太阳落荒而逃，远远地躲到了天边外，躲在深深的云海后面，一直躲了一个多月，才敢再次胆战心惊地露出脸来。

等到轰隆隆的噪声全都安静下来，大家惊奇地发现原本明亮刺眼的天空，已经完全暗淡了。更让大家感到惊喜的，飞沙走石过后，虽然空气中还弥漫着焦枯的味道，气温却明显地凉爽了，那种让人窒息的热浪已不复存在。一时间，乌云密布，狂风四起，就在人们惊魂未定，一个个伸出脑袋东张西望的时候，豆大的雨珠开始从天而降。

"下雨了! 下雨了!"惊呼着的人群忍不住狂叫起来，奔走相告，"好呀，老天爷终于开眼了！"

已一年多没有见过雨水的老百姓，按捺不住激动万分的心情，像孩子似的在雨地里奔来奔去。久旱逢甘露！水是生的源泉，也是生的象征，久违的雨水源源不断，濒临灭亡的万物终于获得新生。生命将得以延续，美好的生活将重新开始。不知道是谁带了个头，大家一起向羿跪了下来，匍匐在地，大声地赞美起羿来。他们一时找不到更合适的词来表达自己的感激之情，只是叫着喊着羿的名字，感谢最伟大的羿，感谢他用神箭挽救了人类的生命。大家叽里呱啦欢呼着，叫着喊着羿的名字，声浪一阵更比一阵高。

以力牧为首的长老，也情不自禁地跪了下来。这些有戎国最有身份的权贵，这些可以决定国家命运的大人物，此时都虔诚地匍匐在地，对伟大的羿表达感激和崇敬。

羿在众人簇拥下，开始踏上回程。一路上，老百姓夹道欢迎英雄归来，他们喊着叫着，一遍遍欢呼他伟大的名字。到处都是狂喜中挥舞的手臂，到处都是得救后绽放的笑容。羿还在很远的地方，嫦娥便听见了震耳欲聋的喊叫。此起彼伏的呼喊声响彻云霄。雨越下越大，风越刮越猛，天空中雷电交加，这些都丝毫不能减低大家的热情。

嫦娥站在家门口欢迎羿的到来。这是她一生中最激动的一天，也是最幸福的一天。人们向羿欢呼着，一个个把嗓子都喊哑了。已经有很长时间没有这么痛痛快快喊过了，大家把所能想到的最好赞美词，毫无保留地献给了羿。他们泪流满面，感激不尽，把羿当作让自己重获新生的救命恩人，把羿当作老天爷在人世间的化身，不仅感恩戴德地向羿本人欢呼，在他们看见嫦娥的时候，也忍不住对着她欢呼起来。谁都知道嫦娥与羿的特殊关系，谁都知道如果没有嫦娥，就不可能会有羿的今日。在这个充满了纪念意义的日子里，大家不仅要向伟大的羿表示敬意，也同时要向嫦娥这位同样伟大的女人，表达自己的崇敬和感激之情。

羿出现在嫦娥的眼前。和所有女人一样，嫦娥只能在家里焦急地等待羿的消息。只有男人才有机会去亲眼目睹羿射日的壮举。嫦娥心急如焚，迫切地想知道羿的真实情况。终于，好消息像燎原的烈火般很快传开了，羿的名字突然开始到处传唱，他的光辉形象也在瞬间迅速放大。欢呼的声浪以排山倒海之势压了过来，那声音越来越近，越来越猛烈。嫦娥从未见过如此壮观的场面。喜悦的热泪流了下来，她冲了过去，一把搂住了羿。

羿在嫦娥的搂抱下，第一次表现出了不好意思。热烈的欢呼声已让他不知所措，森林般竖起的手臂晃得他眼花缭乱，在巨大的荣誉面前，羿的表情有些恍惚，甚至有些身不由己。现在，他最希望的事情，是自己能尽快地从眼前的噪声中得到解脱，希望眼前这些人立刻消失。羿只希望回到自己的家里好好地休息一下，他只愿意与嫦娥单独待在一起。然而蜂拥而至的欢呼人群，早就将他的住处团团地给围住了。

"好样的！"嫦娥在他的耳边喃喃地说着，"羿，你真的是好样的，好极了！"

羿却是轻轻地问了一句："怎么才能让这些人走开？"

"你说什么？"

"我想让这些人赶快走开。"

嫦娥不明白羿为什么要这么说。她告诉他，这些人正在向他致敬。她告诉他，这些人把他当作神。她告诉他，这些人热爱他，这些人以后将会听从他的命令。她还告诉他，长老们已经做出许诺，一旦他完成射日的使命，有戎国将封他为最高首领，这是一个男人所能得到的最高荣誉。现在，是长老们兑现自己诺言的时候了，他们应该站出来，宣布羿为有戎国的首领，宣布他为这个国家的最高统治者。

羿说："我不要成为首领，我也不要当那个什么最高的统治者。"

嫦娥没想到他会这么说，她没想到已经到了现在，他仍然还是不开窍："那你想干什么呢？"

羿说："我想和你在一起。"

"傻瓜，你不是已经和我在一起了吗？"

"我要永远和你在一起。"

"羿，你真是个傻孩子，现在还有谁能阻拦你呢？"嫦娥充满爱怜地看着他，开导说，"你当了首领，成为这个国家的最高统治者，一样可以和我在一起呀！"

羿说："我不会离开你。"

嫦娥说："你当然不会离开我，你为什么会离开我呢？"

羿知道嫦娥根本就没有明白他的话。嫦娥根本就忘了还有仙丹那件事。她忘了羿如果服了仙丹，便可以回到天上去，永远地离开人世间。不仅是嫦娥没有想到，那些正在向羿欢呼的人，也是一个都没有想到。现在，他们一个个都只知道心存感激，虽然大家都知道羿是个神，都知道他有不同寻常的能力，可是他们谁也没有想到，羿为了嫦娥，正准备放弃重新回到天堂做神的机会。

"上面是天堂，和天堂相比，人间便是地狱。"羿很平静地对嫦娥说，"我要待在地狱里，和你在一起。"

羿成了有戎国众望所归的领袖，不过，必须要把以力牧为首的几个长老排除在外。长老们从一开始就后悔，他们觉得当初轻易许诺把国家交给羿来管理，多少有些不够慎重。他们不应该那么冒昧。国之重器，岂能轻易地就送给别人？羿得到了广大民众的爱戴，长老们一方面不得不顺乎民意，宣布羿为有戎国的首领，承认他为这个国家的最高统治者；另一方面又像放风筝一样，虽然把权力交出去了，牵制风筝的那根线还牢牢地掌握在自己手上，他们仍然还在控制着国家机器。羿不过是个听他们吩咐的傀儡，长老们依然像过去那样，动不动就开会讨论，动不动做出一个什么决议，然后把这决议交给羿，通过羿发布给有戎国的老百姓。

在一开始，由于羿对权力根本就不感兴趣，很长一段时间内，长老们和羿之间没有什么激烈的冲突。羿只是不想让嫦娥失望，才勉强接受了那些他并不想要的职位。对权力有着浓厚兴趣的是嫦娥。她很快就对长老们的做法感到不满，开始在羿的背后出谋划策，唆使他挺身而出，跟长老的这个决议那个决议进行对抗。"你要让他们知道，既然你是首领，就应该是你说了算。"既然很多事情羿都懒得去想，嫦娥便越俎代庖帮他出主意，替他打抱不平，"羿，你不能像穿了鼻孔的牛那样，让他们牵着鼻子走，不能让他们想怎么就怎么，你要牵着他们的鼻子走。"

很快，长老们就领教了嫦娥的权力欲。很快，长老们意识到这个女人不好对付。射日之后，下了七七四十九天的大雨，旱透了的土地得到充分滋润，小河里有水了，大片的湖泊重新出现，藏在山洞深处的鱼群，随着山洪一起冲了出来。枯树开始发芽，植物完全复活，久已不见的飞禽走兽，不知道又从什么地方冒了出来。转眼之间，山也青了，水也秀了，到处一片生机。长老们通过开会，又做出了一个决议——他们一本正经地告诉羿，现在国家最重要的就是休养生息，所谓休养，是什么也不用去做，让有戎国处在一种自然休整的状态中，通过休养得到恢复。换句话说，羿什么都不用操心了，他和普通的老百姓一样，什么事都别干，在家里好好地歇着就行。对于长老们的这个建议，羿看不出有任何的不好，但是嫦娥不乐意了，她知道羿当了首领，如果什么事都不做，毫无作为，那就不再是首领。

嫦娥提出来要为羿修建一座宫殿。考虑到他为大家做出的巨大贡献，这个要求并不算过分。不管怎么说，首领的房子也是有戎国的面子，羿作为一个国家的首领，只住现在的这个房子，这显然有些寒碜和不够体面。长老们于是专门开会讨论，大家并不反对修一座宫殿，但在问题上却意见不一。力牧作为长老中最有身份的人发表意见，他的意思是尽可能地小一点，有戎国刚从灾难中恢复过来，这时候能节俭就应该节俭。他的理由是无论什么人，要居住的房子总是有限的，即使有戎国的首领也不能例外。贪图享乐是危险的。羿还年轻，除了嫦娥，他并没有什么别的家人。一座巨大的宫殿对于他这个阉人来说，又有什么意义呢，难道只是为了让他的仆人们去住？

力牧的观点激怒了嫦娥，她的脸涨得通红，红了以后，又变成了紫色。由于并没有参加长老们的讨论，她只能通过造父的转述，来间接了解到力牧的话。造父的转述难免添油加醋，难免煽风点火，听完了他的这番转述，嫦娥冷笑起来，她看着造父，不动声色地问：

"我真的是很想知道，你说的这个，是所有长老们的意见呢，还是力牧一个人在这么说？"

"当然是力牧一个人在自说自话。"造父前来通风报信，目的只是为了讨好嫦娥，他现在虽然也名列长老，是有权势的人之一，可是其他长老并不把他放在眼里。"力牧这老头子仗着岁数大一些，处处都是要出风头的，说什么话都是自以为是。"

嫦娥继续不动声色："现在究竟是谁说了算，谁是这个国家的最高统治者，是羿，还是力牧？"

造父说："当然是羿。"

"不，不是羿，是力牧。怎么会是羿呢？现在什么事情都是力牧这个老头子说了算，当然应该由他来当这个首领。"嫦娥突然板起脸来，让造父一定要把话带给长老们，"这样吧，等宫殿造出来了，就让力牧这老头子搬进去住。你去告诉他们，就说这话是羿说的，说他不想再当这个首领了。你告诉那帮老家伙，你就说羿根本就不稀罕这个。力牧他不是有能耐吗，那就让他当好了！"

"力牧这老头子，他怎么配当首领，他太老了！"

嫦娥说："不老，我看他是一点都不老。"

"力牧也没有像羿那样的贡献，他怎么能和羿相比！"

嫦娥不屑地说："羿反正是不在乎当这个首领。"

造父悻悻地说："羿不想当，也轮不到力牧。"

嫦娥问造父："按照你的意思，又应该轮到谁？"

造父对谁来当首领并不感兴趣，他只是不太喜欢力牧，对他的弄权感到不满。看着嫦娥俏丽的脸色，造父悄悄地转移了话锋："我听说羿有一粒仙丹，吃了这粒仙丹，他便可以回到天上去了？"

"怎么，你希望羿赶快回到天上去？"

"不是我。"

"不是你，是谁呢？我知道了，那就是你们了，你们都希望羿赶快离开！"

"不能这么说，就算是有人想要羿离开，那也至多是力牧这老东西。"造父连忙将自己撇清，他的眼睛不肯离开嫦娥的脸蛋，色迷迷地说："不过，当然还是天上更好！"

通过造父的表情，嫦娥知道他这刻心里正在想什么。造父的用意显而易见，她索性直截了当地点破了："你是不是觉得，羿去了天上，你就又可以有机可乘，又有了占我便宜的机会？我知道，你这心里依然怀着鬼胎，你还在惦记着我呢！"

造父笑着不说话。他觉得羿是个阉人，自己就是承认了还在惦记嫦娥，也不能算是什么大过错。窈窕淑女，君子好逑，像嫦娥这样绝色的女人，没有男人惦记，岂不是太可惜了。造父感觉良好地心里盘算着，他想自己惦记嫦娥，嫦娥很可能也在惦记他。男欢女爱，人之大欲，哪个女子不思春呢，何况嫦娥与自己已经有过那事了。

嫦娥突然对造父做了一个媚眼，意味深长地说："不错，羿是有仙丹的，我告诉你，可不止是一粒，只要他高兴，随时随地可以带着我一起去天上，我们才不在乎这个什么首领呢。"

造父对嫦娥的话将信将疑。

力牧想代替羿当首领的消息不翼而飞，有戎国的老百姓立刻沸沸扬扬，一个比一个更愤怒。他们都觉得这事不可思议。一个年老而且已经有点迂腐的力牧，何德何能，竟然敢动代替大英雄羿的脑筋？事实上，力牧并没有这样的念头，因为没有，他也没想到要为自己辩解。但是话传得越来越离谱，力牧的野心被极度地放大了，力牧的形象被极度地扭曲了。有消息说，力牧不仅控制着羿的一言一行，把羿应有的一切权力都架空了，而且独断专行，根本听不进其他长老的劝告。有一个很普遍的说法在流传，说是力牧打着为羿修建宫殿的幌子，正在为自己偷偷建造豪宅，他打算等宫殿修好后，再不择手段地把羿逼回到天上去，自己成为有戎国的首领。

在羿之前，有戎国从未有过什么首领。这个国家能够强大的一个重要法宝，就是卓有成效的集体领导。因为有了集体领导，有戎国的国家机器运转起来，要比那些以头人为首领的原始部落有效得多。随着时间的推移，周围那些落后的原始部落已不复存在，集体领导的弊病也开始显露出来。民主不一定都是好事，没有一个强有力的能够独裁的统治者，有戎国常会陷入一种无序的混乱状态。长老们只知道没完没了地开会，很多时间都花在了没意义的扯皮上。长老们虽然有效地削弱了羿作为首领独断专权的能力，但他们对民众的控制能力却越来越差，几乎到了根本控制不住的地步。

被传言激怒的民众包围了力牧的住处，他们向院子里投掷石块，把正腐烂着的死老鼠扔进他的房子，向他的老婆和孩子公开挑衅。他们要求力牧出来对话，可是当老态龙钟的力牧真走出来的时候，他们除了对他吐口水之外，根本就不听他说什么。不明真相的人越聚越多，事态也越来越失控，最后，失去理智的民众变得疯狂起来，竟然纵火将力牧的房子烧得一干二净。这场混乱的最终结果，是造父从众长老中脱颖而出，他从幕后跳到了前台，名正言顺地接了力牧的班，取代了他的位置。

力牧被剥夺了长老头衔，成为一个遭受众人唾弃的坏人。造父从一个刚升为长老的新贵，一跃成为长老中最有发言权的人。突然得到拥护的真实原因，是他巧妙地利用了民众的情绪。当人们都崇拜英雄的时候，谁站出来为羿大唱赞歌，谁就可以轻易地得到大家的认可。力牧的错误在于他不知道民众对羿是如何的爱戴，他低估了羿的受欢迎程度。造父不失时机地发动了一场挽留羿的运动，在这场轰轰烈烈的群众运动中，他让有戎国的老百姓相信，由于以力牧为首的长老们的所作所为，由于这些老头子对羿的极度不恭敬，作为天神的羿已经开始厌倦了人间生活，已经产生了要离去的念头。

羿是老天爷派往人世间的大救星，挽留羿便是拯救人类自己。造父带领着老百姓到羿的住处周围游行，一遍遍地呼喊挽留羿的口号，这些口号把羿给彻底弄糊涂了，他百思不解地问嫦娥：

"我并没有想离开的意思，可是这些人，为什么会觉得我要离开呢？"

嫦娥说："这说明他们和我一样，舍不得你离开。"

羿说："问题是——是我没有想离开。"

"我知道你不想。"

"那为什么还要这么闹呢？"

嫦娥神秘地笑了，说："你想不想，是一回事。他们想不想，又是一回事。"

羿本来是想问个明白，可是嫦娥的这话，反而让他更糊涂了。嫦娥告诉他，为人民所爱戴是件好事，有了民众的拥护，他这个首领才能当好。当好这个首领是他义不容辞的责任，他不应该辜负大家的希望。造父带领的人还在外面闹着，大呼小叫，迟迟不肯离去。最后嫦娥十分大方地走了出去，当着众人的面，代表羿发表了一番热情洋溢的谈话。她充满激情地告诉大家，因为他们的真诚挽留，本来去意已定的羿，现在决定不走了，他已经决定留下来，和大家在一起共同生活，同舟共济，让有戎国变得更强大，让老百姓的日子变得更好。

嫦娥的话音刚落，欢呼声立刻惊天动地。为了进一步讨好嫦娥，造父开始亲自设计并监工，为羿建造了一个超豪华的宫殿。很快，美轮美奂的宫殿落成了，同样是在造父的主持下，又为羿搞了一个盛大的登基典礼。有戎国的老百姓从未见过如此漂亮的宫殿，也从未见过规模如此之大的登基典礼。仪式正式开始前，造父跑来晋谒羿和嫦娥，说自己为羿造了几个字，希望他们能够定夺下来，选一个自己喜欢的字，作为羿的封号。他用一根树棍子在地上划着，写下的第一个字是"帝"。羿和嫦娥不明白那是什么意思，造父一本正经地解释：

"这个字呢，它代表着一朵花。你们看，这不是花的形状吗？上面是花把子，中间是花萼，这下面的部分呢，就是下垂的花蕊了。"

嫦娥点点头，对羿说："让他这么一说，倒是有些像。"

造父又在旁边写下两个字，分别是"皇"和"后"，然后继续解释：

"这个'皇'字，它看上去像一盏灯，像一盏正在闪闪发亮的明灯。你们看，这上面的部分像不像是灯光，中间是搁油的灯缸，油就搁在这，那下面呢，就是灯的柱子。至于这最后一个字，它是表示有一个人坐在这里。坐在这干什么呢？你们看，他正张开了嘴说话，这里面的一横，表示是一，就是一个的意思；而这个方框呢，它表示是一张嘴，这张嘴正在说话，说什么，别人就得乖乖地听什么。为什么呢？因为这个坐着的人，他不是人，他是神，是首领，他正在发布号令，有事要诏谕天下四方。"

羿和嫦娥听得津津有味，但是直到造父把话说完了，他们仍然不明白他的意思。正明白为什么要他们从三个字中挑一个字出来。造父的这番话显然有些深奥。嫦娥看着造父，叹着气说：

"你唠叨了半天，我还是不太明白，什么叫做封号？"

造父说："封号就是羿一个人专用的称号，你们从这三个字里，挑出一个来，这以后就是对羿的尊称，谁也不可以再用这个称呼了。"

嫦娥说："你的意思是说，这个字，只要是羿用过了，别人就不能再用？"

造父觉得自己很难一下子把它解释清楚，他说：

"这样吧，反正这些都是最好的字，一旦选定，它就代表了最大，最有权势。如果选了帝，羿以后就叫帝羿；如果选了皇，以后就叫皇羿；如果是后，那就是后羿。"

嫦娥看了看羿，希望他能挑一个字。羿看了一会，已记不清造父刚刚说了什么，犹豫了一下，让嫦娥为他挑。嫦娥想了一会，选中了最后一个字：

"我看还是这个字好，就是'后'吧，以后你说什么，别人就得乖乖地听什么，这多好！"

造父说："好吧，那就叫'后羿'。"

第二章

登基仪式结束，后羿的称号就算是正式定下来。这以后，谁提到他，不能直呼其名地再叫羿，必须要尊称为陛下才行。经过声势浩大的登基仪式，原先那个傻乎乎的羿已不复存在；出现在众人面前的，是有戎国威武庄严的统治者后羿陛下。后羿是一国之主，从羿到后羿，只是一字之差，情况却完全不一样。造父的想像力确实丰富，他设计的宫殿漂亮极了，不仅有着无数精美绝伦的房间，最让人拍案称奇的，是在宏伟的宫殿前面，还专门设计了一个凸起的大平台，站在平台上，高高在上的后羿接受大家的朝拜，检阅他的臣民。居高临下的感觉非同小可，只有这样，一个统治者才会真正意识到自己是首领；只有这样，统治者才会意识到自己的权力至高无上。一旦后羿出现在这个象征着权势的平台上，所有在场的人，不管是普通民众，还是有地位的大臣，都得立刻乖乖地跪下请安。大家都被后羿的威严给镇住，不得不以此来表现自己对后羿的臣服。后羿不挥手示意，他们这些做臣民的，就得一直老老实实地跪在那里。

目睹这样的场景，嫦娥心潮澎湃，这是做梦都不会想到的事情。她没想到造父会这么有心机，把事情办得这么漂亮，这么有效率。事实充分证明，造父精心策划的登基大典很有必要。从现在开始，经过这番仪式的折腾，有戎国老百姓大开眼界，他们对后羿已不仅是爱戴，更多了一种过去不曾有过的敬畏。嫦娥终于明白了，原来爱戴和敬畏都是必要的，爱戴是敬畏的基础，敬畏又能够进一步加深爱戴。一个统治者需要爱戴，同样更需要敬畏，没有敬畏，不可能持久地维持住爱戴。

私下里，嫦娥曾偷偷问后羿，问他高高在上的感受。她想知道站在凸起的平台上，万人注目，掌声雷动，究竟是一种什么样的滋味。后羿听了大笑，说没想到人世间会有这样的好事，当初为了她，他放弃回天上去做神仙，显然也是个不错的选择。高高在上被人敬仰的滋味真的很不错，看着那么多人傻傻地匍匐在你面前，向你的影子叩头，对你山呼万岁，这种乐趣只有人间才会有。后羿说他现在对天堂的生活，已没有一点点留恋，他觉得就像现在这样便非常好。嫦娥没想到后羿会这样得意，这样满足，不禁想到了自己收藏着的仙丹，想到那能让后羿重新回到天堂的灵丹妙药，说你既然是这么想，既然是这么喜欢人间，那么我干脆就把仙丹扔掉算了。

后羿说："你扔吧，反正我也不在乎了。"

嫦娥说："我可记得陛下当初说过的话，陛下说过天上是天堂，人间是地狱，这话我还都记着呢，怎么样，没说错吧？陛下是这么说的，不是吗？"

"看来地狱也有它好的地方！"

后羿深有感慨地回了一句。与过去相比，他似乎一下子变了一个人，变得更成熟了。后羿再也不是以往的那个小男孩，而是一个实实在在的大男人。让嫦娥感到意外的，他不只是变得成熟，而且开始有了一点心机，开始知道明辨是非了。虽然一天到晚不出门，就待在深宫里，可是他对外面发生的事情，并不比别人知道得少。嫦娥对造父的所作所为赞不绝口，一个劲地夸他表扬他，没完没了地拿他与力牧做比较，说他这儿好那儿不错，没想到羿一眼就看穿了造父的不怀好意：

"和力牧这老头子比起来，造父一点也不比他好。"

嫦娥很吃惊后羿会这么想。

后羿说："要说坏，他比力牧更坏。"

嫦娥不解地说："他可是处处都在讨陛下的好。"

后羿说："讨我的好，还不都是为了讨好你。"

嫦娥立刻有些脸红，红得仿佛是刚被烈火烤过。她吃惊后羿竟然会有这般见识，吃惊他现在果然是跟过去不一样了，竟然能够不为表面的东西所迷惑，一针见血地就看出了造父的用心。

嫦娥说："他讨好我，陛下不高兴了？"

后羿坦然地说："我干吗要不高兴？他讨好你又有什么不好？我很愿意他这么做。"

"陛下真的很愿意？"

"很愿意。"

嫦娥很快发现后羿说的是百分之百的真话。很显然，后羿早在一开始，就非常清醒地意识到造父的用心。嫦娥有些担心，她担心后羿会因此不高兴，会因此吃醋，可是她很快就发现担心有些多余。后羿并不在乎造父讨好她，在以后漫长的日子里，后羿一如既往地爱着嫦娥，对她一直怀着刻骨铭心的爱，他似乎从来就不知道嫉妒。不管情况怎么变化，他始终是不折不扣地依恋着她。在后羿的脑子里，仿佛从来就没有出现过嫉妒这两个字。

渐渐地，后羿开始厌倦在宫殿里待着。没完没了地接受大家的朝拜，一次又一次地检阅自己的臣民，所有这些都让后羿感到没意思。再好玩的事情也不能一个劲重复。他开始怀念有力牧的日子，在那时候，后羿什么事都可以不用过问，他只是一个简单快乐的傀儡，乱七八糟的琐事，交给长老们去处理就行了。现在情况完全不一样，造父把后羿推到了权力的顶峰，有戎国的一切似乎都与后羿有关，事无巨细，都要拿过来麻烦他。说到底，造父只是个很出色的能工巧匠，在管理国家方面，根本就是一窍不通。况且他的心思，大多用在了如何接近嫦娥身上。和力牧不一样，造父对行使权力并不太感兴趣，与获得权力相比，造父更愿意获得的是嫦娥，事实却让他感到失望，嫦娥一直有意回避他，存心不跟他见面，加上后羿总是在场，就算有时候见到了嫦娥，也没什么可以调情的机会。

机会终于送上门来了。一天上朝，一位来自马当山的报信人，神色慌张地向后羿禀报最近发生的事情：

"陛下，在西边的马当山，新出现了一个怪物。"

"怪物，什么怪物？"后羿不当回事地说，"不着急，你慢慢地说。"

报信人说："那怪物名叫猰貐，长的样子极其可怕，它生着龙一样的脑袋，生着老虎一样的爪子，叫起来的那个声音，好像是小孩子在啼哭，每次哭完之后，就跑到山下来，随便抓几个人，像啃甘蔗一样将人嚼碎了吃，把渣子吐了一地。"

"这事还不好办吗？派上几个人，去把那个猰貐杀了，不就行了？"后羿没有感到吃惊，他也不知道这个猰貐不好对付。在那个年头，狮子老虎吃个把人是经常的事，因此并不把它放在心上。报信人不往下说了，他看了看造父，正好造父也在偷眼看他。两个人的目光这么别有用心地对视，后羿全看在眼里。

造父心虚地白了送信人一眼，说："你盯着我干什么，有什么话，直接对陛下说。"

后羿说："是呀，有什么话，你不能对朕说？"

报信人支支吾吾，低声说："回陛下，人是派了，已派了好几次了，不过——"

"既然已派人去了，这事情不就结了？你还有什么话要说？"

报信人说："派去的人，都让猰貐给吃了。"

"都让猰貐吃了？"

"都吃了。"

后羿大怒，说既然是这样，为什么不早一点来报告。报信人不敢再吭声，因为要说报告，他其实早就跟造父报告过了。通常情况下，造父知道了一点大事小事，都要不厌其烦地告诉后羿；唯独这一件，他是故意先瞒着不报。后羿不由得回过头来，看了看造父，一看他的表情，就知道他肚子里藏着话要说。

后羿对造父说："好了，也别藏着掖着了，到底是怎么回事，你就说吧。"

"陛下，这件事非同寻常。"造父此时也不再卖关子，他按捺不住得意，毕恭毕敬地对后羿说，"臣等已经商量过了，看来、看来这一次是非要陛下亲自出马才行了。"

"造父的话差矣，"一位老臣挺身而出，阻拦说，"陛下，臣等确实商量过此事，不过并非像造父说的那样，要陛下亲自出马。陛下乃一国之君，为了区区的一个怪物猰貐，怎么能让国君离开他的宫殿呢？"

有人跟着附议："陛下，此话有理，国不可一日无君，请陛下三思。"

于是在场的人七嘴八舌，各抒己见，大多数都不赞成后羿亲自出马。造父有些失望，话里有话地说：

"诸位的这些话，要说也在理，陛下作为一国之君，最好是待在宫殿里。可是眼下此事甚急，陛下若是不出手，其他人怕是也对付不了。要不然，你们都给我说说看，谁还有这个能耐？"

一时间鸦雀无声。

造父脸上露出一丝笑意："当然，陛下到底是不是亲自出马，这就要看陛下的意思了。"

后羿想了想，仍然是不当回事地说："好吧，朕正好也想出去走动走动，就让朕去射杀这个该死的猰貐吧。你们不用为朕担心，朕很快就会回来的。"

大家还想进一步挽留，可是后羿已做出了他的决定，别人也就不便再阻拦了。第二天，后羿挽了他的弓箭，准备动身去马当山。临行前，自然免不了与嫦娥有一番缠绵。嫦娥依依不舍，说陛下干吗非要听造父的话，陛下难道还看不出来，他就是想让陛下离开这里。后羿说，造父这心里是怎么想的，朕自然完全知道。不过自从射日以后，朕就没有再摸过弓箭，现在，朕这手也有些痒痒了，很想出去转转。嫦娥说，出去转转，陛下倒是想得痛快，在宫里呆腻味了，就想出去玩玩，我还想出去玩玩呢，陛下倒好，把我一个人留在这里。

后羿说他射杀了那头猰貐后，会以最快的速度回来。他确实有些舍不得离开嫦娥，可是又更想到外面去玩，后羿觉得自己在宫殿已经憋坏了，现在正好可以借着射杀猰貐出去散散心。到了马当山以后，那猰貐大约也是知道后羿的厉害，躲在茂密的树林里不肯出来。后羿看不见它的踪影，便让手下放火烧山，烟熏火烤，那怪物有些受不了，叫喊着向后羿直扑过来。后羿引弓不发，一直等到它快到自己面前，才将箭射出去，那猰貐虽然是个很大的怪物，哪里经受得起这样的一箭，立刻死在了后羿的面前。

猰貐除了，天下并因此没有太平，西边马当山上的怪物刚除掉，南边的畴华之野，又冒出一个叫凿齿的怪物。与猰貐一样，这凿齿也喜欢吃人，也是以人肉为基本食粮。长着一个老鼠模样的小脑袋，身体却有三匹马那么大，最特别的地方是它还像大象那样，也长着一对长长的利齿。凿齿行动敏捷，健步如飞，来去像一阵风吹过。它的胃口很大，每天要吃掉好几个人。这边猰貐之患刚除，那边凿齿的祸害又让人不能忍受。后羿马不停蹄，风尘仆仆地又赶到了畴华，不费吹灰之力，将凿齿给射杀了。

杀了猰貐和凿齿以后，后羿再次名声大噪。接下来，他干脆就在外面周游，哪里有怪物兴风作浪，他便出现在哪里。被后羿射杀的食人怪物还有九婴和大风。九婴是生活在北方凶水之上的怪物，生着九个脑袋，张开嘴来，既能喷水，也能喷火。大风是一只巨大的鸟，主要是在东方的海边为害，它的翅膀掠过的时候，常有大风伴随，风大得足以能把人给吹起来，让人像树叶一样在天上飘来飘去。后羿毫不留情地将这些怪物一一射杀，为老百姓除去了祸害，他们对他的感激之情，又进一步地加深了。

在后羿射杀的怪物中，值得一提的还有封豨。这家伙其实就是一头大野猪，特别之处在于，这头成了精的野猪太大了一些，长牙利爪，比人们能见到的最大的大象个头还要大。封豨比后羿射杀的所有怪物都聪明，它藏在一片很大的桑树林里，无论你想什么办法熏它撵它，它就是不肯出来送死。封豨的皮很厚，十分光滑，后羿用箭射它，那箭一碰到它的皮，就会立刻改变方向。让围观的人感到诧异的，是这头看上去很笨拙的畜生，会突然回过头来，一口咬住后羿射向它的追逐之箭。这一招"啮镞法"，后羿当年与牛黎国的长狄比试武艺时，就曾经为大家表演过，没想到如此独门的绝技，封豨竟然也会。

最后，后羿还是找到了封豨的弱点，他把箭从它的脚后跟里射了进去。这个部位是封豨身体上唯一的薄弱点，箭一旦射中了，封豨就再也跑不远，只能乖乖地被活捉。后羿的本意，是想把活捉的封豨带回去，让有戎国的老百姓开开眼界；同时也想作为礼物送给嫦娥，她此刻正在宫里苦苦等着后羿的归来，如果嫦娥愿意，可以把它当作宠物来饲养。不料这封豨是个倔脾气，被活捉之后，它竟然赌起气来，既不吃也不喝，硬是把自己给生生地饿死了。

凯旋归来的后羿受到了老百姓热烈欢迎，他诛除恶禽猛兽的英雄事迹，早已传遍了有戎国的每个角落。最高兴的当然还是嫦娥，她朝思暮想，日日夜夜地为后羿的安全担心，现在终于把他给盼回来了。短暂的分别让后羿和嫦娥变得更加恩爱，让他们的生活变得更加甜蜜。嫦娥发誓，以后再也不与后羿分开了，她信誓旦旦地说：

"以后无论陛下去哪，我都会跟着，哪怕陛下是去死。"

后羿说："朕是天上的神，怎么会死呢？"

"我担心陛下杀不了那些怪物，反被怪物给伤害了。"

嫦娥向后羿倾诉着自己的日思夜想。她说陛下不在的时候，我老是在做一个很奇怪的梦，我梦到陛下在追一个怪物，那怪物在前面跑，陛下在后面追。怪物生着长长的腿，跑得飞快，陛下根本就追不上它。追呀追呀，后来怪物跑到了天边，陛下也就追到了天边。再后来，怪物不在了，怪物变成了神仙。陛下呢，也不见了，也变成了神仙，原来你们都是神仙。这以后，陛下就一直待在天上，再也不回来了。

后羿觉得嫦娥的想法不可思议。他说自己既然已经把仙丹交给她保管，就是要让嫦娥放心，自己绝不会离她而去。后羿怎么会舍得离开嫦娥呢？外面的世界很好玩，外面的世界很精彩，要是嫦娥真觉得一个人待在宫里太寂寞，以后他可以带着她一起出去。他们可以一起去周游世界，走遍千山万水，走到天涯海角。后羿说，如果你再也不想与朕分开，连短暂的别离也感到不可忍受的话，以后我们就一直待在一起，无论朕去什么地方，朕都带着你。

嫦娥说："好吧，这话可是陛下说的。你现在已经是陛下了，说了话要算话的。"

后羿笑着说："朕既然是陛下，当然要说话算话。"

"陛下不能骗我。"

"陛下怎么会骗人？"

嫦娥心目中的后羿，总是在不断地变化。不管他怎么变，都让嫦娥越来越喜欢他，对他越来越入迷，越来越觉得离不开他。就像嫦娥变得越来越美丽一样，后羿也是变得越来越英俊，在有戎国，再也找不到比后羿更帅气的小伙子，再也找不到比他更威武的男人。嫦娥说不清自己对后羿是一种什么样的情感，是母爱，是对小弟弟的爱，还是男女之间那种单纯的性爱，反正是许多种爱，错综复杂地揉在了一起。同样的道理，别人看待嫦娥与后羿之间的关系，也是错综复杂，他们无法做出准确的判断，吃不准她与后羿究竟应该算是什么关系。

后羿在外面除害猎杀怪物，以造父为首的几个男人，一直没有停止过对嫦娥的性骚扰。骚扰的方法可以说是五花八门，让心存忧虑的嫦娥防不胜防。在造父们的心目中，既然后羿是个阉人，既然这个阉人现在又不在宫里，他们跟美貌的嫦娥调调情，吓唬吓唬她，拨弄拨弄她那根神经紧张的琴弦，也是天经地义的事情。好花堪折直须折，好好的地荒着不种太可惜了，他们凭什么要放过她呢。

虽然嫦娥一次次地表现出了愤怒，但是色胆包天的造父们，根本就不去理会她是真愤怒，还是假装正经。后羿在外面云游四方，诛除恶禽猛兽，造父们便在宫殿里大献殷勤，轮番进攻。他们想出了各种招数，向嫦娥讨好，向嫦娥施压。他们一次次暗示，暗示后羿很可能已在外面出了事故。在造父们的嘴里，很短的时间内，后羿已经遇难了无数次。造父们还暗示，如果后羿真出了什么问题，只要嫦娥愿意，只要她愿意很好地配合，他们甚至可以推举她为女王。

嫦娥说："我不懂什么叫做女王。"

造父们说："女王就是女首领。"

嫦娥说："你们休想！我才不要做一个听你们话的女首领呢，我绝不会做！"

后羿的胜利凯旋，让嫦娥大大地出了一口恶气，她决定要借此机会，好好地教训教训以造父为代表的好色男人，要让他们知道后羿的英雄本色。她要让他们知道，后羿比有戎国所有的男人都更出色。这一天，嫦娥已经等了很久很久了。这一天，嫦娥决定要公开一个大家还都不知道的秘密，要给有戎国的所有人一个最大惊喜。这一天，嫦娥要把后羿仍然是个男人的消息，公布于众，大白于天下。

这一天，站在凸出的平台上，后羿像往常一样，又一次接受大家的朝拜，又一次检阅他的臣民。当那些固定的仪式即将结束的时候，嫦娥突然从后宫跑了出来，跑到了平台上，满面春风站在那，脸色潮红，大声地宣布自己有话要说。所有的人都感到吃惊，不知道她要说什么。

嫦娥说："今天我豁出去了，要把这个秘密说出来！"

底下一片骚动。后羿看着嫦娥，有些摸不着头脑。

嫦娥说："这个秘密索性说出来也好。我知道大家心里是怎么想的，我知道你们都以为自己的陛下是个废人。不错，你们都佩服陛下，都敬畏陛下，都爱戴陛下，可是我还知道你们心底里是怎么想的，你们都觉得陛下不是个男人，都可惜陛下不是——"

底下现在已经不仅仅是骚动了，完全是一片不可控制的混乱。造父们目瞪口呆，没想到嫦娥竟然会在大庭广众之下，说出这样的话来。倒是后羿显得十分平静，他的脸上面带微笑，回过头来，含情脉脉地看着嫦娥。

"可是你们错了，"嫦娥大声地说着，"你们都错了！陛下根本就不是你们想的那样！"

这时候，要想不引起混乱都不可能了。大家情不自禁地笑了起来，是一阵阵开心的哄笑，造父们尤其笑得厉害。嫦娥终于失去了理智，失去了耐心，她已经忍无可忍，已经接近疯狂，突然歇斯底里地对后羿叫了起来：

"好吧陛下，陛下就把自己的那个玩意掏出来，让他们看看，就让他们看看!"

一时间,原本笑声不断的广场,突然间鸦雀无声。后羿很奇怪她竟然会在此时此地,如此冲动,说出这样惊世骇俗的话来。嫦娥似乎也有些后悔自己的冒失,然而话既然已说出口了,就像射出去的箭一样,不可能再收回去。静默了一段时间,广场上再次响起了笑声,这一次,笑声更加热烈,笑声更加激动人心。后羿被这些笑声弄得不知所措,他仿佛又回到了当年,那时候,人们也是对他被阉了睾丸的生殖器官感兴趣。那时候,后羿经常让人们欣赏他那个受过伤的玩意。如今后羿已经成了有戎国的国君,他不禁有些迷惑,不知道是不是应该在众人面前,把自己的家伙掏出来。

这场闹剧最后以一种折中的方式收场。后羿似乎已经打定主意要展示自己的利器。虽然已经当了国君,当了有戎国的最高统治者,童年时喜欢恶作剧的那个顽劣脾性,还没有完全从他的身上消失。如果大家真是那么有兴趣,后羿为什么不展示一下自己呢?众目睽睽之下,就在他准备解开裤子的时候,情急之中的嫦娥突然改了主意。她突然觉得没有必要如此兴师动众,让所有的人都欣赏到后羿的那个玩意。就算是为了堵气,也没必要这样大张旗鼓地公开展览。事实上,只要让造父们见识一下就足够了,只要让他们看上一眼,就会立刻真相大白。造父们一个个都自以为是,一个个都以为自己比后羿更像男人。现在,嫦娥要让他们自惭形秽,让他们知道后羿才是一个最出色的男人!她气鼓鼓地说:

"你们几个不要脸的东西都好好看看!你们都要用自己的眼睛,给我看仔细了!你们这些该死的男人,你们这些没有廉耻的下流东西,也不撒泡尿照照自己的模样,你们凭什么觉得我会喜欢你们,凭什么?"

造父当众检验了后羿的家伙,他恳请后羿背对大众,由他来宣布自己看到的结果。从造父惊慌和腼腆的脸上,大家已经明白怎么回事。后羿既然是神，那么无论发生什么样的事情都有可能。造父显然被自己所看到的东西给震撼了，他看到了一个十分出色的阴茎，比常人的长，比常人的粗壮。尽管并不处在完全勃起状态，但是它所可能产生的力量，已经显而易见。紧随造父之后，还有几个男人跟着一起过来欣赏，他们像造父一样震惊，一样不敢相信自己眼睛。这显然只是一场小范围的体检，广场上人头攒动，大家都想踮起脚来目睹一个究竟，可是后羿背对着大家，除了站前排的极少数人，站在后面的观众根本就看不清楚。后羿突然开始旋转他的身体，他近乎淘气地竖起了自己的男根，雄赳赳气昂昂，像一柄利剑锐利而坚强，在阳光下闪闪发亮。

第三章

早在后羿凯旋之前，嫦娥在宫中行为不检的谣言，就已经沸沸扬扬地到处传播开了。后羿是个阉人，阉人自然就是不举，不能玩男欢女爱的把戏，嫦娥于是自然而然就不安于室。这些顺理成章的谣言，都是造父他们故意放出去的，既然不能真正地从嫦娥那里获得一点什么好处，他们便集体选择了讨嘴上便宜。凡事都得有个合理的说法，造父们敢于如此肆无忌惮，是他们都知道后羿并不是一个喜欢吃醋的男人。毫无疑问，后羿是个英雄好汉，是拯救有戎国的伟大人物，可是这并不意味着他样样都行。在造父们看来，一个不能行使男人义务的人，就不应该算作男人，他就不应该为自己是否戴上了绿帽子大动肝火。

造父们把谣言先传给了自己身边的女人，然后又经过这些女人的大嘴巴，让有戎国人人都知，妇孺皆晓。在积极传播谣言的女人中，最愤怒也最起劲的是末嬉。就像猫和老鼠是天敌一样，嫦娥与末嬉之间的敌意，并没有因为时间的流逝减弱半分，恰恰相反，虽然几乎不碰面，两人之间的仇恨却越来越深。在末嬉这里，起码有两个足够的理由，让她继续对嫦娥恨之入骨。首先是嫦娥令人羡慕的现状，想到这个一向不如自己的女人，竟然住在了宫殿里，过着娘娘一般的幸福生活，末嬉的心里犹如刀绞；其次，造父对嫦娥念念不忘，也让她醋意大发，这仿佛是在末嬉被刀绞过的感情伤口上撒盐，在正燃烧着的嫉妒火焰上浇油。一个心高气傲的女人，总是不愿意别的女人比自己更好，尤其是自己的男人所觊觎的那个女人。

嫦娥的气息像腐尸一样散发着恶臭，让末嬉喘不过气来。为了报复嫦娥，末嬉不惜到处散布流言，不仅如此，她还即兴地充满想像力地不断编造新的故事。只要一逮着机会，便要进行最恶毒的人身攻击。在末嬉的嘴里，嫦娥成了天下最淫荡的女人，她与自己所能见到的每一个男人私通，把后羿的宫殿变成淫乱的乐园。背后攻击嫦娥，成为末嬉日常生活中一个重要组成部分，因为造父对嫦娥不可理喻的痴迷，已成了末嬉心中真正的痛，成了心中挥之不去的阴影。末嬉想不明白，造父为什么会对嫦娥那么念念不忘，那么痴心不改，仿佛中了邪一样。嫦娥占据了造父心灵中太多的空间，自从在工作坊里占了一次便宜之后，他心中便有一个始终解不开的疙瘩。造父总是在盘算，盘算着如何才能再一次在那张巨大的工作台上，与嫦娥鸳梦重温旧戏再演。过于轻易的得手，很容易让人产生错觉，就好像是一根搁在毛驴鼻子前的胡萝卜，诱人的香味让他欲罢不能。造父傻乎乎地在嫦娥的周围绕着圈子，他垂涎三尺，眼睛里放射着狼一样的绿光。

末嬉妒火中烧，悻悻地对造父说：

"你当初选了我，真是瞎了眼睛。"

造父一向有些宠末嬉，当然这是针对自己的其他女人。如果与嫦娥相比，末嬉现在就只能是狗屁不如。为了能和嫦娥再有一夕之欢，造父愿意毫不犹豫地放弃末嬉，就算是将她打入地狱也在所不惜。末嬉说得对，造父当初在挑选女俘时，确实是瞎了眼，他不该选择末嬉，尤其不该在嫦娥打算要跟着一起走的时候，竟然会狠心地拒绝。那一块就在嘴边的肥肉，很轻易地便被造父给放弃了！当时的嫦娥实在是小了一些，造父一点也没想到她会在日后，变成一个如此绝色的小妇人。

末嬉咬牙切齿地说："可惜了，可惜你现在就是后悔，也已经来不及！"

后羿向造父展现了自己的利器，造父被深深地震撼了。在男女交往方面，造父一向自恃甚高。毫无疑问，造父看到了一个不同寻常的阴茎，看到了它疲软和勃起时的模样。现在，造父突然想明白嫦娥为什么会一次又一次拒绝自己，为什么会那么难以再次上手。他终于想明白了嫦娥与后羿之间的惊人秘密，想明白她当初为什么愿意牺牲自己。为了后羿，嫦娥不惜成为砧板上任人宰割的鱼肉，羿最后能够成为后羿，与嫦娥的帮助密不可分。男人的成功总是和女人分不开，有了嫦娥这样的女人，后羿想不伟大都不可能。

造父把末嬉带到了自己的工作坊，让她扮作成嫦娥躺到了工作台上。这样的游戏已不是第一次了，每次都会给末嬉带来惊人的痛楚。造父一旦玩起这游戏便不知疲倦，他一件接着一件地剥去末嬉的衣服，想像自己是后羿，而躺在那里一动不动的末嬉就是嫦娥。他让末嬉称呼自己为陛下，让她向自己一次次地发出邀请。最后，末嬉终于不耐烦了，她早就忍无可忍。末嬉说："我躺在这有什么意思呢，我再怎么假装是她，我也不会是她。你觉得我是，可是我不是。"

造父狠狠地扇了末嬉一个耳光："我说你是，你就是。我说你不是，你就不是。"

"好吧，你说吧，我是，还是不是？"

造父再一次扇了末嬉两记耳光："你不是，你当然不是！"

屈辱的眼泪从末嬉的眼角淌了出来。

追随造父一起向嫦娥大献殷勤的，还有吴能和吴用兄弟。这兄弟俩的胆大妄为，青出于蓝胜于蓝，追求起嫦娥来几乎是百无禁忌，全不把伟大的后羿放在眼里。他们神气活现地出入宫廷，谈笑风生，处处以自己是后羿的兄弟自称。后羿对待这不知天高地厚的兄弟俩，也确实不薄，毕竟他们共同生活过很长一段时间，毕竟他们曾经是一家人。现在，吴能和吴用兄弟开始处在了恐惧中，他们突然明白，后羿原来是一个性能力十分出众的男人。他们突然明白，自己曾经有过的那些不知天高地厚的举动，显然是有点太愚蠢了。

吴能被封为宫廷的卫队长，吴用是副队长。这正副卫队长的头衔，是嫦娥专门为他们设计的，因为她需要有人成为自己的耳目。吴能和吴用兄弟在一段时间里，成为了嫦娥不可或缺的亲信，他们负责打听外面的小道消息，到处搜集情报。嫦娥根本不用走出宫门一步，外面的各种消息，便会通过这兄弟俩的嘴巴，自动传到她的耳朵里。后羿在外面诛除恶禽猛兽，已经到了什么地方；他每次猎杀了一个怪物，老百姓会有什么反应，有些什么议论，如何准备举行庆祝活动，她对这些都是一清二楚。嫦娥不仅知道老百姓对后羿的态度，而且也知道大家对自己的观点，她清楚地知道大家都在背后怎么议论她。对于自己在宫中行为不检的那些议论，嫦娥一直在琢磨对付它的最好办法。如何收拾制造谣言的造父们，成了她严重的心病，经过苦思冥想，嫦娥终于明白了，要想收拾祸首造父，不妨先从收拾吴能吴用兄弟下手，因为这兄弟俩自己就是制造和转播谣言的队伍中的一员。

嫦娥决定当着后羿的面，先和他们讨论一下这些沸沸扬扬的流言蜚语。她不动声色地开始了自己的谈话，要作为哥哥的吴能先回答她的一个问题。嫦娥说自己很想弄明白，她与后羿之间，究竟是什么关系。她说她想弄明白，他们究竟是怎么看待她的。吴能看了看弟弟吴用，又看了看后羿，知道这问题不好回答，嘿嘿地傻笑起来。吴用不知深浅，自说自话抢着回答了，他讨好地说：

"那还用说，陛下是这个国家的国君，陛下如今说起'我'来，都不说'我'了，说'朕'，您想，陛下是朕，你自然也就是娘娘了。"

嫦娥反问说："娘娘，什么叫娘娘呢，我还真太不知道。"

吴用说："娘娘就是女人里面最了不起的那个。"

"怎么才叫最了不起呢？"

"最了不起就是，就是除了陛下，再挨着排下来，就应该是轮到娘娘您了。"

"我有那么了不起吗？"

"您当然是了不起。"

嫦娥看了一眼不吭声的吴能，话地有话里问他："照他的那意思，我真是个娘娘了？"

既然吴用这么说了，吴能只好沿着弟弟的话说下去，他十分恭敬地说："不错，您当然是娘娘。"

嫦娥继续反问："我是？不会吧。"

吴用吴能异口同声："当然是，当然是。"

嫦娥冷笑："我看我不是。我若真是娘娘，怎么会有那么多的人，惦记着要吃我的豆腐，想占我的便宜呢？"

后羿似乎不太明白什么是吃豆腐和占便宜，不过，他已经看出了嫦娥的不太高兴。他显然是很在乎嫦娥的高兴和不高兴，便瞪着眼睛看着他们。一时间，大家都不说话。过了一会，后羿和颜悦色地问嫦娥：

"朕不在的时候，难道是有谁欺负了你？"

嫦娥说："有没有人欺负我，陛下可以问问他们。"

后羿转过脸来，看着吴能和吴用。兄弟俩开始感到惊恐，他们害怕后羿此时会突然变脸。时过境迁，今天的后羿与原来的羿早已不一样了，他如今拥有至高无上的权力，只要他一不高兴，他们兄弟俩的小命就会立刻完蛋。巨大的恐惧让他们不知所措，他们害怕嫦娥会进一步说出什么不好听的话来，幸好她该收的时候收住了，没有接着往下说。后羿等了一会，听不到下文，便对吴能吴用兄弟交代，他的话里果然已透露出了十分的威严，他说："朕听见你们刚刚说什么了。好吧，既然你们都说她是娘娘，那以后就一定要乖乖地听她的话，她说什么；你们就一定要听什么，不得有半点违抗。以后，她要你们活，你们就活，她要你们去死，你们就应该立刻去死。"

这是后羿第一次用这么严厉的口气对他们说话，吴能和吴用兄弟连忙跪到地上，说："陛下的话，一言九鼎，我们不敢违抗。"

后羿纠正说："是娘娘的话，你们不得违抗。"

嫦娥开始行使自己当娘娘的权力，开始一一收拾她的对头。她做的第一件事，就是命令吴能吴用兄弟，先去把他们的爹吴刚捉来问罪。兄弟俩得令也不敢怠慢，立刻来了一个大义灭亲，火速地去捉拿吴刚。吴刚很是委屈，不明白要绑他去宫里做什么。他挣扎着，让自己的两个宝贝儿子先把该说的话说清楚。吴用说，绑你老人家到宫里去，当然是要治你的罪，你以为还会请你去玩呀。吴刚说我何罪之有？陛下现在虽然是陛下了，毕竟他当年也喊过我一声爹。我都不明白了，怎么我现如今反倒是有罪了。

吴能说，爹，你别闹了好不好。你想想，你好好地想一想，就凭你当年把陛下的那玩意给阉了，就这一条，还不够治你的罪？

到大狱里一审讯，吴刚自然是要把这件事情，全部推到了造父身上。冤有头债有主，当初阉掉后羿的睾丸，确确实实是造父出的馊主意。说老实话，吴刚那时候也有些舍不得，这一点不用旁人作证，嫦娥自己心里就一清二楚。那时候，造父的地位高，他说过的话，吴刚不能不听，也不敢不听。对吴刚的审讯很快结束，证据确凿事实清楚，吴能吴用立刻马不停蹄地又去捉拿造父。审讯吴刚本来就只是走过场，要抓住整治造父的把柄才是真正目的。当吴能吴用赶到造父家的时候，毫无准备的造父正在工作坊里折腾末嬉，他让她穿着一件与嫦娥式样差不多的衣服，在那张宽大的工作台上不停地扭动，一边扭动，一边自报家门地说自己就是嫦娥那个臭婊子。末嬉显然不喜欢自己扮演的角色，她非常讨厌这种无聊的游戏，然而为了取悦造父，她不得不勉为其难地去做。正做着，吴能和吴用直截了当地闯了进去。

造父有些生气，说："你们两个好大胆子，凭什么就这么大大咧咧地进来了？"

末嬉站在工作台上，手足无措，她不知道自己是应该下来，还是继续站在上面。吴能对她挤了挤眼睛，回过头来，不动声色地对造父说："您先别急着生气，造父大人，是娘娘她要请你去。"

造父一肚子不高兴，不知轻重地说了一句："娘娘，我还没听说过有戎国有什么娘娘。怎么了，有戎国什么时候又冒出一位娘娘了？"

"唉哟，您可不要揣着聪明装糊涂，"吴用提醒他说，"谁是娘娘，您这心里自然是透亮。"

"我透亮个屁！"造父继续不屑地说，"我是一点都不明白。你们能不能告诉我，到底谁是娘娘？我只知道有戎国有个后羿，没听说还有什么娘娘。"

吴能说:"好吧,造父大人,这话可是您说的。您说了,可别后悔。"

吴用说:"是呀,您可没地方去买后悔药。"

"我说了,我就是说了,你们又能拿我怎么样?"造父挥挥手,示意末嬉继续在工作台上扭动她的水蛇腰。"就我,像是一个要买后悔药的人吗?"

吴能和吴用也不多说什么,在末嬉的眼皮底下,上前就把造父给绑了,不由分说地押往大狱。造父做梦也不会想到,显赫一世的自己,最后会享受到这种待遇,一路走,一路还在嚷嚷。他说你们这是干什么,竟然敢就这样把我给绑了。有戎国的老百姓都出来看热闹,他们并不知道发生了什么事,看见平时神气活现的造父,现在叫吴能和吴用绑着下大狱,都觉得这事有趣和好玩。很快,造父被送到了关他的地方,到了那里,吴能吴用兄弟依然是什么话也不多说,把他往一间又潮又湿的牢房里一扔,掉头就走。

造父狂呼乱叫,他说:"喂,这是怎么了,到底是怎么了,凭什么就这么把我扔在这?凭什么?我要见陛下,我有话要对陛下说!"

无论造父怎么呼喊,反正是没人理他。这样一关就是十天,整整十天,呼天天不理,叫地地不应。造父终于没有了脾气。十天以后,嫦娥光彩照人地出现了,她是专程来见造父的,远远地站在牢房外面,看着他不停地冷笑。到了这个时候,造父不想再斗气了,他知道自己现在已经不是她的对手,不得不开始服软。他说我知道你的厉害了,你厉害,你是真的厉害,你是个了不起的女人,你确实是这个国家的娘娘,看在我们过去的情分上,你就权当着开个恩吧,放了我。造父自忖平时对嫦娥虽然有所得罪,看在他有过那些功劳份上,请她放自己一马也不为过。

嫦娥说:"我自然是想放你一马,就是怕这个国家的老百姓,他们不肯答应。"

"老百姓凭什么要这么恨我呢?"

"就凭你当初出主意割掉了陛下的那玩意!"

"那玩意,什么玩意?"

嫦娥说:"你也不用装糊涂了,当初可是你让吴刚干的,都是你出的主意。"

造父现在终于明白嫦娥说的是什么了,她说的是后羿被阉去的睾丸。这真是有些不意想不到。造父没想到她会用这件事来算计自己。虽然只是一笔陈年烂芝麻的旧账,他知道认起真来,这绝不是闹着玩的一件事。力牧的前车之鉴已经放在那了,真要为了这个治他的罪,造父就是有一百张嘴,也解释不清楚。好男不跟女斗,嫦娥的种种厉害,造父早就领教过了,可是并没有想到她会在此时此刻,使出这样一个杀手锏。现在,造父是真的服软了,他斗志全无,却还不愿意最后认输。在举手投降之前,他决定与嫦娥开诚布公地谈一次。造父十分坦白地告诉嫦娥,说自己确实是打内心里喜欢她,他是真的喜欢她。如果喜欢一个人也可以算是过错的话,那么他就心甘情愿地承认这个过错。造父说他没想到她竟然会因此这么恨自己。

嫦娥悠悠地说:"对你这个人吗,我也谈不上有多恨,当然,也谈不上多喜欢。"

"既然是这样,既然谈不上有多恨,"造父有些想不明白,"那你为什么还不肯放过我?"

嫦娥说:"你真是一点都不明白?"

"我不明白。"造父一脸的无辜。

嫦娥干脆直截了当地说出真相。她告诉造父,自己不能放过他的真实原因,就是为了末嬉这个女人。因为有末嬉这样一个女人,造父是活该倒霉。"眼下所有的人,都在背后说我的坏话。你知道为什么吗,就因为你的那个末嬉，就因为她到处胡说八道！"一提到末嬉，嫦娥便感到怒不可遏，她的脸涨得通红，声音也变得异常激动。"在大家嘴里，我成了一个十恶不赦的坏女人，跟很多男人都有一腿。现在，已经查清楚了，我查得很清楚，这些个闲言碎语，这些个不堪入耳的下流谣言，都是你那个该死的女人末嬉放出去的！"

造父现在终于知道嫦娥为什么那么愤怒了。

嫦娥咬牙切齿地对造父说："我告诉你，就算我要放了你，也绝不可能放过末嬉这个贱货！"

造父没想到自己最后会受到末嬉的牵连，他的长老头衔被剥夺了，家奴和土地的数量被大幅度削减。遭受惩罚最重的是末嬉，她被送到了宫里，成为一名最下贱的女仆，被罚做最脏最苦的杂役。刚送进宫的那段日子，嫦娥想尽了各种办法羞辱她，折磨她，让她沉浸在最大的痛苦之中。嫦娥说我知道你恨我，那好吧，我现在要做的事情，就是让你更加恨我，让你恨个痛快，让你因为恨我而度日如年。嫦娥让末嬉过着猪狗不如的日子，让她住在最糟糕的房子里，让她吃最糟糕的伙食，让她做一个女人最不愿意做的事情。既然她把嫦娥描述成天下最淫荡的女人，她就索性让末嬉开开眼界，让她好好地欣赏自己的幸福生活，让她看着自己怎么吃山珍海味，让她看着自己如何穿绫罗绸缎。嫦娥要让她亲眼目睹自己与后羿如何恩爱，让她亲眼目睹他们是如何通宵达旦地寻欢作乐。

很快，嫦娥就发现自己黔驴技穷，已想不出什么招数来惩罚末嬉。仇恨像沙地上的水一样，突然之间已经无影无踪了。或许是过于幸福的缘故，嫦娥实在是想不明白自己还有什么理由要憎恨末嬉。有一天，阳光刚刚升起的时候，嫦娥把末嬉叫到了自己面前，决定与她好好地谈一谈。在享受了差不多一整夜的欢爱之后，脸色红润的嫦娥依然睡意全无。她看着末嬉因为熬夜和嫉妒变得通红的眼睛，看着她因为饥饿和营养不良变得蜡黄的脸色，很和蔼地说："末嬉，跟我说句老实话吧，你要是说了老实话，我或许就能放你回去。"

被仇恨折磨着的末嬉一言不发，她咬紧嘴唇，等着嫦娥的下文。她们互相在等待对方的声音和反应，过了一会，嫦娥继续问末嬉现在还恨不恨她，末嬉还是不说话，她不知道应该怎么回答这个棘手的问题。嫦娥再次重申说她只想听老实话，想知道她现在的心里究竟是怎么想的。

于是末嬉毫不含糊地说："恨，当然是恨。"

嫦娥相信末嬉说的是老实话。突然之间，嫦娥对她有了一种非常想亲近的念头。明知道有些话现在说太突兀了，可是嫦娥还是忍不住要说出来。她告诉末嬉自己现在已经不恨她了，嫦娥说我知道你还恨我，你当然还在恨我，不过我已经不恨你了。在我这方面，仇恨已经消失了，仇恨像太阳升起以后的雾一样不见了。她觉得她们已经扯平了。嫦娥说你知道有时候我是怎么想的？我想我们为什么不能像姐妹一样，成为最好的朋友呢？嫦娥充满深情地望着末嬉，语重心长地说着。她说末嬉呀，好好地想想我们小时候的事吧，想想我们熟悉的那些过去，想想我们熟悉的那些往事，想想和我们共同生活过的那些人，我现在能记住的，也就只有你了，以前的事情都已经不存在了，我的妈尤夫人，你的妈万夫人，还有部落的那些女人，她们已经统统都不在了。末嬉，你想想，你好好想想，你还能想到谁，你说呀，你现在还能想到谁？

嫦娥决定与末嬉重修旧好。不管她愿意不愿意，嫦娥做出了单方面的决定。她们是天敌，多少年来，她们一直在互相撕咬与伤害。现在，嫦娥已经不在乎末嬉的伤害了，她们已不再是对手，她清楚地知道末嬉根本就无法再对自己构成伤害。她的诅咒，她编的胡扯谣言，所有这些，都起不到任何作用。嫦娥决定从现在开始，就把末嬉从又苦又脏的杂役中解放出来。她向她许诺，自己不仅要立刻放她回家，而且要恢复造父原有的一切头衔。她们将再次变成好朋友，这一次，是真正的好朋友，不再有敌意，不再互相嫉妒。只要她愿意，她可以随时到嫦娥的宫里来做客。嫦娥滔滔不绝地说着，不时地为自己说的这些话而激动，末嬉却呆若木鸡，根本就不相信嫦娥的诚意。她已经习惯了嫦娥的捉弄，因此她此时更愿意相信嫦娥又在玩什么新的花样。

"不，我哪里也不去，"最后，末嬉不动声色地表明了自己的态度，"我就待在这里，这里很好。"

嫦娥十分亲热地说："这里确实是很好，但是我现在不得不赶你回去了。我现在就要让你回家。因为我希望再次见到你的时候，你已不再是女奴，而是以我好朋友的身份出现在我面前。"

末嬉目瞪口呆。她已经动摇了，却仍然心存疑虑，不敢完全相信嫦娥的话。

"你为什么不肯相信我的话呢？难道你不想回家，不想回去见你的男人造父，你就不想他？"

末嬉轻轻地摇了摇头。

"你不想他，你竟然不想自己的男人！"嫦娥觉得有些不可思议，"这怎么可能，怎么可能？"

这时候，末嬉似乎是被触动了，她的眼泪不可阻挡地流了下来，嘴角嚅动了几下，冒出这么几个字："我只想我的儿子逢蒙，我好想他，我真的好想他。"末嬉不明白自己为什么会突然说这个，也许在这时候，她是真的想念儿子了；也许她觉得事到如今，万念俱灰，只有她的宝贝儿子逢蒙，才是唯一可以让她在嫦娥面前引以为自豪的人。

第四章

接下来的日子，是有戎国历史上最辉煌的岁月。在英勇无比的后羿领导下，有戎国成为当时最强盛的国家。经过短暂的休整，连绵不断的征战开始了，后羿率领着他的军队所向披靡，战无不胜攻无不克。有戎国的疆域继续不断扩大，相对于过去的领土，它的面积迅速增加了好多倍。人口也在不断增多，大量的俘虏涌入这个国家，到处都是干活的奴隶。嫦娥感到十分欣慰，不仅有戎国正变得越来越强大，而且自从诛除恶禽猛兽归来，后羿就没有再失过言，他遵守着再也不和她分开的许诺，无论到什么地方，自始至终都带着嫦娥。她一直沉浸在幸福之中，过着一种最充实最惬意的美好生活。对现实感到很满足，对未来已别无所求，嫦娥只希望能够永远伴随在后羿左右。她希望能够永远这么守着后羿，永远这么看着他吃饭睡觉，看着他行军打仗。在过去的几年里，嫦娥已经习惯了戎马生涯，习惯了行宫里的不安定生活，习惯了战场上此起彼伏的呐喊，习惯了战士们对胜利声嘶力竭的欢呼。

终于，百战百胜的后羿对征服领土开始感到一种前所未有的厌倦。在嫦娥的劝说下，后羿决定马放南山，让自己的臣民过上一段没有战争的太平日子。首先下令解散孩子学校，这是他成为有戎国最高统治者以后，第二次对这个专门用来培养武士的学校颁布禁令。第一次的禁令，是取消野蛮的阉割传统，让那些被送往孩子学校受训的小俘虏，免除了被净身的痛苦。这个禁令使得以吴刚为首的一批小刀手就此失业，同时也让孩子学校培养武士的数量，迅速地以几何倍数激增。现在，既然已不准备再打仗了，后羿便解散了孩子学校，同时解散了大部分的军队。有戎国用来打仗的军人实在是太多了，现在最好的办法，就是让他们都解甲归田。

后羿成为众望所归的领袖，成了当时的霸主，邻近的小国家纷纷向有戎国讨好，一个接着一个向有戎国效忠，讨好和效忠的方式不外乎就是进贡。当时的进贡分为不同的方式，距离有戎国最近的国家，通常每年都要进贡一次，稍远一点的是三年一次，再远的是五年一次。而那些最遥远的，因为行程不便，往往只要在新首领登基的时候，派使者进贡一次就行了。为了表示睦邻友好，体现大国首领的风范，后羿在嫦娥的陪同下，开始频繁接受邻国的访问邀请，结果一年中的大部分时间，他们都是兴师动众，带着大队人马在外面周游列国。

嫦娥与末嬉的关系得到了彻底改善，末嬉现在成了嫦娥身边的常客，成了她无话不说的闺房密友。多年的隔阂已不复存在，她们之间总是有着说不完的话，为了消除末嬉可能会有的戒心，嫦娥把自己心中所有秘密，都毫无保留地告诉了末嬉。同样，末嬉也被嫦娥的赤诚所打动。人心都是肉长的，既然嫦娥愿意那样真心地待她，末嬉也对她表现出了从未有过的忠诚。她们成了最好的姐妹，互相关心互相关照。末嬉不仅是自己喜欢去嫦娥那里做客，而且还常把儿子逢蒙和女儿小娇小娃也一起带到宫里。就在嫦娥与末嬉关系改善的第二年，造父突然一病不起，很快就死了。虽然他生前再次得到嫦娥的关照，官复原职，头衔甚至比原来更高，可是死神却没有放过他。

造父的死进一步加深了末嬉与嫦娥的关系。转眼之间，逢蒙已是一位英俊的十五岁少年，和有戎国所有的男孩一样，他最崇拜的英雄就是后羿，而他心底里最大的愿望，就是能跟后羿学习射箭，最后成为像后羿那样的伟大射手。为了让后羿能成为逢蒙的老师，嫦娥不得不亲自出马，想方设法进行说服。她先认逢蒙为自己的干儿子，这样一来，她的干儿子也很自然地就认了后羿这个干爹。有了后羿这么一个干爹，逢蒙的射技果然进展神速。虽然后羿并没有怎么用心教他，只不过是胡乱地点拨了他几招，聪明过人的逢蒙已是同龄人中最好的射手了。

这一年春天，百花盛开，南方的候鸟开始飞回北方，后羿和嫦娥在宫里待着有些厌倦了，便想出去走走。他们带着庞大的团队，浩浩荡荡动身去南方列国巡视。周游列国总是让人眼界大开，这次去南方诸国，随行人员中新增添了末嬉和她的儿女。嫦娥早就许诺要带她一起出门游走，现在，这个许诺终于兑现了。

这一路巡视大饱眼福。周游的列国有女人国和小人国，有白民国和黑齿国，还有大人国和裸身国。一路劳累疲倦后，最先到达的是女人国。这女人国嫦娥和末嬉早就听说过，一路上都在议论，等踏上了女人国的领土，才发现与她们原来设想的完全不一样。本以为这个所谓的女人国，也就和她们当年的那个部落差不多，只见女人不见男人。谁知道亲眼见了，才明白这个女人国，是说那里的女人从来就不会生男孩，同样是十月怀胎，可生下的孩子是清一色的女婴。女人国的男人全是外来的，因为男人太稀罕了，这里的男人个个都像老爷。离女人国不远的是小人国，这小人国里清一色的侏儒，男男女女都要比正常人矮上一大截，末嬉的小女儿小娃今年才六岁，可是小人国最高的男人，也就是他们的首领，个头也不过才与她一般高。满地跑的小孩通常只有一尺高，要不是末嬉硬拦着，小娇和小娃一定要带一个回家玩玩。至于那白民国和黑齿国，反正是见怪不怪了，白民国一个个跟生了白化病似的，头发是白的，眉毛胡子也都是白的。而黑齿国正好相反，浑身上下都是黑的，就连牙齿也是漆黑，嘴唇仿佛点了朱砂，眉毛和头发都在黑里透着一点红。

相比这几个国家，到大人国和裸身国都不太容易，前有极高的山拦住了去路，后要沿一条长得不见尽头的大河漂流。虽然有人领路，可以骑马坐轿乘船，吃苦受累却是免不了。到了大人国，因为有小人国的经验，嫦娥让末嬉做好心理准备，说这里敢称作大人国，见到的人一定又高又大，没想到真到了实地，才发现自己又一次判断错误。大人国的人确实要比常人高出一二尺来，可是这并不是实际的高度，而是因为他们脚底下都有一团云托着。大人国的人个个都是腾云驾雾的好手，他们的脚底从来就不接触地面。走路的时候，云随着人转动，人站住了，那云也就停止不动了。最让人吃惊的，倒不是这脚底下会跟着人移动的一团云，根据向导介绍，这云团对于不同的人有着不同的颜色，善恶分明，一个人如果光明正大，脚下的云就是五彩的；倘若满肚子坏主意，脚底下就是一团黑云。为了这个缘故，嫦娥看到许多衣冠楚楚的富人，脚下的那团云都用红绫遮着，向导解释说这都是为富不仁，做了坏事。在大人国，做坏事的人必须尽快做好事，只有做了好事，他们脚底下的云团才会再次变成五彩的。

离开大人国去裸身国，要坐好多天的船，顺流而下，终于见到一个望不到尽头的大湖泊，这裸身国就在湖中间的一个孤岛上。在船上待久了，大家都觉得很无聊，好不容易从船上下来，心情立刻好了许多。然而就在这时候，突然有几个赤身裸体的人迎面跑过来，有男有女，一边匆匆地跑，一边对他们做着古怪的手势。嫦娥和末嬉看了，都忍不住要笑出声，而跑过来的那几个人，除了做手势之外，还在叽里咕噜地说着什么。向导连忙向那些跑过来的人介绍后羿，那些赤身裸体的人显然没有听说过后羿的大名，根本就不买他的账，一边摇手一边嘀咕，质问后羿他们为什么要穿着衣服，是不是身上藏着什么见不得人的东西。一位长得极诱人的美女对向导说，入乡就要随俗，既然是来到了裸身国，他们就应该把衣服脱了，要不然，立刻上船回去。向导没办法，只能和大家商量，说按照此地的规矩，是视穿衣服的人为邪恶，如果他们真要去岛上参观，去见识岛上的风情，那就得跟裸身国的人一样，一定要把衣服脱了。后羿听了，二话没说，带头脱去了衣服。他这么一脱，嫦娥也跟着脱了，脱完了，她让末嬉也脱，末嬉有些忸怩，因为这事实在有些过分。

嫦娥说："不就是脱衣服吗？有什么大不了的。"

末嬉最终还是没肯脱衣服。她不肯，与她一起的逢蒙和小娇小娃姐妹，比末嬉更害羞，也不肯脱衣服。其他的随从包括向导，都不肯脱衣服，结果遵照当地规矩，都乖乖地回到船上去。剩下后羿与嫦娥由那位美女陪着，赤条条地去转了一大圈。岛上的景色果然无限风光，果然没有一个人是穿着衣服的。他们一路参观游览，一路问美女为什么这里的人都不穿衣服。

美女说："这个事，真还有些说不清楚。你们觉得我们不穿衣服奇怪，我们呢，也觉得你们穿着衣服奇怪。"

嫦娥想不明白地问："穿衣服有什么不好呢？"

美女也想不明白地问："不穿衣服，又有什么不好呢？

直到最后，美女说了一通道理，嫦娥才算有点明白裸身国人的真实想法。原来他们都一致认为，大家只有赤条条地相对，才能把自己最真实的一面展现给对方。在他们的脑子里，遮遮掩掩才是最可怕的，只有丑陋的东西才需要遮挡。本来男人的东西都是一样的，女人的玩意也差不多，既然是一样和差不多，为什么非要把它们给隐藏起来呢。在这个岛上，有着很多天然的温泉，到处都是泡在池子里洗浴的人，嫦娥突然明白这岛上的人所以要赤身裸体，除了美女说的这些道理之外，很重要的一个原因，恐怕也是为了便于随时随地泡温泉。那位带路的美女领他们去了一个山洼，在那个大山洼里，男男女女全泡在热水里，据说这里的泉水是最好的。

在带路美女的邀请下，嫦娥与后羿也跳到水池子里去泡了一会。那水先略有点烫，很快就适应了。显而易见，裸身国的大多数人都相互认识，他们若无其事地招呼着，坦诚相待，只对嫦娥和后羿这两个陌生人有点兴趣。熟视通常无睹，只有看到了陌生人，才会忍不住要多看几眼。嫦娥和后羿尽情享受温泉浴的时候，突然发现周围有很多眼睛，都对着他们看。这时候，与后羿的坦然不同，嫦娥突然开始感到羞愧了，因为她看见不远处的几个男人，竟然处在了勃起状态，并且有意无意地对她打招呼，这让她感到很别扭很不舒服。美女看出了嫦娥的不自在，解释说在裸身国，男人对一个女人竖起自己的东西，并不是无礼的举动，而通常是一种特殊的问候方式，如果女人不愿意，不理睬就行了；如果对它有兴趣，只要托起自己的乳房掂上几下，便表示她乐意接受这种问候。在裸身国的人看来，身体的各个部分，都是父母给的，唯有这乳房，它是自己长出来的，因此要表达本人的意思和想法，要想自己做主，让乳房来做代言是最恰当的。

离开裸身国，便踏上了回程，仍然是要在水上漂泊好多天。这次因为是逆流而上，船速更慢，路途显得比来时更遥远。嫦娥与末嬉闲着无聊，开始没完没了地唠起了家常。她们之间的话，总也说不完，嫦娥把裸身国见到的种种稀奇古怪，都说给末嬉听。听到裸身国的女人用乳房来做代言，末嬉忍不住大笑起来，仿佛嫦娥所说的那些事，就在她的眼前发生。结果嫦娥也受她影响，也跟着一起笑，两人笑成一团。末嬉的两个女儿小娇和小娃正在船头玩，看见她们笑成这样，跑过来问为什么要笑。

嫦娥说："我们笑，是因为我们觉得好玩。"

小娇已经十一岁了，老气横秋地说："好吧，那就告诉我们，是怎么样的好玩？"

小娃说："对，我们要知道怎么好玩。"

"好玩是不能随便告诉小孩的，"嫦娥一本正经地说，"有些事，到你们大了，自然就会知道。"

嫦娥对末嬉能有三个孩子十分羡慕，她一直希望自己也能生个孩子，可是不明白为什么自己从来就不会怀孕。她曾偷偷地向末嬉请教过，跟她一起认真地进行探讨。末嬉没办法回答这问题，因为在她看来，不生孩子和生孩子，同样是既简单又复杂。有了男人，女人就有了孩子，这是天经地义。春天到了，小草会从泥土里长出来，男人在女人的身上播下种子，隔了一段日子，婴儿便会呱呱落地。末嬉的话说了半天就跟没说一样，不过，嫦娥似乎已意识到，问题很可能是出在自己身上，因为早在她还是吴刚的女人时，令人生厌的二氏就不止一次当着吴刚的面，抱怨嫦娥不会像老母猪一样下崽子。

船上的日子十分枯燥，嫦娥和末嬉聊着聊着，便聊起了各自的男女关系史。这通常是亲密谈话的终极结果，男人和女人，女人和男人，男人和男人，女人和女人，最后免不了都会谈到性。嫦娥向末嬉坦白了和造父的那次遭遇战，谈起了自己如何负隅顽抗，最后又如何乖乖地躺到了工作台上。造父那张硕大无比的工作台，给嫦娥留下深刻记忆，以至于说到这件事的时候，好像是又一次身临其境，重新回到了现场。好在此时，末嬉已没有什么醋意，她十分平静地听着，然后用十分平淡的语气，讲述了因为这件事引起的严重后果。她向嫦娥讲述自己的表演，讲述自己如何在这张工作台上扮演她的角色。说故事和听故事的人，此刻的心情都是出奇平静，仿佛是在说一个与她们毫不相干的往事。造父已经死了，该结束的都结束了，现在再次提到这个已不存在的老男人，嫦娥和末嬉都觉得有一种说不出的可笑。

末嬉做了一个假设，假设她们当年并没有分开，假设她们是被造父一起带回了家，一起成了他的小老婆，真要是那样，结果又会是怎么样。

嫦娥笑着说："我们会打得不可开交。"

末嬉也笑了，说："是的，会打得死去活来。"

"为了一个男人。"

"死去活来。"

她们的想法不谋而合，惊人的一致，这是一个谁都可以预料到的结果。不过很快，嫦娥就又做出了另一个结论，她很认真地对末嬉说：

"也许，我们早就是好姐妹了。为什么不会呢？我们总会打得厌倦的，你说呢？"

在这些日子里，嫦娥与末嬉变得更加亲密。嫦娥干脆冷落了后羿，把他赶到了隔壁船舱独自一个人休息，把末嬉叫到了自己的房间里一起睡，以便于她们可以整晚地在一起说话。话越说越多，越说越深，越说越尽兴，越说越暴露。太阳升起了，落下了，又升起，又落下，她们之间已是无话不说。说到最后，末嬉便迫不及待地把本该属于自己最秘密的隐私，毫无保留地贡献了出来。末嬉告诉嫦娥，在造父死的第一个月里，他的第二个儿子迤臣和第三个儿子适夷，就向她发起猛烈的进攻。在有戎国，一个有地位的男人死了，他的女人照例可以由他的长子来继承。偏偏造父的长子逢芽，对末嬉并不感兴趣，于是不安分的迤臣和适夷便乘虚而入。他们经过几次简单的挫折之后，在一个漆黑的夜晚，翻窗户强行进入了她的房间，兄弟两个协同作战，一人按住手，一人按住脚，不费吹灰之力地就把她给解决了。

末嬉的遭遇让嫦娥想到了吴刚的两个儿子，想到了吴能和吴用两个活宝。这兄弟俩运气也太差了，他们像馋嘴的猫一样，围着嫦娥转了许多年，却是一次货真价实的便宜都没有占到过。就像她们谈论别的事情一样，末嬉讲述自己这个故事的时候，仍然十分平静。很显然，她并没把这事看得很严重，谁也不会太在意这件事的发生。末嬉最想告诉嫦娥的，是迤臣和适夷只会联手打天下，共患难时是一对好兄弟，共同分享胜利果实的时候，便形同水火。接下来，为了如何共享末嬉，他们闹得很不愉快，甚至你死我活大打出手。兄弟俩都是嫉妒心极重的人，都不能容忍对方独占末嬉。闹到最后，还是末嬉想出了一个两全的解决办法，她在门口系了两根长长的细绳子，说好兄弟俩无论谁来过，就自觉地在绳子上打上一个死结，这样一来，根据绳子上的死结数量，就可以把账算得非常清楚，谁也不吃亏，谁也不占便宜。他们果然就不再闹了，都觉得这办法公平而且合乎情理。

在回去的路上，后羿准备顺道巡视一下乐正国。到了乐正国，离有戎国就已经不远了，这次漫长的行程也就快结束了。这乐正国原来的首领叫夔，在与后羿的一次交战中，夔失败了，因为不肯向后羿投降而引颈自亡。后羿觉得这夔应该算是一条好汉，难免英雄惜英雄，便把乐正国的首领位置，传给夔的儿子伯封。伯封继位时还是个孩子，一转眼好几年过去，伯封也差不多该是成人了。

去乐正国巡视的前一天，经过连日枯燥的航行，后羿也有些闷得难受，百无聊赖，便跑到嫦娥这来了，表示今天晚上要睡在她这里。陛下表示要睡过来，自然意味着末嬉应该赶快离开。她于是连忙告辞，嫦娥笑着不让她走，说你这么急着走干什么，大不了我们三个睡在一起，这有什么大不了，对了，干脆就挤在一起睡算了。她这么说，最初只是想开个玩笑，因为嫦娥相信，即使是睡在一起，也不会发生什么事。她不止一次地向末嬉透露，后羿只对她一个人感兴趣。说老实话，嫦娥的内心深处确确实实就是这么想的。不仅是她这么想，末嬉对嫦娥的话也深信不疑，她毕竟做过多年的贴身女仆，知道后羿对其他的女人从来就是没有任何欲望。后羿的这把钥匙，只知道去打开嫦娥这一把锁。后宫的美女成群，后羿对她们从来都是视而不见，他只迷恋嫦娥一个人的身体。在裸身国，后羿面对那么多赤身裸体的女人，仍然能够无动于衷，没有任何反应，这显然也是一个最好的证明。

在一开始，谁都没有把嫦娥的话太当真，谁都知道这是个玩笑。嫦娥也不过是随口说说而已。然而有时候，一个并不起眼的玩笑，它的走向会变化莫测，它的结果难以预料。一方面，末嬉坚持要走，另一方面，嫦娥坚持不让她走，到最后大家相持不下，都不说话了，一起回过头来看后羿，想看看他是什么态度。看着嫦娥执意要让末嬉留下，后羿并没有表示出什么异议。他从来不是个话多的男人，对这件事情也不例外，他当时做出的唯一反应，竟然是懒得表态。末嬉是留下还是不留下，他根本无所谓。后羿表现出来的是一种冷漠，他眼睛里压根就没有末嬉这个人。对于后羿来说，末嬉似乎并不存在，他的眼里只知道有嫦娥。这无疑让末嬉感到很窘，也让嫦娥感到有些对不住末嬉，因为是她让末嬉陷入到了窘境之中。事到如今，嫦娥不愿意因为这件事，冲淡了这一路的愉快心情。在末嬉即将要走出船舱的时候，她又一次有些冲动地把她拉了回来。嫦娥决定继续玩火，把这个不大不小的玩笑，硬着头皮开下去。谁也说不清楚为什么会这样，嫦娥就跟中了邪一样。玩笑开着开着，有些离谱，有些失控，如果说在一开始，只是开玩笑想让末嬉留下，现在嫦娥纯粹是出于赌气，才非要把她留下来。

嫦娥说："好吧，今天我们两个人一起陪陛下，怎么样？"

末嬉的脸红了，一口拒绝："不，你别瞎说。"

"为什么不，既然我们是最好的姐妹，又有什么不可以？"嫦娥有些莫名其妙的兴奋，言不由衷地说着，"只要我们愿意，只要陛下愿意，天底下就没有什么不可以的。"

第五章

　　嫦娥要知道末嬉那天晚上留下来的最终后果，绝对不会贸然这么做。她绝对不会想到，为了自己的这个愚蠢任性，日后将付出最为惨重的代价。事情一旦到了要后悔的地步，什么都来不及，就算是把肠子悔青了也没有用。那天晚上发生的故事，出乎意料之外，又在情理之中。就在嫦娥的眼皮底下，后羿和末嬉毫不含糊没有悬念地做成了那件事。他们按照嫦娥的意愿，半推半就，简捷而又流畅，干净利索又恰到好处地完成了这场战斗。既然是嫦娥自己有心促成，她内心深处虽然酸溜溜的，时不时地感到有蝎子在那里蜇一下，却实在没什么话可说。她将自己的嫉妒深深地藏了起来，没有显出一丝痕迹。平心而论，或许是有了太多的心理准备，嫦娥对这件事，也谈不上太在意，起码在表面上她显得一点都不在乎。后羿作为一个国家领袖，作为一个盖世的大英雄，有多少个女人都不过分。嫦娥当时只时略略地感到有些失落。过去她一向认为，后羿只会对她一个人有兴趣；现在，后羿平生不二色的纪录，终于在不经意之间被打破了。她觉得自己根本不会在乎，事实却是，她还是有一些在乎。

　　这件事没有影响嫦娥与末嬉的关系。和嫦娥一样，末嬉日后也是懊恼不已。她并不是觉得自己这么做，对不住促成这件美事的嫦娥，也不是因为后羿几乎立刻就把她给忘记了。末嬉感到懊恼，是因为她在不经意间，打开了一道闸门，把藏在一个男人身上的恶魔，一股脑地都放了出来。后羿突然之间开了窍，他身上的某根神经被触动了，潜伏的欲念开始复活，立刻变成一个好色的男人。如果说，嫦娥为后羿打开的第一道门，只是让他从神变成一个人，让他第一次面对活生生的异性世界，让他洞悉了男女私情，让他变成一个遵循一夫一妻规则的男子汉；末嬉则是打开了第二道门，这道门一开，后羿身上残存的那些神的光环，从此不复存在。后羿开始堕落了，堕落成一个真正的男人，堕落成一个好色和喜欢淫乱的男人。

这件事发生的第二天，后羿便到达乐正国。前一天晚上发生的事情，对他的精神面貌显然有着巨大影响，他的脸色红润，两个眼睛炯炯有神，遇到什么事都是兴致勃勃。听说他们来到，乐正国的重要人物差不多都出来迎接了。夔的儿子伯封一见后羿，立刻行跪拜之礼。该有的仪式结束以后，后羿和嫦娥作为贵宾，被迎往乐正国的宫殿。与有戎国巍峨的宫殿相比，这里的一切都显得十分寒酸。入座以后，伯封的母亲玄妻从后面出来晋见，这是个三十多岁的女人，不止是生得美丽动人，而且很有几分媚态，平时轻易不肯用眼睛看人，一看人就会勾魂。玄妻像一阵轻风吹过似的出现在大堂里，婀娜多姿地走到后羿面前，缓缓行了一个礼，然后慢慢地抬起了头来，含情脉脉，两个眼睛像锋利的刀子，狠狠地看了后羿一眼。

这一眼足以让人灵魂出窍，这一眼电闪，雷鸣，地动，山摇。玄妻是个极其有心计的人，她是乐正国真正的女首领，掌控着这个小国家的一切。她的儿子伯封不过是个对玄妻唯命是从的傀儡。玄妻从没忘记自己的丈夫夔是怎么死的，她从没忘记过复仇这两个字。现在，乐正国的力量太单薄了，伯封也太年轻，玄妻知道自己要想成功地复仇，必须卧薪尝胆，忍辱负重。虽然看上去好像并不经意，其实是按部就班有备而来。她知道自己在今天应该扮演一个什么样的角色，知道自己应该给后羿留下一个什么样的第一印象。玄妻清楚地知道她今天的第一眼非同寻常，这一眼一定要出其不意，一定要让后羿过目不忘，一定要让他刻骨铭心。她的出色表演显然达到了目的，坐后羿身边的嫦娥最先看到了事情的端倪，她注意到在玄妻咄咄逼人的注视下，后羿的眼睛突然亮了，他一下子就被她迷惑住了。接下来，后羿的目光就再也没有离开过玄妻。

玄妻柔声细语地请安："奴婢不知陛下前来，未做任何准备，还望陛下恕罪。"

后羿对玄妻的话并没有往心上去，他痴痴地看着玄妻，让坐在一旁的嫦娥十分不痛快。玄妻话说完了，等候后羿发话，但是他迟迟不表态，场面立刻有些尴尬。玄妻于是把说过的话，再说一遍，然后依然是慢慢抬起头来，两个眼睛依然像锋利的刀子似的，又看了一眼后羿。一时间，后羿的魂完全被那双眼睛钩去了。他不由自主，目不转睛地看着他，完全忘记了自己身处何地。在嫦娥的印象中，后羿从没这么看过别的女人，哪怕是对自己最心爱的嫦娥，他也从没流露过这样专注的眼神。时间在流逝，嫦娥不愿让后羿一直这样失态下去，她情不自禁地伸出手，扯了扯后羿的袖子。后羿依然不知醒悟，依然不顾别人会有何感想，两个眼珠子像搭在弓弦上的箭，死死盯着玄妻不放。

"陛下干吗要这么看着奴婢?"玄妻笑着说，"奴婢都不好意思了。"

后羿说："朕喜欢这么看着，不行吗?"

"陛下喜欢，哪还能有什么话可说。"

"既然没话可说，就让朕再好好看看，让我看个够。"

按照原定计划，后羿只准备在乐正国待一天，他们只是顺路从这里经过，可是因为看到了玄妻，后羿突然改变了主意，他决定要在这里好好地住上几天。当天晚上，在乐正国为他们安排的行宫里，后羿情不自禁，竟然说出了一句让嫦娥非常震惊的话。当时他匍匐在她身上，十分卖力地干着活，嫦娥似乎也忘记了白天因为玄妻引起的不快，正沉浸在奇异的快感之中，后羿突然发起了毒誓：

"朕一定要把玄妻这个女人带回去，一定要！"

接下来的几天，后羿做了一连串让嫦娥吃惊的事情。首先，他像一条精力旺盛的公狗一样，把在身边随行侍候的宫女都糟蹋了。不但没有放过一个宫女，他甚至把末嬉带来的两个女仆也一起干了。要不是末嬉拦着，后羿差一点要对刚刚十一岁的小娇下手。他的不可理喻行为，与往日的后羿判若两人。白天看上去还像个正人君子，可是一到伸手不见五指的晚上，后羿便处在极其不安的躁动之中，不是彻夜不眠，就是在梦中说胡话，嫦娥知道这都是因为玄妻。

与晚上的疯狂不同，后羿在白天显得风平浪静。尤其是和玄妻在一起，他一改初次见她时的失态。嫦娥有点想不明白，在白天，后羿竟然变成了一个谦谦君子。他一下子变得成熟了，沉稳了，而且突然开始会用一些心计了。这些不可思议的变化，都是嫦娥做梦也不会想到的。现在，既然他们已经留了下来，作为东道主的乐正国自然得好好招待。玄妻亲自下厨，为后羿做了自己最拿手的濡鳖。这道菜多少年以后，被发展成为著名的红烩甲鱼，但是在当时的那个年代，人们还普遍不知道这玩意好吃。后羿一边吃濡鳖，一边时不时地偷看玄妻，继续为她神魂颠倒。玄妻为后羿表演了灵星舞，这舞是她年轻时经常跳的，是她所在部落用以驱邪的一种舞蹈，夔活着的时候，只有在重大的祭祀活动中，玄妻才会偶尔表演一次。看完了玄妻的舞蹈，后羿心情愉快，提出要看一看乐正国的军队。玄妻立刻让儿子伯封下令，调一支由老弱残兵凑成的军队过来。很快，一支东倒西歪的队伍出现他们面前。虽然嫦娥对打仗一无所知，但是她看到这支滑稽的军队的时候，看着他们破衣烂衫的样子，还是忍不住笑出声来。这样的军队根本不可能打仗，只能让他们去开荒种地。

不过后羿并不这么认为。他皱起了眉头，脸色沉重，一眼就看透了玄妻玩什么把戏。玄妻没想到一直笑呵呵的后羿会突然不开心，解释说这样一支不成样子的军队，实在是让陛下见笑。她说乐正国反正不准备打仗，既然是不打仗，就算没有一兵一卒，也没什么太大关系。玄妻想让后羿相信，乐正国绝无反叛之心。然而后羿听了她的话，却一见血地指出，乐正国真要是像她说的那样不准备打仗，那就不应该把自己的军队藏匿起来。后羿的这番话，让玄妻母子大吃一惊，伯封立刻语无伦次：

"陛下怎么知道我们把军队藏匿了？"

后羿笑了，反问道："朕怎么会不知道呢？"

"陛下真的是知道？"这次是玄妻沉不住气了。

"乐正国有一支很不错的军队，你们以为朕不知道，可朕什么事都知道！"嫦娥听了这话摸不着头脑，伯封听了这话目瞪口呆，玄妻听了这话花容失色。后羿不当一回事地继续说，"朕还知道，你们正积极备战，想再次与朕为敌。不过，不管有多么好的军队，不管有多么多的军队，乐正国吗，都不会是朕的对手。"

无论是惊魂未定的玄妻母子，还是自以为聪明的嫦娥，都不明白他是怎么知道这件事的。从此以后，人们对后羿的印象不得不开始改变，再也没有人认为他只是个有勇无谋的盖世大英雄。现在，玄妻和伯封都已无话可说，他们的阴谋已经暴露，他们为复仇所做的种种努力，都在转眼之间白费了，而下一步要走的棋应该如何去进行，他们已经完全失去了判断。事已至此，他们吃不准自己是应该继续负隅顽抗，还是趁早举手投降。莽撞的伯封甚至想到立刻动手，他向玄妻挤了挤眼睛，打算趁后羿身边没有军队，一举把他置于死地，但是玄妻知道这件事的严重后果，她不敢做没有把握的事情。乐正国早领教过后羿的厉害。玄妻知道他们还没有完全准备好，如果此刻贸然行事，乐正国绝不可能有一点胜机。因此就在伯封蠢蠢欲动，正准备抽出随身佩带的宝剑那一瞬间，玄妻站了起来，走到后羿面前，笑着说：

"陛下说得太对了，小小的乐正国，怎么能是陛下的对手。"

伯封手已按在了剑柄上，玄妻的话又让他迅速把手移开了。这一切，很自然地落在了后羿的眼里，不仅他看到了，一旁的嫦娥也看到这一细节。后羿不由得会心一笑，决定要给年轻气盛的伯封一个小小的教训，同时，也是有意给惯于使用心计的玄妻施加一点压力，他不经意地说：

"好吧，那就让朕看看你的军队，让朕也开开眼，看看他们到底怎么样。"

伯封不知所措："陛下一定、一定要看？"

后羿笑了，反问道："怎么，你不会是不想让朕看吧？对了，朕还听说你的一手弹弓，已经玩得十分不错，这样吧，你也露一手让朕看看。"

伯封说："陛下的意思，是和我比试射击技艺了？"

后羿看着不知天高地厚的伯封。

玄妻听了，急忙阻拦，她说："陛下的箭法盖世无双，伯封乃黄口小儿，怎么敢和陛下比试！"

"夫人说得极有理，伯封当然还不配与朕比试。"后羿根本就不把伯封放在心上，笑着安慰玄妻，"以大欺小，不算本事，也说不过去。不过，他若真有兴趣，朕倒可以让他与朕的弟子逢蒙过过招，让他们比试一下。"

伯封改不了公子哥的年轻气盛，后羿的不屑激怒了他，后羿的傲慢像刀一样插在他心窝上，他恨不得立刻冲上前，与不可一世的后羿拼个你死我活。但是从母亲玄妻焦虑的眼神里，伯封知道不能这么做，毕竟他还是羽翼未丰，根本就不可能是后羿的对手。他咽不下这口气，可是又不能不咽下，于是只能不服气地说：

"比试就比试，谁怕谁呀！"

第二天，后羿检阅了乐正国的军队。这一次，乐正国再也没遮遮掩掩，再也没躲躲藏藏。既然后羿非要亲眼看看他们的军队，索性一不做二不休，乐正国干脆借此机会，好好地展示一下自己的实力。经过这些年的精心准备，不断地招兵买马，乐正国确实已拥有了一支很说得过去的军队。当军队以齐整的方阵，从后羿面前走过的时候，他看到了自己最不愿意看到的一幕。队伍中的很多老兵都是他过去的部下，这些人一个个久经沙场，跟随后羿南征北战。后来，后羿不愿意再打仗了，解散了军队，让那些光会打仗的军人解甲归田，他万万没有想到，这些人都跑到乐正国来了。一时间，后羿有一种错觉，仿佛又回到当年的戎马生涯。乐正国的军队正在向后羿欢呼，与后羿一样，这些骁勇善战的老兵，也仿佛是重新回到了战无不胜的后羿的麾下。

因为儿子逢蒙要参加比武，末嬉带着小娇和小娃一起前来观看。她们被安排在离主席台不远的地方，站在那里，既能看到前面的比赛场地，又可以回头观望临时搭建起来的检阅台。后羿高高在上，紧挨着他坐的是嫦娥，在后羿的另一边，坐着花枝招展的玄妻。自从来到乐正国，末嬉第一次有机会看见这个十分妖娆的女人，而且是如此近距离的观察。在这之前，她已不止一次听嫦娥提到她。从嫦娥的叙述中，末嬉知道这是个不同寻常的女人，同时也知道嫦娥正在隐隐担心，因为这个叫玄妻的女人有着不可思议的魔力。嫦娥不无担忧地告诉末嬉，后羿现在显然已被她给迷惑住了，他完全走火入魔，完全变成了另外一个人。这真是前所未有的怪事情，一向清澈如水的后羿，因为遇到了这个玄妻，突然变得深不可测。

检阅完军队，便是伯封与逢蒙的过招时间。伯封使的这把弹弓，是他那位死去的爹夔留下的。千万不要小看了这弹弓，用的子弹是一粒粒特制小铜丸，发射出去，杀伤力一点都不比箭镞差。当年后羿与夔交手，曾经领教过那铜丸四两拨千斤的厉害，他因为小看了那弹弓，差一点被夔射瞎眼睛。伯封在随从的簇拥下，英姿飒爽地走了出来。他虽然已经成年，可是脸上仍然脱不了孩子的稚气，一看就是公子哥出身，一招一式，都改不了贵族派头，衣着光鲜，穿的是绫罗绸缎，脚上是一双簇新的鹿皮鞋。他走到比武的空地上，做的第一件事情，不是从随从的手上拿过弹弓，而是让随从先为他整理衣服，让随从将自己的袖口与领子扎好，然后才伸出手去，示意随从把弹弓递到他的手上。

作为比武的另一方，逄蒙也出现在空地上。他使的弓箭也有些来头，这是造父当年特地为他定制的。因为逄蒙当时人还弱小，弓和箭的制作都非常精细。与伯封相比，十五岁的逄蒙更像个孩子。他看见伯封已经出场了，便迫不及待地冲了出去。伯封十分傲慢，并不把逄蒙放在眼里，他挑衅地说：

"你还是个孩子，比得过我吗？"

逄蒙不甘示弱，冷笑说："比得过比不过，那也要比了以后才能知道！"

"我怕我的铜丸会要了你的小命。"

"难道我的箭镞就不长眼睛？"

后羿听两人这么斗嘴，便提醒他们要注意，说谁也别想取对方的性命。既然是比武，就只能是点到为止，千万不要心存杀机。后羿的话音刚落，两人就不分青红皂白地开打了，逄蒙的箭刚射出去，伯封的铜丸也已经在路上了。这两个人果然都有些厉害，一时间，仿佛当年后羿与长狄的大战重现，箭镞和铜丸连续在空中相撞，火星四溅。这样斗了十来个回合，后羿便判伯封赢了，逄蒙不服气，大声说分明是两个人不分胜负，凭什么要判定伯封为赢。

"朕判定你输，自然有判输的道理。"后羿对逄蒙解释说，"不错，看上去，你的箭镞与伯封的铜丸，都是在半路上遭遇了。可你有没有注意到，每次遭遇的地点并不一样：在一开始，它们是在你们两个人的中间，渐渐地，就越来越偏向你这边了。知道为什么吗？因为你的力量越来越不行了。这也没什么，毕竟你还小。"

听后羿这么一说，大家都觉得说得有道理。逢蒙嘴上依然不服气，心里倒也明白了，因为他是个绝顶聪明的人。第一回合伯封赢了，他免不了有些沾沾自喜，更不把逢蒙放在眼里。紧接着是第二回合的较量。九支红蜡烛一排点着了，间距差不多是三尺，要看谁能把蜡烛的火苗都射灭。伯封先射，他看也不看，抬手就打，铜丸像长了眼睛一样，将九支蜡烛全都射灭。立刻赢来了一片喝彩声，伯封一脸得意。有人过去将九支蜡烛重新点着，逢蒙稍作犹豫，也把箭放了出去，同样是将所有的蜡烛全部熄灭。这次，后羿判定逢蒙赢，伯封当场就急了，一定要后羿解释，为什么是他输了。

后羿的脸板了一下，冷笑说："朕判你输，是因为你的手下点蜡烛，不光彩地做了手脚。你射弹弓的时候，那火苗都是一样高的；可是到逢蒙射箭的时候，点蜡烛的人有意将两支烛芯弄短了，让火苗低下去一截，这样一来，难度就大大增加，所以朕要判逢蒙赢。"

这一次是伯封无话可说，因为他也是个绝顶聪明的人，虽然并没有吩咐手下这么做，但是他相信他们会这么做。伯封甚至怀疑发生的这一切，很可能是他母亲玄妻故意安排的，为了获得胜利，她完全可能不择手段。玄妻此时也略显出了有些不安，这更坚定了伯封的想法。后羿回过身来，用异乎寻常的眼神看了玄妻一眼，若无其事地问她接下来还会有什么节目。很显然，后羿的心思并不在比武过招上面，在整个比试的过程中，他都在情不自禁地偷眼看玄妻。现在，两个回合下来，大家打成平手，难分最终的胜负，嫦娥于是提议，两个人可以交换各自的兵器，伯封使弓箭，逢蒙用弹弓，这样一来，谁输谁赢都无所谓了。嫦娥的主意听起来有些可笑，但是却不无创意，玄妻立刻叫好，在主席台下站着看热闹的末嬉和小娇小娃，也觉得这样很有意思。

　　结果两人都没有射中目标，都觉得对方的兵器不顺手。后羿觉得这样玩下去已很无聊，他再次判定两个人打成了平手。伯封和逢蒙都不服气，还想再比试下去，但是后羿没兴趣陪他们玩了，他从高高的主席台上站了起来，宣布今天的比试到此为止。

　　后羿回到有戒国，他做的第一件事，就是把早已解散的军队，迫不及待地又重新结集起来。这事要做起来并不太难，只要后羿登高一呼，立刻是万众响应。在大家还没有完全明白过来怎么一回事的时候，庞大的远征军团已经组成了。男人们奔走相告，很高兴终于又有仗打了，终于又可以出远门征战了。这一次，他们并不太清楚要去征服谁，更不知道是为了什么事。有戒国男人好战的神经一触即发，根本不用去进行战争动员，他们对后羿都有一种着了魔似的崇拜，后羿的话就是圣旨，后羿要他们打谁，他们就打谁，后羿要把哪个国家据为己有，他们就会立刻把它给灭了。

　　嫦娥一眼就看出了后羿的战争动机，她的第一个反应就是，为了获得那个狐狸精一样的女人玄妻，后羿会不惜做任何傻事。"仅仅是为了一个女人，发动一场新的战争，陛下不觉得这太过分吗？"嫦娥向他提出了自己的疑问，希望后羿能够悬崖勒马，不要在失去理智的道路上走得太远。后羿也清楚地意识到自己的行为有些荒唐，但是正如嫦娥所说的那样，既然他是想要得到玄妻，那么不达到这个目的，就绝不可能罢休。战争的机器已经发动了，漫长的黑夜已拉开了大幕，现在结束战争的唯一可能，便是玄妻自动送上门，像小鸟一样飞向后羿的怀抱，显然，这根本就不可能。

　　嫦娥说："陛下真的就这么想得到她吗？"

　　后羿的回答，只有两个字："是的。"

第六章

有戎国大兵迅速压境，乐正国的军队猝不及防。经过短暂和无效的抵抗，乐正国的将士溃不成军，像一群炸了窝的鸭子，四处逃窜。转眼间，有戎国兵临城下。现在，玄妻母子除了缴械投降，显然没有别的出路。面对国破家亡的厄运，玄妻决定最后一搏。她精心打扮了自己，浓妆艳抹，换上最性感的衣服，身上洒了最迷人的茉莉花香精，突然出现在后羿的大营里。随同她一起到达大营的，还有一名健壮的贴身女仆，女仆的手上抱着一个大坛子，坛子里装着由玄妻秘密配制的药酒。对于玄妻的光临，后羿并没感到太大意外，他既然已经来了乐正国，就知道迟早会有这一天。玄妻与女仆在卫兵带领下，无声无息地走进了后羿的帐篷。后羿回过头来，看着为自己做了精心打扮的玄妻，他们的眼神撞到了一起，一时间竟然无话可说。紧接着，后羿就注意到了那个女仆，注意到了女仆抱着的那个坛子，他不明白那里面装着什么玩意。

"陛下，"此时的玄妻楚楚动人，她充满了哀怨地说，"请问至高无上的陛下，难道我们做错了什么事吗？"

"没有，你们并没有做错什么。"后羿傲慢地说。

"是奴婢得罪了陛下？"

"你，你也谈不上得罪吧。"

"那就要请问陛下了，陛下伟大的军队，为什么要踏上这片贫瘠的领土?"

"因为朕想让你成为朕的女人。"

后羿直截了当的回答，让玄妻一时无话可说。后羿并不回避这个就是他发动这场战争的理由。事已至此，后羿明白无误地告诉玄妻，乐正国真要是有什么过错的话，那就是因为他们不该有玄妻这个女人。后羿告诉玄妻，她现在唯一的选择，就是乖乖地跟自己回有戎国，在那里，她会享受到比这里更好的待遇，他会为她盖一栋比这里更好的宫殿。

玄妻说："要是奴婢不答应呢?"

"你没办法不答应。"

"难道陛下会因为奴婢，把乐正国的人都杀了?"

后羿很冷漠地说："乐正国已不存在了。"

玄妻试探着说："要是奴婢答应呢?"

后羿还是那句话："你没办法不答应。"

"奴婢是说，如果奴婢答应了陛下，如果奴婢答应做陛下的女人，为陛下献出奴婢自己的身躯，陛下是不是就能放过乐正国的其他人，就放过奴婢的儿子伯封，就允诺一切都还是像过去一样，乐正国就好像什么也没有发生过一样?"

"乐正国已不存在了!"

尽管后羿对玄妻如痴如醉，为了她，不惜发动一场战争，但是他并不打算因此就放弃即将到手的胜利。战争的机器一旦开动，仿佛箭离弦一样，谁也不可能轻易就将它制止。有戎国绝不会轻易饶恕任何人，绝不会丢下这块到嘴的肥肉，现在唯一能得到宽恕的只能是玄妻，乐正国将不复存在，它已经并入到了有戎国的版图中。乐正国已经灭亡了，它只能是成为历史的一部分。从后羿的冷漠语调中，玄妻明白大势已去，一切都不可能更改，除了继续实施她孤注一掷的计划之外，已经没有别的办法可以挽救乐正国。

玄妻于是做出了走投无路的样子，用一种从未有过的可怜语调说："好吧，既然是这样，也没什么好说的了。从现在开始，奴婢就是陛下的女人了。陛下现在就可以得到奴婢，陛下现在就可以对奴婢为所欲为。但是奴婢还有一个小条件——这个条件陛下一定要答应奴婢。"

后羿问："什么条件?"

玄妻可怜巴巴地向后羿哀求，她求后羿答应不要杀掉自己的儿子伯封，放这个可怜的孩子一条生路。她突然变得十分温顺，软弱得像个毫无主见的妇人。玄妻显然知道自己应该怎么做才能打动后羿。她含情脉脉地看着他，两个眼睛里风情万种。后羿觉得玄妻的这个条件实在算不了什么，不用说玄妻已经缴械投降，就算是她继续顽抗，后羿也没有想到要杀伯封。后羿从来就没这么想过。杀掉一个中看不中用的伯封，又有什么意义呢?玄妻见后羿答应自己的要求，立刻做出感恩戴德的样子，进一步施展她的美人计。她对后羿千恩万谢，说既然已经答应饶伯封一命，那么就立刻让她儿子带着他的随从，火速转移到大营来。考虑到外面已经完全乱了套，眼下唯一安全的地方，自然是后羿的大营了。而她作为一个孩子的母亲，只有真正看到自己的儿子，她那颗悬着的心才能彻底放下。

很快，伯封带着他的十八个随从，通行无阻地来到了大营。后羿让手下给他们喝水吃肉，安排地方休息。为了安全起见，预防可能会有的不必要的麻烦，后羿的手下想解除伯封的武装，但是伯封立刻发起了公子脾气，他扯散了自己的头发，像疯子一样发起狂来。士可杀不可辱，伯封宣称谁要想收缴他们的武器，他就要像死去的爹爨一样，立刻拔剑引颈自杀。

后羿根本没想到自己会处在一个极危险的阴谋之中。他过于自信，低估了玄妻母子的能量。在他看来，乐正国已彻底完蛋了，接下来要做的事，就是凯旋班师，搂着心爱的美人回家。对于潜在的危险，后羿没有一点意识。既然伯封哭闹着不肯缴出武器，后羿便答应暂不解除他们的武装。大家只想到这些人是来大营避难的，谁也没有意识到，伯封带来的这些随从，绝不是一般的角色，他们是乐正国最勇敢的十八勇士，个个武艺高强，身怀绝技。

说来说去，后羿还是被玄妻制造出来的假象，给彻底地迷惑住了。在整个交谈的过程中，随同玄妻一起来到大营的那名女仆，一直像木桩似的站在那里，一动不动，死死地抱着怀里的那个坛子。女仆的表情始终显得紧张和惊恐，以至于后羿不止一次地被那不安的表情分心，不止一次地想问清楚那个神秘的坛子里面，究竟是装了什么东西，可每次都是话到了嘴边，就被别的事情给打扰了。他已被即将到手的胜利冲昏了头脑。事后想起来，玄妻的阴谋诡计原本不难识别，事态的发展也不应该让大家感到意外。玄妻突然表现出来的过分顺从，一看就很做作的柔情蜜意，并没有引起后羿的丝毫怀疑。后羿早已经忘乎所以，他已没有任何戒备之心。

看到儿子伯封带着随从来到大营，玄妻不由得一阵窃喜，开始更加坚定地实施她的计划。她在他面前扭动腰肢，袅袅婷婷，做出了千万种风骚姿态。一时间，后羿有些找不着北了。他隐隐地觉得有什么地方不对头，不明白玄妻为什么突然会变成这样。"陛下，陛下知道不知道，其实只要是个女人，都希望能够一头扎到陛下的怀抱中去！"玄妻开始给后羿灌迷魂汤，舌头上流出来的话像蜜一样，"有哪个女人会不爱上陛下这样的盖世大英雄呢？有哪个女人不想成为陛下的俘虏呢？"

后羿从未听到过这样恭维自己的话，他觉得这些话很新鲜，很有意思。为了让后羿彻底放松警惕，玄妻提议要先洗个澡，理由是在接纳伟大的后羿之前，她必须要先洗净自己身上的污垢。玄妻提出的要求让后羿感到为难，因为在临时搭建起来的大帐篷里，根本就不具备洗浴的条件。玄妻看着后羿不知所措，哈哈大笑起来，说她早就耳闻有戎国军队每次出征，都会带着一口特制的大锅。任何人，只要看一眼那个巨大的铁锅，看到那个可以供无数将士同时用餐吃饭的大家伙，立刻就会清楚地意识到，有戎国军队为什么不可战胜。后羿并不明白此时提到那口大铁锅的目的何在，玄妻却很快地就表明了自己的意思。原来她是要后羿派人将大铁锅移到他的帐篷里来，添上一锅水，然后加热，然后便可以用作洗澡的浴缸了。

将大铁锅移到帐篷里，支好，添水，加热，到正合适用来洗澡，这一切所花费的时间，远比想象的要少得多。很快，一切已安排就绪了，锅里的水开始断断续续地冒起了热气，忙碌了半天的卫兵，除了两个充当烧火的伙夫，都悄悄地退了出去。这时候，当着后羿的面，玄妻开始毫无羞涩地脱去衣服，她缓缓地将自己身上的衣服一件件解开，将身上白花花的肉一块接一块地展现出来，她肆无忌惮地将一个女人应该收好藏好的隐秘部位，完全暴露在了后羿眼皮底下。接下来，赤条条的玄妻地跳到了那口大铁锅里，由于锅底的坡度太陡了，站立不稳的玄妻刚下锅就滑了一跤，把处在惊讶状态的后羿吓一大跳。好在玄妻立刻就在水里控制住了自己，她近乎淘气地蹲在水里，慢悠悠地洗了起来，两个细长柔软的手臂，举起来又放下去，纤细的手指全身上下漫无目的地滑来滑去。面对这样的诱惑，后羿有些看不下去，他开始有些把持不住自己，心口咚咚狂跳，仿佛有一大群老鼠要从他身上逃出来一样。时过境迁，今日之后羿，早已不是昔日之后羿。他现在再也不可能像在裸身国那样，面对众多祖裸的女子，可以不动凡心。欲望之火已在后羿的内心深处熊熊燃烧，他现在面对的是一个活生生的女人，是一个让他朝思暮想的女人，是一个为了能得到她不惜发动一场战争的女人。现在，这个女人即将到手了；现在，这个女人其实已经到手了。后羿心潮澎湃，后羿热血沸腾。突然，玄妻笑容可掬地对他招手，让他也下到锅里去，和自己一起洗鸳鸯浴。

直到与玄妻共浴了一段时间，后羿才想到要问女仆一直抱着的那个坛子。他早就想问了，这件事早就应该有个答案，可是一直拖到现在，才又一次地想起来。玄妻一怔，笑着说幸好是他提起这件事，要不然她都快把这件好事给忘了。她眉飞色舞地告诉后羿，坛子里装的是自己特地为他酿制的美酒，一旦吃了这让人销魂的美酒，他将享受到从未有过的快乐。说着，玄妻招呼女仆走过去，让她倒一大碗酒呈上。女仆来到了他们身边，将坛子放在地上，拿起盖在坛子上的一个碗，倒了浅浅的一碗酒过来。

虽然铁锅里雾汽弥漫，后羿立刻闻到了扑鼻而来的浓郁酒香。女仆将碗递给了后羿，他接过来就想喝，却被玄妻一把抢了过去。

玄妻说："这第一碗酒，陛下不能喝，应该是奴婢来喝。"

后羿不知道她为什么要这么说。

"奴婢喝过了，陛下才会知道这酒里，是不是下了毒。"

玄妻仰着脖子，一口气把那碗酒给喝了下去。喝了这碗酒，她的脸色变得更加红润。接下来是第二碗和第三碗，满满的两大碗酒在转眼之间，都落到了后羿的肚子里。后羿根本没有想到玄妻会在这酒里做手脚，两碗酒喝下去，玄妻做出很吃惊的样子：

"想不到陛下这么好的酒量！这样吧，奴婢虽然不能喝，也要舍命陪陛下喝，陛下喝三碗，奴婢喝一碗。"

几个回合下来，因为女仆暗中相助，玄妻每次只是喝浅浅的一小碗，后羿每次都是满满的三大碗，她却已经感到支持不住了，一下子扑倒在后羿的怀里，手上也开始不安分起来，竟然情不自禁要去抓后羿的那个东西。这酒里下的是一种叫五魂散的春药，人服了以后，浑身血液循环会急速加快，思维立刻混乱，男人只知道想女人，女人一门心思要男人。一旦多喝了以后，药力到达人的神经末端，手脚会完全失去力量。后羿的酒性还没有完全发作，他惦记着这是好酒，越喝越上瘾，越喝越痛快，越喝越想再喝几碗。

后羿与玄妻赤条条地泡在铁锅里，沉浸在梦一般的奇妙感觉中，伯封带着那十八个勇士，开始在外面悄悄地动起手来。这些勇士都是武功盖世的高手，很快就把后羿的卫兵一个接一个地收拾了，神不知鬼不觉地完全控制了后羿的大营。摆平了外面的卫兵，他们又悄悄地掩进了帐篷，先把那两名正在烧火的伙夫干了，然后举着手中的兵器，将那口大铁锅团团围住。后羿突然意识到情况有些不妙，面对着不邀而至的伯封，面对着眼前晃动的刀光剑影，他试图站起来，可是药力已完全控制住他，手脚已完全不听使唤。他根本不可能做出任何抵抗，赤条条的后羿此时只能乖乖地躺在水里，像一个睡在摇篮里的无助孩子一样，老老实实在躺着那里，听凭伯封他们的摆布。惊人的药力不仅让后羿彻底失去了抵抗能力，也让玄妻处于一种令人难以启齿的疯狂状态。伯封吩咐手下将依依不舍的玄妻从铁锅里捞了出来，下令在铁锅底下增加柴火，打算就此将后羿像煨鸭子那样煮熟了。

玄妻的意识开始有了些恢复，但是她仍然有些癫狂，有些不顾羞耻。伯封让手下找来一大匹白布，这是专为阵亡的将士准备的，将他母亲像裹尸体一样裹紧了，然后亲手甩了她两记耳光。玄妻被一下子打醒了，羞耻感也立刻恢复了，她面红耳赤地对伯封说：

"儿子，打得好，再给我两记耳光！"

伯封有些犹豫。

玄妻歇斯底里地对他喊起来："打呀，儿子，我让你打就打，打！"

伯封于是又给了玄妻两记十分响亮的耳光。前面的两记耳光，是想让玄妻清醒过来；后面的这两下子，却完全是出于一个儿子对母亲的畏惧。伯封知道，这一切都是母亲玄妻的功劳，都是源于她的精心设计。没有玄妻的神机妙算，就不会有眼前的这个局面。现在，胜利的天平开始向乐正国倾斜了，形势显然变得对伯封他们有利。擒贼先擒王，只要制服了后羿，乐正国就有可能反败为胜。现在，不可一世的后羿虎落平阳，已经完全在伯封他们的掌控之中。大铁锅下面因为刚刚加足了柴火，正在熊熊燃烧，水温正在急剧上升，铁锅里的气泡接二连三直往上冒。动弹不了的玄妻让人将她抬到后羿身边，看着他在铁锅里挣扎，她幸灾乐祸地说：

"陛下，陛下，没想到你也会有今天吧？"

后羿直到这时候，仍然不明白自己为什么会全身无力。急剧上升的水温，让他开始感到有些不舒服，他看着被白布紧紧裹住的玄妻，仍然是执迷不悟地问她：

"这到底是怎么回事？"

"怎么回事？陛下难道还不知道是怎么回事？"

后羿有点知道是怎么回事了："你想怎么样？"

玄妻咬牙切齿地说："我要怎么样？我要为我的男人夒报仇，为我儿子的爹夒偿还一笔旧债！"

后羿叹了一口气，说："你要报仇，你要清算旧债，这都可以。可朕就是不明白，为什么朕会一点力量都没有呢？朕这是怎么了，你能不能告诉朕？"

"陛下真想知道吗，好吧，我就告诉你，陛下是喝了我的酒，中了五魂散的毒。"

"五魂散，什么叫五魂散？"

玄妻笑了，她笑得十分灿烂："可惜了，太可惜了，死到临头，陛下还不知道什么叫五魂散！"

有两件事，玄妻和伯封母子绝没有想到。第一件事，后羿毕竟是天上的神仙下凡，要想杀死他并没有那么容易。水温越来越高，后羿越来越难受，可是他并没有像伯封所设想的那样，很快就变成一只煮熟的鸭子。第二件事，伯封的随从在挨个杀死帐篷外的卫兵时，漏杀了一个人，这个人就是末嬉的儿子逢蒙。末嬉对儿子的初次出征很不放心，为了安全起见，她让他在衣服里面，穿了一件造父留给他的软金甲，没想到正是这件刀枪不入的软金甲，不仅救了儿子的一条命，也让后羿最后从致命的危机中，被侥幸地解救出来。

帐篷外大部分的卫兵，都是被伯封的随从用飞刀击中后心窝送了命。逢蒙是在还没有明白过来怎么回事的时候，便被突如其来的飞刀击中。对于一个训练有素的飞刀高手来说，通常的情况下，这样的高精度打击可以说是万无一失，绝不可能会发生刀下留人的意外。但是因为逢蒙穿着那件特制的软金甲，结果刀尖突进去以后，遇到了软金甲的柔韧阻碍，稍稍改变了一点方向，向前的力量化解了，临了只是把逢蒙擦伤。突如其来的打击让逢蒙仆倒在地。他虽然还是个孩子，毫无实战的经验，可是却有着第一等的聪明和机灵，立刻无师自通地咬破了舌头，口吐鲜血地躺在地上装死。当伯封和他的随从进入帐篷以后，逢蒙在地上继续躺了一会，然后蹑手蹑脚地跑出大营去搬救兵。

有戎国的救兵很快过来将伯封他们层层包围起来。形势开始转变了，随着援兵的赶到，胜利的天平又开始向另一侧倾斜。大铁锅底下的火越烧越旺，火苗直窜，劈里啪啦地爆炸着，锅里的水温越来越高，正在接近沸点，但是幸运的后羿并没有死，命里注定他不应该完蛋。很快，处境狼狈的后羿被捞了出来，像一个失足落水的孩子那样，被别人从即将沸腾的热水里捞了出来。他的皮肤被热水烫红了，红得仿佛是在身上涂了一层血。屁股和大腿上被烫出了成片的大水泡，或许再晚一步，后羿就真会没命了。再稍稍晚一点，后羿就真的会变成一只煮熟的鸭子。但他的命不该绝，命里注定可以逃过这一劫。接下来，伯封和他的随从进行了一场殊死的抵抗，失败的结局却已不可避免。这是一场没有悬念的战斗。尽管他们拼尽了全力，每一个人都显现出了英雄本色，然而毕竟寡不敌众，结果十八个勇士不是身负重伤，便是一个接着一个被杀，最后，身上已多处受伤的伯封也被生擒了。

如果不是后羿阻拦，玄妻在一开始就会被扔进大铁锅。愤怒的士兵先把伯封扔了进去，然后把他带来的那十八个非死即伤的随从，扔着玩似的也扔了进去。随着一声声凄厉的惨叫，伯封与他的随从在顷刻之间，一个个都被活烹了。这是他们设想的后羿应该有的结局，现在却以其人之道，还治其人之身。绝望的玄妻被眼前的情景惊呆了，她恳求后羿将她也扔到铁锅里，看着儿子的惨死，她只希望自己能与伯封一起化成一锅肉汤：

"陛下，陛下！求陛下看在一个悲惨母亲的面子上，答应这个心已经碎了的母亲的请求吧！陛下，请赐奴婢一死吧！求求陛下了，让奴婢死吧！"

士兵们将裹着白布的玄妻高高地举了起来，只等着后羿一声令下，便把这个恶毒的妇人扔进铁锅熬汤。现在，大铁锅里的水已经沸腾了，掀起了巨大的波浪，咕嘟咕嘟发出了狂响。此前已被扔进去的伯封和他的随从，正上上下下翻滚，随着波浪起伏，身上的骨头开始露了出来，肉体正在一块块地化开。

玄妻歇斯底里地喊着："陛下，让奴婢死吧，奴婢求求陛下了！"

后羿还没有从失去力量的状态下完全恢复，五魂散仍然在他体内起着作用。与玄妻一样，他那被烫伤的身体现在也用白布给缠了起来，就仿佛是被裹起来的粽子那样。一时间，他连说话的力气都没有，终于缓过来了一点，他叹着气说：

"好吧，只要你答应与朕一起回去，朕就免你一死。"

"不，陛下，奴婢要死，奴婢只求一死！"

接下来，无论玄妻怎么哀号，后羿都显得有些铁石心肠。他让士兵高高地举着玄妻，让她可以清楚地看到铁锅里正在发生的一切。他要让她亲眼看见自己的儿子伯封，如何从一个活生生的公子哥，从一个试图与后羿作对的无知小儿，变成一锅血肉模糊的肉汤。帐篷里到处洋溢着从铁锅里冒出来的热气，渐渐地，一股奇特的煮熟了肉香味，弥漫在空气中，这气味让那些正处于饥饿中的士兵，开始产生了食欲，而且情不自禁地流起口水。玄妻一直紧闭着的眼睛突然睁开了，瞪得大大的，她看着锅里正在翻滚的已开始收缩的肉块，看着那绞在一起依然带着些肉碴的白骨，开始大口地呕吐起来。

第七章

玄妻作为后羿的战利品，被抬在担架上带回有戎国。她仍然紧紧地缠着一身白色的裹尸布，一路上不吃不喝，连眼睛都懒得睁开一下。放在担架上一起抬回去的，还有有戎国的首领后羿。这时候，后羿的情形已是十分狼狈，浑身上下都在溃烂，无数白花花的蛆虫不知道从哪钻出来，在他身体的表面起伏，怎么也捉不干净。成片的大水泡早已经破了，汁水淌得到处都是，成群结队的苍蝇刚被轰走，立刻又黑压压地飞了回来。直到漫长的行程即将结束，困扰后羿的苍蝇才突然没有了踪影，蠕动着的蛆虫也随之变得越来越少，身上溃烂的地方开始收口，周身像春蚕蜕皮那样，坏死的皮肤开始大块大块剥落。后羿仿佛当年刚从葫芦里钻出来时那样，赤条条病歪歪地躺在担架上，血渍斑斑的伤疤有深有浅，有明有暗，看上去就像一头有着斑驳花纹的猎豹。有戎国的老百姓经历过无数胜利，他们已经习惯了在后羿归来的时候，聚集在城门口迎接凯旋，但是这一次却显得有些意外，大家不明白为什么从远方归来的英雄后羿，竟然会是这个熊样。

好在后羿很快就恢复了，在嫦娥的悉心照料下，他很快就跟什么事情都没发生过一样，一切似乎都恢复了原样。身上的伤疤逐渐消失，他又变得像以往一样精力旺盛，又开始追逐起女人，又开始没完没了地寻欢作乐。嫦娥把后羿刚迎回宫中的时候，看着他那副可怜的样子，心里有一种说不出的痛。她没想到他会变得这样惨不忍睹，没想到他会受到这么大的伤害。从逢蒙嘴里，嫦娥对后羿在外面的遭遇，已经有了一个大致的了解。看到他为了玄妻，费了那么多心思，吃了那么大的苦头，结果却是这样，嫦娥不仅在内心非常同情后羿，而且很为他打抱不平。"臣妾想不明白，陛下为什么不把那个该死的女人，杀掉算了？"她不止一次向后羿提问，不明白他脑子里究竟怎么想。玄妻被带回有戎国以后，一直像个囚犯那样关在那里，后羿似乎已把她忘了，心目中根本就没有她这个人。嫦娥的提问只能让人感到心烦，后羿显然并不愿意提到玄妻，他不耐烦地说：

"朕从来就没有想到过要杀她。"

"要是不准备杀她，陛下干脆把她带到宫里来算了。"

"为什么？"后羿脸色阴沉地说，"朕为什么要把她带到宫里来呢？"

嫦娥说："就为了陛下为她花了那么多的心思。"

在接下来的一年多，后羿开始了源源不断的征战。他对战争产生了一种莫名其妙的激情，对不断地征服别人打败对手突然上了瘾。有戎国的军队在他指挥下，开始把杀戮当成了游戏，把掠夺当成了家常便饭。突然之间，后羿变得很好战很嗜血，他成了大家心目中的暴君和独裁者，变得越来越乖戾，越来越孤僻。他领着有戎国军队到处寻衅，马不停蹄地攻城掠地，不停地撤换和任命新的诸侯，周围的小国首领一个个胆战心惊，因为他们根本就不知道后羿的心里究竟是怎么想的。谁也不知道后羿在想什么，他频繁地更换小国的首领，往往是今天刚任命了一位新的国君，三天之后便又下令撤销了。他根本就不怕会得罪谁，随心所欲地做着自己想做的任何事情。如果说在过去的日子里，有戎国的老百姓对他充满了爱戴，周围的小国家对他充满了敬仰，那么现在大家共同的感受，就是对他感到了恐惧。

和大家的想法一样，嫦娥也不明白后羿的性情，为什么会变成这样。也许，嫦娥还是他唯一不会胡乱发脾气的对象，他对她始终保持着一种克制。在他心情最坏的时候，只要是嫦娥过去安慰他，他立刻会像听话的小孩那样，一下子就平静下来。嫦娥是治疗后羿心疾的最好良药，只有她才能抚慰他心中的不平，只有她才能排遣他脑子里的混乱。现在，在后羿的身边，开始有了无数的美女，都是从不同的国家进贡来的，后羿对她们并没有过高的热情，甚至都谈不上有什么太大兴趣，他只是不动声色地享用了她们，然后毫不留情地一脚踢开。在外面征战的日子里，后羿总是处在一种巨大的孤独之中，那些随他征战的美女往往只能让他感到更加心烦，有时候仗打到一半，他会突然思念起嫦娥，这思念是那样的强烈，以至于他会立刻下令收兵，日夜兼程地往回赶，而这么做的目的，只是为了能够尽快地与嫦娥会面。

发展到后来，只有躺在嫦娥的身边，后羿才能睡上一个安稳觉。失眠又开始困扰他。后羿常常是刚闭上眼睛，稍稍地打了一个盹，又猛地醒来，就不能再睡着。他的大脑里永远是厮杀的场景，永远在盘算如何击溃他的对手，如何把对手的脑袋给割下来。由于他的对手不断地失败，后羿只能在脑子里不断地寻找新的对手。结果就是，他取得的胜利越多，孤独也越来越严重。终于有一天，嫦娥对刚从梦中惊醒过来的后羿说：

"今天臣妾带陛下去看一个人吧。"

"看谁？"

"陛下就不用多问了，"对即将发生的事情，嫦娥显然胸有成竹，故意要留点神秘，"到时候，陛下就会知道。"

嫦娥是要带后羿去见玄妻。虽然已过去了一年多，玄妻的身上始终缠着那块白色的裹尸布。时间让那白布早就改变了颜色，变得肮脏不堪。同样肮脏不堪的还有玄妻，由于一直没有洗过澡，她身上的气味足以令人窒息。过去的一年里，她像一头被喂养的猪那样活着，谁也不愿意走近她，负责看管她的女佣在喂食之前，通常要说的第一句话，就是让她赶快滚远一些，以免自己会被她身上散发出来的那股恶臭给熏着。后羿感到有些意外，他忍着扑鼻而来的气味，走到了玄妻面前，看着她满是污垢的脸庞，像打量一个根本就不认识的陌生人那样，无动于衷地看着她。一旁的嫦娥注视着后羿的表情，留意着他的一举一动，她很认真地说：

"陛下可都看好了，这就是她，这就是她现在的样子。陛下，还能认识她吗？"

后羿若有所思地点了点头。

嫦娥转过身来，对眼睛瞪得大大的玄妻说：

"现在你给我听好了，放在你面前有两个选择，要么到宫里去侍候陛下，要么就放了你，让你回家。你挑吧，你选择哪一个，你现在就可以做出决定。"

玄妻面无表情地看着嫦娥，好像并不知道她在说什么。

嫦娥又问了一遍，玄妻继续保持沉默。于是嫦娥便用相同的问题，让后羿做出抉择。毫无准备的后羿迟疑了一下，便很干脆地说：

"让她回家。"

嫦娥不动声色地说:"想想好,这可是陛下自己说的。"

"让她回家!"这一次后羿说得十分坚决。

"陛下可别后悔。"

"让她走,朕绝不后悔。"

后羿的话音刚落,嫦娥便注意到在玄妻的目光中,闪烁着一种异样的光芒。她并没有太在意这异样的光芒,究竟意味着什么。说老实话,嫦娥当时根本就没有太把玄妻放在心上,让她深有感触的,是几乎在同一时刻,后羿流露出的那种深深的失望和沮丧。他显然是舍不得最后放弃玄妻,虽然他嘴上已经说了要放她回家,可是他的内心深处,显然是不愿意这么做。后羿仍然还是有点依依不舍,他对玄妻的那份痴迷仍然没有改变。事已如此,嫦娥突然间有了一个很好的主意,她已想到了一个绝佳的解决后羿内心孤独的好办法:

"好吧,这事该怎么办,臣妾知道了。"

第二天,后羿像往常一样泡在浴池里。在那些不出征的日子,为了打发无聊的时光,他有相当多的时间,都是这么光着身子在浴池里度过。后羿把浴池当作了自己安乐舒适的小窝,常常是躺在水里吃,躺在水里喝,躺在水里睡觉,甚至是赤条条地躺在水里接见来自远方的客人,无论他们是异域的使者,还是前来朝拜的邻国首领。说起这个美轮美奂的大浴池,最初还是造父精心设计的杰作,他希望以此来讨得后羿的欢心,没想到马屁只是拍在马脚上,造父活在世上的时候,后羿对洗浴根本就不感兴趣。在相当长的一段时间里,他不喜欢这个室内的大水池子,不喜欢那种被热水环绕的感觉,不喜欢自己成天像鱼一样地生活在水里。后羿弄不明白自己当初为什么会不喜欢,就像他后来为什么又突然非常喜欢一样。很多事情是没有办法解释的,喜欢和不喜欢之间,有时候只是隔着一层薄薄的纸,轻轻地用手指一捅就破了。

收拾一新的玄妻突然出现在了水池边上。深感意外的后羿在一开始觉得有些不可思议，事后才知道这都是嫦娥的精心安排，目的只是为了医治他不可理喻的孤独。一时间，所有的现实都变得混乱了，时空开始错位，判断开始失常。虽然玄妻当时穿的只是一身宫廷侍女常见的服饰，可是后羿却好像是第一次才看到，他觉得这衣服异常的精美，而穿着这身衣服的人就更加妙不可言。时光开始倒流，后羿仿佛又一次回到了已经灭亡的乐正国，又一次回到了军旗猎猎的大营，他和玄妻正赤身裸体忘乎所以，泡在那口巨大的令人销魂的铁锅里，后来发生的种种一切根本就不存在，没有伯封和他的随从，没有刀光剑影，没有厮杀，更没有把尚未咽气的活人扔到大铁锅里，像煮鸭子似的煨骨熬汤。后羿希望时间能够永远地停顿下来，就停顿在他和玄妻一起欢乐享受的那一刻。

"你怎么会跑到这来？"后羿按捺不住好奇地问。

"奴婢来侍候陛下。"

后羿有些辨不清真假，他怀疑这只是梦里的情形，这种好事只应该是在梦里才会发生，但是他很快就知道这不是。"你跑这儿来干什么，不是已经让你回家了吗？"后羿试图要把事情的来龙去脉，弄弄明白想想清楚，他痴痴地问着，"既然是回家，你怎么又会跑到宫里来了？"

玄妻满是哀怨地回答说："奴婢只是想在回家之前，有一次侍候陛下的机会。"

后羿不敢相信自己的耳朵："你侍候朕——"

"奴婢愿意为陛下做任何事情。"

"你真的愿意、真愿意侍候朕？"

"为了陛下，奴婢愿意做任何事情。"

"朕手下的那些人，把你的儿子伯封熬成了肉汤……"后羿仍然觉得眼前的这件事，让他摸不着头脑，他不敢相信玄妻会完全臣服于自己，不敢相信她真会忘掉那些仇恨。"你不会不记恨朕的。你忘不了那锅肉汤。那锅肉汤最后犒劳了大家，都让大家给分了喝了，他们还要让你喝。所有这些，都在你眼皮底下发生，你都亲眼看到的。"

"奴婢没有儿子，奴婢没有那种犯上作乱的儿子。"

"伯封难道不是你的儿子？"

"他不是。"

"怎么会不是？"

玄妻不动声色地说："奴婢的意思，是伯封居然敢做出那样的事情，敢与陛下作对，他就不再是奴婢的儿子。"

接下来，玄妻很快成了后羿最宠爱的女人。正如嫦娥希望的那样，她果然为后羿找到了一贴能医治心病的好药。玄妻不仅治愈了后羿的孤独，而且让他从此又变了一个人。很长一段时间里，他不再暴戾，不再乱发脾气，也不再胡乱糟蹋女人。后羿的精神面貌焕然一新，不再是一个蛮不讲理的统治者，不再是一个嗜血成性的混世魔王。他下令把那些进贡来的美女，进行仔细筛选，除了留下几个最出色的，其他的通通都打发回去。对待周边国家，后羿也变得不再好战，他把庞大的野战军团都解散了，只留下少量的精锐部队维持日常治安。与邻国的种种纠纷，更多的则是通过和平谈判来解决。很快，后羿的暴君和独裁者的恶名，得到了很大的改善，人们谈起他来，已不像不久前那样恐惧，他似乎又成了一位老百姓爱戴的统治者。

嫦娥贤惠的声名传扬开了，她被封为上元夫人。有戎国的老百姓都知道，后羿做的所有好事，都与嫦娥的努力分不开。在大家心目中，嫦娥现在已成了当仁不让的国母，是名副其实的第一夫人。随着玄妻的越来越得宠，随着玄妻在他心目中的位置越来越重要，大家对后羿又开始有了新的不满。岁月向前推移，这种不满情绪变得越来越强烈。与嫦娥的深得人心不同，玄妻在一开始就被大家感到难以接受。在短时间里，从一个被俘的女犯人，到一下子深得后羿宠爱，玄妻轻而易举地就得到了太多，得到了太多根本就不应该得到的东西。在嫦娥被封为上元夫人的第二年，玄妻令人难以置信地被册封为乐正夫人。以一个已消亡的国名来作为玄妻的封号，这让有戎国的上上下下都感到愤愤不平。与嫦娥的贤惠名声相比，初来乍到的玄妻何德何仁，竟然也能获得夫人这样的尊号！

更让大家感到不满的是，后羿为了进一步讨好玄妻，竟然下令在后宫的西面，建一个与嫦娥的一模一样的宫殿。没人说得清后羿为什么会对玄妻如此痴迷，唯一的解释就是，玄妻的前世一定是个狐狸精，男人一旦被迷上，结果就只能是不可救药。后羿既然能为了玄妻发动一场战争，为她再做出傻事都在预料之中。很快，大家不愿意看到的事情发生了，后羿在玄妻的蛊惑下，越来越昏庸，他不问政事，不顾老百姓的死活，整天沉浸在声色犬马之中。

事实上，玄妻从未忘记报仇雪恨，她要为自己的丈夫报仇，要为儿子雪恨。夔和伯封惨死的一幕幕，不时地出现在玄妻眼前，像刀子一样戳着她的心口。玄妻显然知道，现在要想报仇的最好办法，就是先把后羿牢牢地迷惑住；而要想迷惑住后羿，不使用一些小小的手段绝对不行。她很快就掌握了后羿的弱点，知道自己应该在什么时候百依百顺，在什么时候要一点小小的脾气。后羿几乎立刻就被她弄得神魂颠倒，一下子就落到了她的圈套之中。在册封玄妻为乐正夫人的第二天，后羿大宴群臣，他明知道众人对这件事普遍不赞成，但是为了塑造玄妻的威望，他故意让她出现在公众场合。这是玄妻第一次有机会与嫦娥一起与众大臣公开见面。后羿面南而坐，嫦娥端坐在他的东边，玄妻趾高气扬地坐在西边。酒过三巡，一位叫作韩叔的大臣走了上来，向后羿进谏：

"臣闻陛下已下旨册封玄妻为乐正夫人，以臣之见，此举十分不妥。"

后羿听了这话，立刻是十二分的不高兴，他瞪了韩叔一眼，冷冷地说："此事定了就定了，有何不妥？"

韩叔此时也顾不上是否冒犯了，继续往下说："夫人一词，应为嫦娥娘娘的上元夫人所专用。玄妻何德何仁，竟与上元夫人齐名？"

此话一出，坐在那儿的嫦娥和玄妻，都感到有些不自在，有些坐立不安。后羿强压怒火，点了点头，问还有多少人对此有意见，如果有的话，不妨一并都说出来。众大臣，看了看后羿的脸色，见他脸色铁青，胆小的立刻不敢说话了；个别胆大不怕死的，想事情反正已说穿了，干脆站出来表示赞同韩叔的意见。看见有人敢公开地叫板自己的权威，后羿的火气顿时不打一处冒出来，板着脸说他知道今天在座的人中，有很多都不喜欢乐正夫人，他说自己也不指望他们这些人会喜欢她。本来，玄妻是他后羿的女人，只要他喜欢就行了。人各有志，勉强不得。他只是想弄弄明白，为什么大家要干涉他喜欢玄妻？看着后羿怒气冲冲的样子，一时间没有人愿意再说话。后羿不愿意就此放过韩叔，让他把还没有说完的话，一五一十赶快说完。韩叔见自己已无退路，只能胆战心惊地把心里的话，全都说出来：

"回陛下，自从玄妻进宫，陛下便从此不问政事，日夜在深宫与美人饮酒作乐。俗话说，一国之君，如能把国家治理好，便会得到人民的拥护；反之，如果贪图享乐，就会有失去天下的危险。"

后羿大怒，说别跟他说什么天下不天下的，这天下在他眼里，也就是一堆狗屎。"天下本来就是你们这些人给朕的，朕又不想要它！"对于如何治理国家，后羿承认他确实没有什么太大兴趣。他回过头来，看了看坐在东边的嫦娥，又转过头去，看了看坐在西边的玄妻。玄妻的脸色很难看，后羿的目光与她相对的时候，她脸上表情深不可测，似乎是有些委屈，嘴角边又带着几丝冷笑。后羿掉转头来，怒气冲冲地看着韩叔，说他现在更想问个明白，在韩叔的嘴里，口口声声会有失去天下的危险，那么这失去的天下，最终又会落到谁的手里。后羿越说越愤怒，他带着几份嘲笑地说，"莫非你韩叔自己，对得到这个天下，有那么一点兴趣？"面对后羿的无端指责，韩叔只能无话可说。但是愤怒的后羿此时已动了杀心，决定要杀一儆百。他要让大家知道，自己决定下来的事情，即使是完全错误的，也必须不折不扣地坚决执行。于是他就做出了一个让在场的所有人都震惊的决定：

"来人，将韩叔拖出去，斩了！"

为了维护后羿一国之君的尊严，嫦娥已很长时间，不在公众面前说一句话。这时候，如狼似虎的宫廷侍卫冲了上来，将韩叔绑了就走／众大臣见势不妙，想站出来说情，可是慑于后羿的淫威，一个个都不敢作声，只是看着上元夫人嫦娥，用期望的眼神向她求救。见此情形，嫦娥再也坐不住了，她知道自己此时再不开口为韩叔求情，就一切都晚了。于是，她站起来，喊了一声：

"慢，先别着急。"

大家的目光都集中到了嫦娥的身上。嫦娥回过头来，看着怒气冲冲的后羿，语重心长地让他息怒。她一时不知道该用什么话劝慰后羿，只能一个劲地像哄孩子那样，先让他不要生气。看见后羿生气，她是真的有些心疼他。嫦娥说今天本来是个高兴的日子，大家都高高兴兴，好不容易才在一起喝一次酒，陛下干吗要生那么大的气呢，干吗要为韩叔那个不知好歹的家伙动了肝火。接下来，嫦娥又开始数落韩叔，怪他不应该在今天这样的一个大好的日子里，贸然惹陛下生气，不知天高地厚地顶撞陛下。陛下如今已是金口玉言，他说什么就应该是什么，你一个小小的韩叔，有什么资格跑到这来胡说八道。嫦娥说到最后，自己也有些生气了，她说今天的这个事，都是你韩叔不对，都是你冒冒失失地惹陛下生了气，就为这点小事，砍了你的脑袋，虽然过分，真要是砍了，砍了也就砍了，砍了也是活该，谁让你不知好歹，像你这样不知天高地厚，我为你说了情都会后悔，饶了你都是白搭。嫦娥的一番唠唠叨叨，立刻化解了后羿的满腔愤怒，他悻悻地说：

"朕今天本不想杀人，上元夫人既然为你说情，朕也就先买她的这个面子，免你一死。"

众大臣见此情形，纷纷上前谢恩，韩叔更是感激不尽，一个劲地磕头。嫦娥见后羿怒火还没有完全熄灭，为了让他消气，便说今天的死罪可免，处罚却不能就这么算了，必须当堂杖责，给韩叔一个教训。所谓当堂杖责，就是当众打屁股。后羿听了，立刻表示赞同，说上元夫人的话有道理，屁股得打，得好好地打。事情最后能到这一步，差不多已是个皆大欢喜的结局了。于是当场就把韩叔按在了地上，宫廷侍卫又去取了一根棍子过来，正准备照屁股上打，一直不吭声的玄妻发话了，她冷冰冰地说：

"既然是打屁股，那就应该把裤子扒下来再打。"

玄妻的话让大家目瞪口呆。

第八章

绿脸节又一次来到了。后羿带着心爱的上元夫人和乐正夫人，带着新
进宫的丽妃小娇，与老百姓共度一年一度的狂欢节。虽然是一国之君，后
羿与大家一样，也用树汁将脸涂成了绿色，然后和自己的女人们一起，登
上宫殿前面象征权势的大平台，高高在上地接受朝拜。随着有戎国国力越
来越强盛，一向以野外为狂欢地点的绿脸节，逐渐把活动中心转移到宫殿
前面的广场上来。人们已经习惯在这一天，自发地排成种种队形，跳着各
式各样的舞蹈，浩浩荡荡从平台前面经过，欢欢喜喜接受后羿的检阅。就
像后羿乐意视察他的民众一样，老百姓也希望在这一天，看到已难得在公
众场合露面的后羿，希望能看到贤惠的上元夫人嫦娥，因为她，有戎国国
泰民安。当然，还希望能看到乐正夫人玄妻，大家都想亲眼看看这个狐狸
精，看看这个已把后羿迷得神魂颠倒的女人究竟是什么模样。

没有人太在意年轻的丽妃，大家对这个新进宫的小女人所知甚少。十
八岁的小娇进宫还没满一个月，后羿对她似乎还有几分喜欢，玄妻因此醋
意大发，整个检阅和联欢的过程中，都板着一张脸。好在绿色树汁有效地
掩盖了脸上的铁青表情，虽然是在光天化日之下，虽然是面对众人的目光，
虽然内心的妒火熊熊燃烧，但是谁也看不出玄妻正在忍受煎熬。节日的欢
乐气氛让一切不痛快都变得微不足道。人们唱啊，跳啊，没有白天，也没

有黑夜。绿脸节的狂欢照例要进行三天，在这三天，后羿每天都要花很多时间，坐在高高的平台上，与他的臣民一起尽情欢乐。

事实上，玄妻尽管很吃醋，却并不把涉世不深的小娇放在眼里。她深信后羿对这小丫头的新鲜劲，很快会像夏季的一阵台风那样过去。玄妻感到恼火和不安，是她觉得小娇是嫦娥一手安排进宫的，一旦成为嫦娥的帮手就不太好对付。到第三天，绿脸节的狂欢进入尾声，后羿喝了很多酒，趁着微醺的酒意，把台下正看热闹的逢蒙喊了上来，让他当众表演射技。此时的逢蒙也是今非昔比，已经有了多重身份，他不仅是后羿和嫦娥的义子，还是后羿的大舅子，因为刚被册封为丽妃的小娇就是他妹妹。他不仅是有戎国除后羿之外的最好射手，还掌管着宫廷的禁卫军。同样是有了些酒意的逢蒙在后羿的招呼下登上平台。此时，恰巧一群大雁排着队从远处缓缓飞过来，后羿便吩咐他将领头的那只给射下来：

"记住了，射它的左眼。是左眼，听清楚了没有？"

逢蒙从手下那里接过自己的宝弓，等那群大雁飞近了，举手就射。箭嗖的一声飞了出去，领头的大雁立刻头部中箭，从高处坠掉了下来，不偏不倚正好落在了玄妻的面前。众人拍手叫好，丽妃小娇更是兴奋，又拍手又跳脚，为自己的哥哥喝彩。逢蒙按捺不住得意，走过去，神气十足地想捡那只大雁，但是玄妻一脚踩住了它，笑眯眯地看着他，说她这会看到逢蒙，不由得想到了自己儿子伯封，伯封死的那会，差不多就像逢蒙现在这样。玄妻的这番话，让在场的所有人都感到意外，逢蒙立刻不知所措，浑身的得意仿佛让人泼了一头冷水。后羿的表情也有些尴尬，玄妻知道自己不应该在此时此刻，涉及到这个敏感的话题，于是她非常圆滑地把话锋转过来，笑眯眯地问后羿：

"陛下的这个弟子，箭法确实不错，不是吗？"

"还算不错吧。"后羿随口说了这么一句。

"陛下难道觉得还有什么不妥?"

"没什么,不过,逢蒙还得下点功夫才行。"

逢蒙突然想起后羿是让他射大雁的左眼,他低头细看,自己射中的却是右眼,顿时脸红脖子粗,那红色一直漫到了耳朵根,幸好脸上涂满了绿树汁,别人只能看到他耳朵根那一片红色。除了后羿和逢蒙心里明白怎么回事,在场的人都糊里糊涂。玄妻从地上拿起那只大雁,仍然不明白问题出在什么地方,不明白逢蒙为什么会耳朵根发红,会突然情绪低落。她阴阳怪气地说,既然大雁是落在她的面前,那它就自然而然地应该是她的了。

直到三天以后,在去西山的路上,玄妻第一次有机会与逢蒙单独相对,两人一路闲聊,她才弄明白逢蒙当时为什么会脸红。狂欢节结束的那天,玄妻在与后羿温存的时候,借口梦到了夔和伯封,为了安抚他们的亡灵,她要专程去西山祭奠。她的本意只是恃宠撒娇,想借助此次出行,把后羿从嫦娥和小娇身边带走,可是对她一向唯命是从的后羿,却第一次表现出对追随她的行动不感兴趣,不愿意与她一起去西山。失意的玄妻弄巧成拙,想放弃西山之行又苦无借口,于是只能真的赌气孤身远行。后羿对她的行动还有些不放心,特地关照逢蒙率一队禁卫军护送。临行前,后羿带着嫦娥和小娇来为她送行,玄妻看着前来接送自己的逢蒙,看着后羿身边的两个女人,酸酸地问:

"陛下,逢蒙这孩子是陛下与上元夫人的义子,那么请问陛下,他是不是也应该算作是奴婢的义子呢?"

后羿说:"只要乐正夫人愿意,那自然就是。"

玄妻立刻满脸堆笑:"好吧,有陛下的这句话,奴婢就要真的拿逢蒙当自己的儿子了。"

去西山的路上,玄妻一路都在拿逢蒙已是自己儿子这件事说笑。逢蒙天生是个乖巧的人，知道后羿一味地宠玄妻，便趁机向她讨好。去西山光路上就要足足走一整天，大清早出发，靠晚才能赶到山脚下，在山下歇了一夜，第二天开始爬山，午后到达山顶。到达目的地的时候，玄妻与逄蒙之间，已是无话不说，她不住地夸他年轻英俊，不住地夸他武艺高强，临了，又忍不住哀叹起来，口口声声说逄蒙如果真是她儿子就好了，她说：

"你要是伯封的话，乐正国也就不会完蛋了。"

玄妻计划在西山只住三天，可是在山上安顿下来，她自作主张地把日程改为了九天。想到此时后羿正在宫里与新宠丽妃恩爱，一个十分恶毒而又大胆的计划，突然出现在她的脑海里。玄妻突然意识到，要想为死去的丈夫和儿子报仇雪恨，对于一个手无寸铁的女人来说，她必须要有一个得力的帮手，而这个得力帮手的最合适人选，便是手握禁卫军大权的逄蒙。这个念头并没有像火花一样稍纵即逝，它仿佛一粒发芽的种子，一旦得到了仇恨的滋润，立刻在玄妻的大脑里生根开花。玄妻没有任何犹豫，她全力以赴，风风火火地开始着手复仇计划。几乎没有花什么大气力，她就让逄蒙中了圈套，掉在精心设计好的陷阱里，在诡计多端的玄妻看来，把逄蒙这个花花公子控制在手中，让他成为自己可以操纵的俘虏，易如反掌。

到西山的第二天晚上，玄妻从自己的女仆中，挑了一位最年轻漂亮的去见逄蒙。她让女仆送一块水玉给他，说是她认逄蒙这个义子的礼物。逄蒙对玄妻送的水玉并不太在乎，他更感兴趣的是送礼物过来的漂亮女仆。夜深人静，面对这块送到嘴边的肥肉，好色的逄蒙当然不肯轻易放过机会，他的言辞中立刻有了不无轻薄的挑逗，手脚便也不安分起来。女仆大约也知道自己的使命，逄蒙敢于胆大妄为，她半推半就地便遂了他的心意。很快，女仆不辱使命地回到主人身边，玄妻问清了事由，当场就叫人去把逄蒙叫过来。此时逄蒙已经美美地睡了，不知道玄妻为什么要传唤自己，磨磨蹭蹭地到了玄妻那里，看见她大怒的样子，这才突然意识到事情不太妙。

玄妻严肃地说："我以为是你是个好人，没想到你竟然是个畜生！"

逢蒙看到女仆一脸泪水地跪在地上，知道玄妻是正在为这件事情生气，连忙请求玄妻宽恕。玄妻说这事就算她能宽恕，心胸狭隘的后羿知道了，怕是也不能宽恕，而且上元夫人也不可能宽恕，因为逢蒙这个畜生竟然敢调戏玄妻的贴身女仆，这与调戏玄妻本人又有什么区别。逢蒙开始着急了，哀求说只要玄妻不说出去，就不会有人知道。玄妻看了看跪在地上的女仆，说自己不说，她要是说出去怎么办。逢蒙觉得这根本不是个问题，女仆怎么可能把这件事情说出去呢。然而玄妻却不是这么认为，她向他提出了一个让人毛骨悚然的建议：

"好吧，为了安全起见，你就过去把她的舌头割了。"

接下来的一天一夜，无论逢蒙走到哪里，他的眼前都摆脱不了那截血淋淋的舌头。或许这还不算最恐怖的，因为在艰难的割舌任务完成以后，玄妻干脆是赤裸裸地威胁他，说只要她乐意，随时随地可以把这件事说出去。强奸玄妻贴身女仆罪名已经不轻了，事过以后，又把女仆的舌头割了，这可就是罪上加罪。"以后你必须像一条听话的狗那样，乖乖地围着我转，要不然，便会有你的好瞧！"玄妻的话让逢蒙仓皇而逃。关于她的毒辣，有戎国早就有过种种传言，现在，逢蒙终于因为自己的亲身经历，彻底地领教了她的厉害。

整整一天一夜，他都在琢磨对策。逢蒙是个极其聪明的人，他自信有办法能够对付玄妻，能够摆脱她的控制。经过一天一夜的深思熟虑，逢蒙相信他找到了孤注一掷的好办法。第二天晚上，他跑去见玄妻，假作慌张地对玄妻求援，问她在什么样的条件下，她才不会把事情说出去。玄妻笑着说，这条件很简单，昨天不是已经说过了吗，这就是逢蒙必须无条件地听她的话。

逢蒙问："什么叫无条件？"

玄妻说："就是我要你干什么，你就得乖乖地干什么？"

　　"我要是不干呢？"

　　"如果真有胆子，你可以试试。"

　　于是逢蒙就大着子尝试了。他想到的孤注一掷，是索性跟玄妻有上一腿。这是最好的堵住她嘴的办法。这一招叫以毒攻毒，只要逢蒙能够得手，玄妻她就没可能再把这件事情说出去。玄妻并没有料到他会直截了当地来这一手，一时间，她方寸大乱，差一点叫出声来。逢蒙既然是出手了，便不再有半点犹豫，他非常坚定地伸出手去，堵住了玄妻的嘴，即使她张开咬了他一下，他也是忍着剧痛决不撒手。接下来，他们之间展开了一场激烈的对抗。刚开始，他们都陷入在单纯地打斗之中，竭尽全力，逢蒙想制服玄妻，她不想让他得逞。渐渐地，他们已不仅仅是对手，而且还成了同谋，两个人虽然还在对方的身上抓来抓去，可是这动作很快就跟抚摸差不多了。"你这个畜生，我把你当作自己的儿子，你却跟老娘来这一套。"突然间，玄妻有了一个更好的主意，她不再激烈抵抗，相反，开始有意识地配合起来。她抓住了逢蒙的敏感部位，不是用力去捏，而是来回轻轻搓动。再往后，她干脆假装自己就要昏死过去，竟然一动不动地躺在那里，像无辜的羔羊那样任人宰割。到了最后，忙乱了半天的逢蒙突然束手无策，因为他不知道如何解开最后一件内衣的死结，结果还是玄妻摸到了挂在他腰件的那把小刀，一刀就将那死结割开了。正是这把刀，在一天前割去了女仆的舌头，现在它又割开了玄妻的内衣，而且在最后，还将逢蒙身上残存的衣服，割成一条条细细长长的碎片。

　　九天以后，从西山上下来的时候，逢蒙和玄妻早已是心心相印。在一路上，他们装作好像什么事也没有发生过一样，但是在中途休息的那刻，逢蒙利用上前问候之际，竟然钻进了玄妻临时搭起的帐篷，又偷偷地与她温存了一番。事态的发展甚至超出了玄妻的意料，过分的激情让她担心逢蒙最后会成事不足，败事有余。现在，逢蒙已经是一条上了钩的大鱼，他已经吞下了玄妻的鱼饵，她必须掌握好手中的鱼竿，既不能让鱼线绷得太紧，太紧了容易断；又不能太撒手，一不留神，便会莽莽撞撞地让鱼跑了。逢蒙虽然年轻，却是十二分的滑头，玄妻知道，要对付他，必须要比他更有心计才成。

逢蒙像玄妻预料的那样，回去以后，果然玩起了金钩脱去不再来的把戏。他突然地玩起了失踪，任凭玄妻怎么带信过去，就是躲着不见。这种低劣的小把戏，让玄妻愤怒，同时也很无奈。本来她对逢蒙还有几分喜欢，因为喜欢，倒也把报仇雪恨的念头给淡忘了。现在叫他这么一闹，内心的甜酸苦辣，种种滋味都齐全了。正在百无聊赖，没想到逢蒙又大胆地吃起了回头草，他在外面转了一大圈，结果还是丢不下玄妻。两人相见恨晚，又一次干柴烈火地遭遇了。玄妻因为他，心态顿时年轻起来；逢蒙却迷恋于她的成熟的风韵。年轻美丽的女孩他经历了太多，玄妻的成熟让他久久不能释怀。

这以后，逢蒙果然成了玄妻的最好帮手。他们着手进行的第一件事，就是先想方设法孤立嫦娥。他们把原本与玄妻对立的丽妃小娇，轻而易举地就拉到了自己的阵营，通过小娇的嘴，源源不断在后羿的耳朵里灌输对嫦娥不利的坏话。紧接着，他们又通过对吴刚父子的清算，继续打压嫦娥在后羿心目中的地位。已步入老年的吴刚被蛮横地割去了睾丸，他的后人被全部无情地杀光。这么做的理由，仅仅是因为玄妻做了一个噩梦，梦到有仙人托梦给她，说后羿有那么多女人，却没有一个孩子，根子就在于是吴刚父子的作乱。欲加之罪，何患无辞。吴刚在被割去睾丸的一个月后，下身溃烂而死。有一个消息在大家的口头广为流传，说是他死了以后，由于生前割别人的睾丸割得太多了，老天爷罚他到月宫里去做苦力。月宫里有一个大桂树，吴刚被罚要把这树砍掉，可是这树黑夜砍白天长，越砍越大。

吴能吴用兄弟的被杀，让嫦娥一下子失去了耳目。过去的许多年里，嫦娥一直借助这两兄弟来打探外面的消息。从此，嫦娥在与玄妻的较量中，开始彻底处于下风，与她的对手相比，嫦娥显然缺乏玄妻的手段和心计。况且在许多事情上，嫦娥根本就不屑与玄妻怄气，往往多一事不如少一事地让她三分。玄妻因此得寸进尺，时时刻刻要闹些别扭，好在后羿虽然宠爱玄妻，对她言听计从，但是他对嫦娥却始终保持着最初的那份依恋。对嫦娥的依恋，是任何女人都取代不了的，无论别人对他说嫦娥什么样的坏话，后羿都不会往心里去。正因为如此，玄妻对嫦娥更加恨之入骨，必欲置之死地而后快。

清除了吴能吴用兄弟，逄蒙开始变得肆无忌惮，出入后宫仿佛回自己家一样。大约这样过了一年多，玄妻突然发现自己有了身孕。一时间，仿佛大祸即将临头那样，玄妻和逄蒙都有些惊恐不安，然而他们很快就镇定下来，开始意识这未必是件坏事。世间的事情，好坏本来就没有一定，好事可能变成坏事，坏事也可能变成好事。他们突然意识到自己偷情的结晶，会成为后羿的继承人。"我的儿子注定要成为一个国家的君王，这是命里注定的，谁也改变不了。"玄妻一想到这个，禁不住暗暗得意，因为她实在想不出还有什么事，能比这个更让人感到高兴。逄蒙也是喜出望外，不过，他对玄妻肚子里的小孩，究竟是不是自己的骨肉，还有点心存疑虑，结果还是玄妻的一句话，给他吃了一个定心丸。

"要是后羿能让女人怀孕，"玄妻带着讥讽的语气说，"他现在的孩子，早就比那挂在树上的柿子更多了。"

逄蒙一脸坏笑，意味深长地说："我儿子将来是有戎国的国君，我又是什么人呢？"

"你，你是国君他爹！"

这时候，正是秋天将去的初冬时节，柿子树上的绿叶已落尽了，满树熟透了的红柿子挂在枝头，十分好看。事态的发展果然像他们预料的那样，玄妻的怀孕让后羿欣喜若狂。为了庆祝这个好消息，后羿又一次大宴群臣。此时的玄妻的地位，与刚被册封为乐正夫人已大不一样，当年大家还只是慑于后羿的淫威，现在让人们更害怕的是玄妻喜怒无常。再也没有韩叔那样敢冒死进谏的大臣了。后羿宣布玄妻已经怀孕的喜讯，群臣们一片声的阿谀奉承，一个比一个更会说好话。大家都说，后羿成为有戎国的国君已经很多年，现在这个国君就要有继承人了，理所当然应该很好地庆贺一下。

冬去春来的时候，玄妻的肚子已经像小山似的挺了起来。每天抚摸着自己逐渐隆起的肚子，她便仿佛回到了当年，仿佛肚子里怀的是已死去的儿子伯封。报仇的念头越来越强烈，玄妻几乎天天都在盘算着如何复仇，而复仇的必经之路，就是要先除掉嫦娥。临盆的日子眼见就要到了，她把逢蒙叫到自己身边，十分歹毒地说：

"舍不得孩子套不着狼，看来非要来点狠的才行。"

玄妻生产时的惨叫响彻后宫，负责接生的产婆不明白她为什么要发出那么大的动静。惨叫声不仅在后宫到处回荡，还随着惊飞的乌鸦一起翻过宫墙，传出去很远很远，整个有戎国的人似乎都知道她在生孩子。早在阵痛刚开始的时候，玄妻就歇斯底里大叫开了。一开始，她只是胡乱地喊着，可是过不了多久，就一口一声地呼唤起逢蒙来。"快，快，快给我把逢蒙那畜生找来，我有话要对他说。"侍候玄妻的下人感到很为难，她们一个个手足无措，不知道如何对付。在生孩子的这个节骨眼上，把逢蒙叫到后宫来，叫到赤裸着下身的乐正夫人面前，多多少少有些不合适。按照有戎国的习惯，男人为躲避血光之灾，不能走到正在生孩子的女人面前。但是到底逢蒙还是被叫了过来，因为后羿被玄妻的惨叫吓坏了，他从未听过一个人可以发出这么大的声音。后羿不仅自己赶了过来，而且下旨立刻传逢蒙到场，既然乐正夫人是这么迫切地想见逢蒙，那就应该让他们赶快见面，让那些该死的规矩都见鬼去吧。逢蒙被匆匆地招来了，隔着一道垂下的布帘，后羿听见玄妻断断续续地对逢蒙说：

"逢蒙，你要负责好宫廷的保卫，一定要负责好，有人要害我的儿子，有人要害我的儿子!"

玄妻说这话的时候，她的儿子犰还没有出生。玄妻用极度夸张的声音说着，说她刚得到了神灵的启示，有人正在阴谋要暗害她的儿子。玄妻的话让后羿大吃一惊，他一把揪住了逢蒙，另一只手扯下了垂着的那块布帘，赶到玄妻面前，十分急切地问玄妻：

"你赶快说说清楚，是谁要陷害朕的儿子?"

"陛下，奴婢不知道，奴婢真的不知道!"玄妻突然尖叫起来，这一次是因为真的阵痛，她抓住了后羿的手臂，手指甲深深地扣到了他的肉里。"唉哟，唉哟，疼死我了! 陛下，奴婢只知道有人要害我们的儿子，有人要害这个孩子——"

后羿急不可待："到底是谁要害朕的儿子?"

玄妻继续大叫："唉哟，疼死我了，疼死我了! 陛下，陛下，奴婢只知道是个女人，奴婢只知道有个女人要害我们的孩子。不止是要害孩子，那个女人还要害陛下，陛下，那个女人她还准备要害陛下呀!"

第九章

从犰出生的那一刻起，有个女人要谋害这孩子的消息不胫而走。消息传遍有戎国的每个角落，大家很快都相信了这个传言。犰从一出生开始，便处于严密的保护之中，任何女人未经允许胆敢接近犰，立刻格杀勿论。后羿把保护犰的任务交给了逄蒙，命令他无论白天，还是黑夜，都得派卫兵严防死守。玄妻显得有些神经质，老是在唠叨有人要谋害她的儿子，结果整个后宫鸡飞狗跳阴云笼罩。后羿让她闹得不得安生，于是丽妃小娇趁机获得了与后羿亲近的机会，丽妃是个没心没肺的小女人，平时承欢侍宴的好事都让玄妻一个人独霸了，现在后羿既然是常常要往她这跑，她便也学着玄妻的样子，开始向后羿撒娇，开始向他搬弄是非。

"陛下，臣妾早知道是谁想害犰，"晚上在枕头边，丽妃有意无意地说出了一个秘密，"其实很多人都知道，只是大家都不敢说罢了。"

"是谁？"

"臣妾不敢说，臣妾不敢惹陛下生气。"

后羿许诺绝不生气，让她不要卖关子了，赶快把知道的事说出来。

"陛下真想知道，臣妾可就真说了。这个女人不是别人，她就是上元夫人。"

后羿听了，立刻不太高兴，脸色立刻阴沉下来。既然已许诺不生气，他只能说话算话，不跟丽妃计较了。不过，后羿还是忍不住埋怨了她几句。丽妃提到任何一个女人，他都还可能相信，唯独对于上元夫人嫦娥，说什么也不会相信她有害犰的心思。嫦娥绝不会有那样的心肠。也许她会有些醋意，但是后羿知道她从内心深处，为自己有了儿子感到高兴，为有戎国有了继承人感到鼓舞。丽妃撇了撇嘴，说陛下要是真不相信，也没有办法。这件事让后羿对丽妃突然产生了前所未有过的反感，第二天，他便心血来潮地去了嫦娥那里。玄妻得宠以后，后羿去嫦娥那里的次数已明显减少，他只是在情绪不好的时候，才会到那里去散散心。

后羿减少了去见嫦娥的次数，倒不是对她有了什么厌倦之心，而是怕玄妻跟自己没完没了地唠叨，同时，他也觉得这些年来，多少有些对不住嫦娥，因为对不住，反而是更害怕见她了。此时的嫦娥，已是一个地道的中年妇人，虽然她的年龄并不比玄妻大，虽然她风韵犹存，美貌依旧，可是看上去，要比风骚的玄妻本分多了。后羿的到来让嫦娥很高兴，她知道他一定是又遇到了什么不痛快，昔日相依为命的情景，立刻再现她的眼前。嫦娥与后羿有着太多的过去，她心里正琢磨着如何安慰他，然而后羿屁股尚未坐热，玄妻突然让人带信过来，说儿子犰哭闹不止，好像是得了什么重病，让后羿赶快过去。事情不可能这么凑巧，嫦娥和后羿立刻明白玄妻的用心，她这是以儿子为要挟，不愿意让后羿到这来。

后羿叹了一口气，说："岂有此理，朕刚刚到这，乐正夫人就派人过来。立刻给朕传话，朕今天就待在上元夫人这边，不过去了。"

嫦娥不无感慨地说："还是赶快过去吧。"

"不，朕不过去。"

"陛下能过来看臣妾一眼，臣妾已是很知足了。"

"不过去，朕今天就待在这！"

嫦娥一个劲地劝后羿，她花了很大的力气说服他，让他赶快过去，让他看在小孩子的面上，没必要让乐正夫人心里感到不痛快。女人争宠争到了这一步，多少有点无趣。嫦娥说她很想过去看看乐正夫人和孩子，可是也吃不准玄妻是否欢迎。后羿先是执拗不肯走，最后还是听从了嫦娥的苦苦劝告，乖乖地回到了玄妻身边。临走前，嫦娥难免有几分委屈，虽然是她千方百计地劝后羿走的，后羿真要走，毕竟还是有些舍不得。她说自己知道乐正夫人是担心犰的安危，只是想不明白她干吗要那么担心。现如今，她要见后羿一面，已经很不容易了，她很想跟他在一起说说话，聊聊家常，回忆一下过去，重温一次当年。往日的美好岁月已不复存在，往事不再重来，一想到过去，嫦娥就有一种说不出的感伤。一想到当年，她心里便充满了无尽怀念。往日已离他们远去，越去越远，仿佛空中飞过的大雁，又好像是溪流中漂走的枫叶。往事已成为一种美好的回忆，嫦娥看不到有什么未来，只能将自己沉浸在往日的岁月之中。

　　逢蒙对杀死丽妃的计划十分犹豫，毕竟小娇是他的亲妹妹，毕竟是要让他亲手去执行。为了排除心头恐惧，为了减少内疚，逢蒙决定让妹妹临死之前，明白自己为什么会死。尽管死得很冤，但是应该让她死个明白，免得做了鬼再为这件事来纠缠逢蒙。在丽妃向后羿告密的第三天深夜，逢蒙带着两名手下潜入小娇的住处，他们干净利落地解决了所有的下人，然后准备进一步处死丽妃。临动手之前，兄妹之间进行了一番发自内心深处的谈话。逢蒙把该说的不该说的，统统告诉了小娇：他说自己已等不及了，本来只是希望能成为一个国君的父亲，可是现在他很想尝尝当一国之主的滋味。为了实现这个伟大的目的，丽妃必须做出牺牲，必须成为他们搬掉嫦娥这块大石头的牺牲品。换句话说，杀了她，是为了嫁祸于嫦娥，是为了给嫦娥加上一个杀人灭口的罪名。玄妻和逢蒙现在太需要这样一个罪名了。

丽妃的死立刻使嫦娥陷入很不利的境地。在探究她的死因时，玄妻很随便地问了后羿一句，她问丽妃生前，有没有对陛下说过什么？一个人不可能无缘无故就死了，既然是死了，就一定有要死的道理。玄妻的话里充满了玄机，后羿想起丽妃曾经说过的话，想起她曾提到过嫦娥就是那个想谋害犰的女人，于是他把丽妃告诉自己的话复述了一遍。

"丽妃实在太糊涂了，怎么能跟陛下说这个呢？"听后羿这么一说，玄妻仿佛一下子都明白了，阴阳怪气地对后羿说，"陛下现在该知道是怎么一回事了吧。"

后羿说："这事怎么可能与上元夫人有关？"

"唉，说老实话，也就陛下一个人还蒙在鼓里，也就陛下一个人什么事都不知道。不错，这宫里谁都知道是上元夫人心怀鬼胎，谁都知道她就是那个要谋害我们儿子犰的女人，只不过是都不敢说罢了。丽妃年轻不懂事，她说了，也就没命了。"

借着这个由头，玄妻一定要带着儿子犰逃到西山去住，她说宫里实在是太不安全。既然丽妃可以这么轻易被杀，有人要想进一步谋害他们母子，显然易如反掌。接下来，便是一连串歇斯底里的唠叨，没完没了。后羿压根就不相信嫦娥会做出那样的事情，可是为了要让玄妻母子留下来，为了自己的耳朵根清静，他最后还是违心地接受了让嫦娥去西山的请求。总得有一个人选择退出，玄妻与嫦娥不共戴天，显然得有一个人离开。玄妻以退为进，又一次大获全胜。嫦娥终于被取消了上元夫人的头衔，被她逐出了宫中，虽然还没有了却将她置于死地的最终心愿，但是玄妻知道，只要嫦娥一出宫，凶多吉少，要想再回来比登天还难。

嫦娥在出宫之前，获准去乐正夫人那里，向后羿和玄妻告别。这是嫦娥第一次有机会目睹犰的真容。为了表示自己的宽容大量，玄妻甚至允许她在临行前，当着后羿的面，抱一抱自己的宝贝儿子。后羿一本正经地坐在那里，满脸愧疚，无地自容。得意洋洋的玄妻走了过来，她让下人将犰抱走，然后做出依依不舍的样子，伏在嫦娥的耳边，轻轻地说了一句：

"知道乐正夫人为什么比你这个上元夫人强吗？因为她有儿子，你没有！"

面对玄妻的公然挑战，嫦娥无话可说。她感到有些悲哀，有些凄凉。上元夫人的封号已被剥夺了，此时重提不无讽刺。嫦娥提出要与后羿单独说几句话，但是玄妻一口拒绝了这个请求。她跋扈地说，嫦娥走都要走了，难道还有什么见不得人的话，不能当着她这个乐正夫人的面说出来？后羿也觉得玄妻的话有道理，事已如此，他也有些害怕与嫦娥单独相对，毕竟是后羿有负嫦娥。嫦娥真要有什么话，尽管说出来好了。嫦娥见他如此绝情，从怀里掏出当年托她保管的那粒仙丹：

"陛下的这粒仙丹，一直由臣妾保管，现在臣妾要走了，这粒仙丹也该物归原主。"

"既然是仙丹，你就自己留着吧。"玄妻对仙丹的事情一无所知，她冷笑着说，"陛下正愁着没东西给你当离别的礼物呢。"

后羿说："乐正夫人说得对，这仙丹就给你了。"

"仙丹是陛下的，臣妾如何敢要。"

玄妻挥了挥手，不耐烦地说："好了好了，给你就赶快拿着，不给也别想硬要！赶快上路吧，时间已经不早了，去西山还有不少的路要走，你就一路走好吧！"

嫦娥只得惨兮兮地告别，她看了看后羿，想最后看他一眼。玄妻好像已猜到了她的心思，故意走到后羿面前，用自己的身体挡住了后羿，假装有很着急的话要跟他说。嫦娥于是怏怏不乐离开了后宫，出发去西山。一路上，许多老百姓都知道嫦娥无端遭贬，纷纷赶过来送行。最让嫦娥感到意外的，是末嬉也在送行的人群中。近年来因为逢蒙和小娇的挑唆，末嬉与嫦娥的关系已有些生疏，但是她说什么也不相信小娇的惨死，会是嫦娥下的毒手。自发赶来送行的人排成了长队，一个个神色悲伤，一个个泪眼模糊。过去的这些年，嫦娥已深得有戎国的老百姓喜爱，他们相信自己能够安居乐业，这个国家能够繁荣富强，都是因为有了上元夫人的缘故。和末嬉的想法一样，大家都不明白战无不胜的后羿，为什么那么轻易就被玄妻给蒙蔽了。

　　嫦娥被贬西山以后，有戎国开始走下坡路。连续不断的不安定接踵而至。先是发生了一场从未有过的瘟疫，死了很多人，并由此引发了令人恐怖的饥荒。饥荒尚未结束，紧接着是一场由枭阳国引发的战争。这枭阳国本是有戎国的附属国，多少年来，都是规规矩矩地向有戎国称臣纳贡，现在却趁着有戎国的国力衰退，后羿长期不问政事，荒淫酒色，朝政由玄妻与逄蒙所把持，又把一个贤惠的上元夫人贬到了西山，便以这些借口兴师问罪。后羿派逄蒙领着大军出征，很快把枭阳国给剿灭了。东边的枭阳国剿灭不久，西边的朱卷国又发动了战争，这朱卷国不像枭阳国那样不堪一击，它与有戎国之间的战争，断断续续一打就是七年，七年里各有胜负，战场上从未遇到过对手的后羿，第一次尝到了失利的滋味。

　　与枭阳国一样，朱卷国也是有戎国的附属国，它的首领倍伐，曾是后羿手下一位能征善战的旧将。当年正是因为倍伐的赫赫战功，他被后羿封在了朱卷国做首领。因为熟悉后羿的作战方式，倍伐在与有戎国的作战中，虽然负多胜少，但是后羿对付他也没什么特别好的办法。加上后羿手下的旧将大多与倍伐有些交情，他们越来越看不惯后羿的作为，在作战中也不像以往那样卖命。逄蒙成为地位仅次于后羿的大将军，现在实际率领有戎国军队出征的常常是逄蒙，他是个好出风头的家伙，不会打仗，却比后羿更喜欢用兵作战。

后羿令人难以置信地沉溺于酒色之中，他成为一个地道的昏君，成为一个无耻的国王，过度的酒精让他手脚无力，没完没了的女色让他意志消沉。他又一次地变得孤僻起来，与上一次的经历不同，没有了嫦娥的监督，没有了嫦娥的劝慰，后羿在孤僻的泥潭中越陷越深，在荒唐的道路上越走越远。玄妻对后羿的厌恶也日益加深。为了尽快实现自己的复仇大计，她不惜为后羿大肆搜罗美女，为他准备了无数美酒。原先用来洗浴的水池被灌满了酒，现在，后羿不再是泡在温水里，而是干脆浸泡在美酒中。难以计数的美女，赤身裸体地在他身边走来走去，跳着各式各样的舞蹈，唱着各式各样的歌，酒池边放着一张张小桌子，桌上堆满了精致的美味佳肴，美女跳舞跳累了，唱歌唱完了，便歇下来休息，坐在酒池边上，一边用手去捧那酒池里的酒喝，一边随意品尝小桌子上的食物。

很快，对于眼前这些舞了又舞歌了又歌的美女，后羿已视而不见，已麻木了。他变得喜怒无常，变得乖悖违戾，动不动就想杀个人解气。后羿的名声急遽下降，达到了他担当有戎国首领以来的最低点。人们开始怨声载道，甚至开始暗暗地诅咒他。人们开始无尽地怀念起贤惠的上元夫人，怀念嫦娥在时那种欢乐的幸福岁月。有戎国不可一世的强大，已成了过眼云烟，成了强弩之末。饥荒和疾病交替而来，连年战乱，民不聊生。到了最后，率领有戎国大军与倍伐作战的逄蒙，遭遇了一场巨大的失败，庞大的军团全线溃退，兵败如山倒，一退千里，倍伐率领的朱卷国军队很快兵临城下，将有戎国的都城团团围了起来。

习惯了迎接胜利之师凯旋的有戎国老百姓，从睡梦中惊醒过来，突然意识到亡国的灭顶之灾，竟然就在自己的面前了。直到这个时候，后羿才从荒淫无耻中重新振作起来，他终于从醉酒的状态中清醒了。和大家一样，后羿也没想到形势会变得如此不堪，他迅速将剩兵残将召集在了一起，准备与倍伐的军队决一死战。被失败阴影笼罩的有戎国军队，因为神勇的后羿再一次披挂出现在他们面前，立刻士气大振，大家都相信在后羿的指挥下，奇迹一定会再次出现，战无不胜的后羿一定会扭转局面，有戎国完全有可能反败为胜，将朱卷国的大军击溃在国门之外。

此时朱卷国的军队已经十分强大，他们一路东进，在经过西山时，将打入冷宫的嫦娥顺便抓为了人质。当初起兵的时候，为上元夫人嫦娥打抱不平，曾是一个很重要的借口，现在倍伐兵强马壮，嫦娥的这颗棋子已经不太重要。嫦娥现在只是一名俘虏，一个可有可无的人质。后羿出现在了倍伐的面前，他站在高高的城楼上面，居高临下地看着倍伐。倍伐见了后羿也已经没有了昔日的畏惧，他十分傲慢地仰视他，双手抱臂，等待后羿先开口。后羿憋了一会，气愤地说：

"大胆倍伐，朕一向待你不薄，你却敢如此对朕！"

倍伐冷笑说："无道昏君，人人可以诛而灭之。还是赶快打开城门，让我的大军进城，或许还可免你一死！"

这时候，后羿看到了军中的嫦娥。他看到了许多年不见面的嫦娥，她正在下面有些恍惚地看着自己。后羿非常吃惊，不明白她为什么会出现在阵前，不明白她为什么会出现在朱卷国的大军中。百思不解之际，倍伐向后羿发出了最后通牒。他明白无误地告诉后羿，现在除了无条件地打开城门之外，还必须将玄妻母子与逢蒙一起诛杀。倍伐显得十分傲慢，他告诉后羿，只有老老实实地按他的话去做，才有可能留下一条活命。念在过去的交情上，后羿的最终结局，或许可以与嫦娥一起去西山养老送终，了却残生。后羿听了大怒，接过手下递过来的宝弓，搭上了箭便要射。这时候，让后羿感到意外和惊恐不安的，并不是千里迢迢赶来的朱卷国大军，也不是许久不见此刻正站在阵前无所适从的嫦娥，而是当他重新拿起当年用过的弓箭时，竟然发现自己再也拉不开那张弓，他超人的力气已经失去了。

倍伐一眼就看出了破绽，他讥笑说："如今的陛下，真是穷途末路，连自己的宝弓都拉不开了！"

倍伐好像早就预料后羿会失去自己超人的力量，他宽宏大度地给了后羿一天时间，决定他是否无条件地投降。既然已不复当年的神勇，后羿现在除了投降之外，只剩下死路一条。天黑以后，后羿在营中与手下将领商量对策，准备在第二天决一死战。此时军心已完全涣散，大家本来指望后羿的出现，会改变被动局面，能够扭转乾坤重振军威，可是情形显然没有那么乐观。失败的空气再次团团笼罩，后羿头上不可战胜的光环早已不复存在。老将钟勇站了出来，说眼下的当务之急，是先撤了逢蒙的大将军，因为正是他的指挥无能，才导致了目前的糟糕局面，逢蒙不除，有戎国的灾难就不会停止。钟勇的提议得到了大家的一致赞同，众将领都表示不愿意再跟在昏庸的逢蒙后面打仗。逢蒙见势不妙，主动提出辞去大将军一职，并请求后羿让他在明日决战中充当先锋，他愿意身先士卒血洒疆场，以死来谢罪。众将领对逢蒙的这个请求并不领情，钟勇愤愤不平地说：

"事到如今，你逢蒙就是碎尸万段，也不足以谢罪！"

众将领喋喋不休，有人大声嚷嚷着，要把逢蒙推出辕门斩首。就在大营里乱作一团的时候，嫦娥悄悄地走了进来，嫦娥突然出现在大家面前。面对突然出现的嫦娥，大家都感到有些意外。

后羿没想到她会来，十分沮丧地问：

"你、你这时候跑来干什么？"

嫦娥不说话。

后羿很失望："你这是要为倍伐劝降？朕没想到，你竟然会与倍伐在一起！"

"臣妾只是倍伐的一个俘虏。"

"俘虏？"

识到，现在最应该服下这粒仙丹的不是自己，而是嫦娥。他苦笑着说：

"朕怎么会听从你的安排！实话告诉你吧，朕既不想要吃你的那粒仙丹，更不会跟你一起去西山养老。"

"陛下心里……"嫦娥听了，悲痛欲绝，没想到他会说出如此绝情的话，她不相信后羿会这样，"陛下难道就一点都不在乎臣妾了？"

后羿先是不说话，隔了一会，他说：

"你要想听真话，朕不妨告诉你，朕不在乎！"

伤心的泪水源源不断地从嫦娥眼里流了出来。

嫦娥不甘心地问："陛下是真的不在乎？"

后羿坚定地重复了一句：

"不在乎，朕根本就不在乎你！"

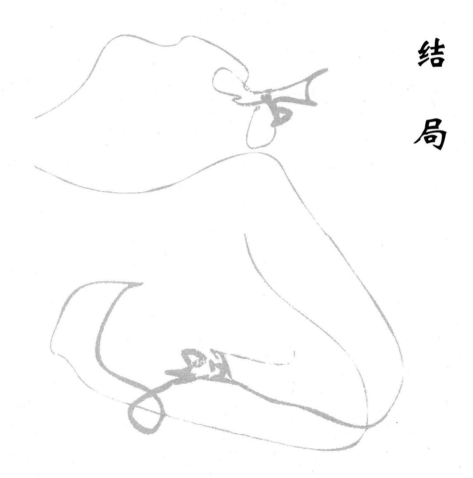

结 局

　　大战开始了，严阵以待的双方开始骚乱，呐喊。一场恶战在所难免。突然间，难以置信的一幕发生了：嫦娥腾云驾雾，像彩凤一样在空中飞翔起来。在场的人都看傻了，一个个不敢相信自己的眼睛，不明白这是怎么回事。甚至嫦娥自己也不太明白，她有些冲动地服下了那粒仙丹。她显然是受不了那样的打击。后羿从没说过他不在乎她，他这是第一次这么说。但是，第一次已经足够了，第一次就足以天崩地裂。一旦后羿斩钉截铁说出了这个不在乎，再劝她服下那粒仙丹，嫦娥已没有丝毫犹豫，已没有丝毫眷恋。

　　嫦娥万念俱灰，一仰头将仙丹服了下去。服下仙丹，并没有察觉到什么异常，嫦娥闷闷不乐地离开了后羿。天终于亮了，她像幽灵一样徘徊在两军的阵前，对即将开始的大战无动于衷。嫦娥从来没这么绝望，也从来没有这么伤心。在过去，嫦娥一直担心后羿会离开她，现在，是她自己要离他而去。既然后羿真的不在乎她了，嫦娥再也不想看到后羿，她再也不想见到他。渐渐地，嫦娥的两只脚不知不觉离开了地面，她发现自己竟然可以像鸟那样在天空中自由飞翔。很快，嫦娥飞离了尘土飞扬的战场，她高高在上，漂浮在半空，鸟瞰着迷雾中闪烁的刀光剑影。

　　人世间的一切已看不太清楚，不见人寰见尘雾，嫦娥开始了奔月历程，她不由自主地向月宫飞去。

　　嫦娥越飞越远，很快，没有了一点踪影。

　　对朱卷国大军的进攻，后羿也有些漠不关心。此时，他心里对嫦娥充满了爱，爱成了唯一的东西。也许只有在这个时候，后羿才明白自己多么在乎嫦娥。他的表情黯然，默默目送着嫦娥的远去，然后，缓缓地转过身来，从侍从手里接过自己的宝弓。对于是否能够把弓拉开，后羿显然还有些底气不足。眼看着城门就要攻陷，眼看着朱卷国的军队就要冲进城来，在这个关键时刻，奇迹再一次出现了。或许是因为心里充满了对嫦娥的爱，后羿失去的力量，竟然在突然之间完全恢复。

　　后羿非常舒展和娴熟地将弓拉了开来，对着目瞪口呆的倍伐，嗖的一声将箭射出去。气焰嚣张的倍伐立刻毙命，朱卷国大军立刻群龙无首，处于劣势的有戎国立刻反败为胜。突如其来的胜利，并没有让后羿感到丝毫兴奋。他的内心现在只剩下对嫦娥的依依不舍，只剩下失望和绝望。接下来，后羿既没有乘胜追击，将朱卷国的残兵败将一扫而尽；也没有听从手下的忠告，将犯有重大过失的逢蒙撤职查办。危机度过了，一切和过去一样，仿佛什么都没有发生。后羿仍然是像过去一样，一样醉生梦死，大权很快再次旁落到玄妻和逢蒙的手上。

　　三年后，朱卷国又一次卷土重来，这一次，再也没有留下任何机会，轻而易举地就将有戎国灭了。好在后羿并没有看到有戎国的灭亡，在一年前，他就已经死了。

　　后羿是神的化身，要弄死他很不容易。玄妻和逢蒙听从了一位方士的建议，在后羿喝醉酒以后，用一根桃木制成的大棒，将他生生地给打死了。

　　嫦娥对后羿的结局一无所知。

　　月宫里非常孤独，在这里，与她做伴的只有一只白色的玉兔。漫漫长夜，碧海青天，随着岁月流逝，嫦娥已忘了过去，忘了人间曾有过的一段爱情，忘了那个深爱的叫后羿的男人。

关于后羿

一个老掉牙的故事

很多年以前，天上和人间的事，都由一个叫帝俊的老天爷说了算。帝俊是一个很老的天神，成天懒洋洋的，睡眼惺忪，打不起精神。有一天，他老人家照例正在打瞌睡，突然被一种奇怪的响声惊醒。帝俊的耳朵已经开始有些背了，深深地打了一个哈欠，问正在值班的大臣发生了什么事。大臣也是有一把年纪，也是成天睡不醒的样子，也在为震天动地的响声纳闷，半天说不出话来。帝俊脸上有些不耐烦了，眉头皱了起来。大臣用手指捻着长长的白胡须，苦思冥想了一会，说："老臣也是弄不明白，这样吧，立刻传顺风耳和千里眼上朝，问个究竟。"

顺风耳和千里眼接到命令，气喘吁吁地奔了上来，膝盖一软，跪在了帝俊面前。帝俊说："都别傻跪在那儿了，还不赶快下去打探消息，这外面天翻地覆，到底怎么一回事？"顺风耳和千里眼都是有特异功能的天神，对正发生着的事情，早已了如指掌。帝俊见他们都跪在那不肯动弹，一言不发，便知道凭他们两个的能耐，根本不用再去打探，已经有了确凿的答案。

帝俊说："你们两个，既然是已经知道发生了什么，那就别藏着掖着了，赶快说吧。"

顺风耳说："回禀老天爷，是青龙和黄龙那两厮打起来了。"

帝俊叹了一口气："原来是这两个畜生在胡闹。"

千里眼说："青龙和黄龙实在是太放肆了，他们根本就不把您老人家放在眼里，只知道胡搅蛮缠地乱打一气，把午门前的一个铜柱子都打断了。还有，太和殿的屋顶，也让他们给捅了一个洞。"

值班大臣听了，大惊失色，说："青龙黄龙也太胆大了，它们难道还想大闹天宫不成！"

"我早知道他们要惹是生非，"帝俊也不生气，仍然是叹一口气，"好吧，既然是想打架，就让他们去打吧，让他们痛痛快快地去打。但不能在天宫里这么由着性子胡闹，打开天门，让他们到外边闹去。"

顺风耳和千里眼接旨，忙不迭地去将天门打开。青龙和黄龙正打得不可开交，天门一开，眼前顿时开阔了许多。黄龙早就嫌天宫里碍手碍脚，早就憋得不耐烦了，一个箭步蹿出去，在空中翻了一个跟头，一跟头就是十万八千里，然后摆出了一个很酷的造型，恭候青龙的驾到。青龙自然是不甘示弱，嘴里喷着长长的火舌，腾云驾雾追了过去。

青龙和黄龙是天上的一对怪兽，本来是两个好朋友，多少年来都是相安无事。可是有一天，也不知道是中了什么邪，两头怪兽忽然心血来潮，一定要大战三百回合，非要决出一个胜负来。早在开战之前，青龙和黄龙就说好了，要打就打个明白，要打就打个痛快，胜者一方为雄，负者一方为雌。这青龙和黄龙，都是雌雄同体的怪兽，都不是善罢甘休的主，各有各的克敌制胜招数。于是打来打去，你出招，我接招，十八般武艺轮番用，打得昏天黑地，各不相让互有胜负。青龙若占了上风，便跃到黄龙的后背上，拿出用来小便的玩意，痛痛快快地撒一泡骚尿。黄龙也是同样的道理，若是占了上风，也跃到青龙的背上，不管三七二十一地撒一泡尿。

两头怪兽是天生的好力气，越战越欢，越战越勇。这一打，就是十天十夜。天上一天，人间一年，青龙和黄龙只顾着自己尽性打得痛快，不知道人间却因此遭了大罪。它们的动静实在是太大了，翻一个身地动山摇，撒一泡尿洪水泛滥。打到后来，青龙和黄龙的尿液已撒完了，便开始一阵一阵地射精。它们一勃起射精，白花花的精液喷得到处都是，人间便跟着下起了大雪，北风怒吼，雪花飞舞，立刻就是零下几十度的严寒。可怜人间的老百姓，哪里经受得住这个折腾。在神怪面前，老百姓向来是无能为力，只能忍啊忍啊，然后便是祈祷再祈祷，祭祀再祭祀。准备了许许多多供品，又是杀猪，又是宰羊，又是烹牛，准备好了最漂亮的美少女，一个个闭月羞花，一个个丰乳肥臀，焚香沐浴，五花大绑起来，嘴里塞着东西不让叫喊，押到高高的山上，找一个最深的水潭子沉了下去。

帝俊对人间的遭遇，早就一清二楚。老天爷自然没有什么不知道的事情。老百姓哭天喊地，一个劲祈祷，一个劲祭祀，说明他们心目中，多多少少还能想到一点老天爷。既然老百姓都还把他老人家当回事，帝俊也就不能不把老百姓当回事。帝俊知道青龙和黄龙的日子不久了，便派顺风耳传话给下去，告诉人间的黎民百姓，这两个畜生已没多少天可以折腾了，不妨就由着它们去胡闹吧。老百姓不明白帝俊的意思，说老天爷真是不长眼睛，人间都已经糟蹋成这样了，老百姓已什么没活路了，他老人家竟然还要让青龙和黄龙由着性子胡闹。

青龙和黄龙继续变着花样胡闹。青龙渐渐地占了上风，黄龙渐渐地有了败象。它们终于决出了雌雄，接下来，两个怪物纠缠在了一起，像夫妻那样做起爱来。一时间，人间电闪雷鸣狂风暴雨。如此过了几个时辰，青龙精竭而亡，人间大地立刻雨过天晴。黄龙挣扎着，将青龙从自己身上抖落下来。它似乎也预感到自己的生日不多了，摇摇晃晃地向天门走过去，还没走到天堂门口，也就一命呜呼。黄龙临死的时候，从肚子里掉下了一个葫芦一样的龙蛋。因为是掉在了天堂门口，帝俊起了怜悯之心，吩咐千里眼将那个龙蛋捧回天堂，找一个角落随便放着，又命令将已死去的青龙黄龙扔了。

于是青龙和黄龙的尸首，便从高高的天空坠落下去，变成了长江黄河。

一些关键词

羿的前身　　　　那个葫芦一样的龙蛋就是羿的前身，帝俊派后羿
　　　　　　　　到人间拯救危难。

嫦娥的前身　　　人类不可能总是过太平日子，一遇到什么灾难，
　　　　　　　　只能烧香，祭祀，杀牛甚至杀人，贡献美女。老
　　　　　　　　天爷对美女并不感兴趣，他说我又不好色，干吗
　　　　　　　　老是要来这一套呢。帝俊将龙蛋和其中的一位美
　　　　　　　　女扔向了人间，这美女便是嫦娥的前身。

王母娘娘雌雄同体　传说中的西王母究竟是男是女，专家有不同的说
　　　　　　　　法。因为有个"母"，很多人都认定是女，其实
　　　　　　　　西王母三个字很可能只是译音，就像葡萄牙西班
　　　　　　　　牙并不代表是真的有牙。曾经假想西王母是个阴
　　　　　　　　阳人，可是最后却写成了一个秦可卿，她借助嫦
　　　　　　　　娥的肉身，与阉人"羿"玩了一把太幻虚境。西
　　　　　　　　王母让羿开了窍，助他完成了从神到人的这个过
　　　　　　　　渡。

羿是个阉人　　　羿是降到人间的神，在没有被大家意识到的时候，

神往往不如人。人阉去了他的睾丸，以为他就此失去了性能力，但是人类忘了，人的规则对于神，有时候不起作用。

后羿的结局　根据神话词典里的一种解释，后羿最后是被桃木大棒劈死的。中国传统文化中，桃木可以避邪，道士的宝剑便是桃木的。后羿是神，不容易死掉，必须找到致命的要害才行。他失去了嫦娥，活着已没有任何意义。

嫦娥的结局　被爱放逐到了月宫，巨大的寂寞伴随着她。"嫦娥应悔偷灵药，碧海青天夜夜心"，沈祖棻先生解释"夜夜心"，为每夜无法入睡的痛苦之心，这也可以是这部小说的一个支点。

依恋　后羿对嫦娥始终是依恋，有一种恋母恋姐情结，他所有荣耀之心，都是为了嫦娥。当这种依恋之情，成为纯粹的爱情之后，悲剧已经不可逆转。

权力　它一旦存在，就不是什么好东西。像后羿这样的神都可能独裁，专制，其他的人就更难说了。

不可思议　后羿对玄妻的痴迷，玄妻对后羿的刻骨仇恨，都是不可思议。

图书在版编目（CIP）数据

后羿 / 叶兆言 著.—重庆:重庆出版社,2006
(重述神话)
ISBN 978-7-5366-8330-3

Ⅰ.后... Ⅱ.叶... Ⅲ.①长篇小说—中国—当代
Ⅳ.I247.5

中国版本图书馆CIP数据核字(2006)第145833号

后羿
HOUYI

叶兆言 著

出 版 人：罗小卫
丛书编委：石涛（中国）
策　 　划：华章同人
责任编辑：陈建军 李 杰
封面设计：奇文云海工作室

重庆出版集团
重庆出版社　出版

（重庆长江二路205号）

三河市宏达印刷有限公司　印刷
重庆出版集团图书发行公司　发行
邮购电话：010-85869375/76/77转810
E-MAIL:sales@alpha-books.com
全国新华书店经销

开本：787mm×1092mm　1/16　印张：14　字数：150千
2007年1月第1版　2007年1月第1次印刷
定价：25.00元

如有印装质量问题，请致电023-68809955转8005或010-85869377转810

"重述神话"系列图书

《神话简史》
[英] 凯伦·阿姆斯特朗 著

神话史就是一部人类发展史——神话是关于我们自身的故事，也是我们曾经的信仰；神话意味着我们对世界的好奇，也意味着我们认知世界的努力；神话将我们与远祖和其他人彼此相联。阿姆斯特朗将我们带入旧石器时代的狩猎神话，一直延绵到近五百年间的西方大转折时期，并讨论了科学对神话的质疑。

在这项由全球重量级作家参与的"重述神话"大型图书工程中，阿姆斯特朗才华横溢而又深思熟虑地阐述了最广义的神话历史，并揭示出人类当今的困境——为何我们离弃了神话，而只有在危难时刻才重新对神话投怀送抱？

《重量——阿特拉斯与赫拉克勒斯的神话》
[英] 简妮特·温特森 著

《重量》取材于古希腊神话中最经典的故事：阿特拉斯被罚背天，赫拉克勒斯为证明自己的强大而接过背天重负，阿特拉斯在自由欲望的驱使下去偷摘金苹果，赫拉克勒斯背天绝望以诡计将之放回到阿特拉斯肩上，阿特拉斯接受了自己的命运，而重获自由的赫拉克勒斯却深感虚无……

在二十一世纪的今天，作者以独特才情和经典意蕴，再次唤醒阿特拉斯。她将阿特拉斯的爱恨情仇与微妙的心理刻画相互穿插，将人类登月、"和平号"空间站等事件巧妙地融入神话语系，为读者带来了最为奇怪、最不可思议的阅读快感。与此同时，作者又在不断拷问："究竟何为自由？压迫的本质是什么？我们到底该如何把握自己的命运？"

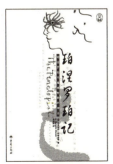

《珀涅罗珀记——珀涅罗珀与奥德修斯的神话》
[加] 玛格丽特·阿特伍德 著

在荷马的史诗《奥德赛》中，珀涅罗珀——奥德修斯的妻子、美丽的海伦的堂妹——是以对丈夫忠贞不渝的典范形象出现的，她的事迹也成为各个时代训诫妇女的教科书。海伦遭诱拐后奥德修斯随即踏上了去特洛伊的征程，一走便是二十年。在此期间，珀涅罗珀独自对付着种种流言蜚语，一边操持伊塔卡王国的政务，一边抚养倔强不驯的儿子，同时还得抵挡一百多个求婚人的纠缠。当奥德修斯历经千险返回故乡时，他杀死了所有的求婚人，同时也没有放过妻子身边的十二个女仆。

玛格丽特·阿特伍德巧妙地改编了这个古老的故事，将叙述权交给了珀涅罗珀和她的十二个被吊死的女仆，并发问道："是什么力量把女仆们推向了绞刑架？珀涅罗珀在事件中扮演了什么角色？"在阿特伍德令人眩目、技巧纯熟的重述中，该故事变得充满了睿智和同情心，既生动有趣又发人深省。

《碧奴》

苏童 著

在古老的中国神话中，孟姜女是一位对爱情忠贞不渝、徒步千里为丈夫送寒衣的奇女子。当时，皇帝为了阻止外敌入侵，抓走了所有青壮年去修建长城。孟姜女想到北方冬天寒冷，便立志要为丈夫送去冬衣御寒。在得知丈夫已经埋骨于长城之下而自己未能见上最后一面时，她放声大哭，以至于天地变色、长城为之而崩塌。

苏童将带我们回到了遥远的古代，以其丰富的想象力为我们重现了那一幕幕令人目眩神迷而又精心动魄的精彩场景——为了生存而练就九种哭法、送寒衣前为自己举行葬礼、装女巫吓走顽童、被当作刺客示众街头、与众青蛙共赴长城……小说中，碧奴的坚韧与忠贞击退了世俗的阴谋、人性的丑恶，这个在权势压迫下的底层女子以自己的痴情、善良在沧桑乱世中成为了中国的"泪水之神"。

《后羿》

叶兆言 著

在古老的中国神话中，后羿是一个盖世英雄——他先后射下九个太阳，气候从此风调雨顺；杀死众多吃人的猛禽恶兽，百姓终于安居乐业。但后羿的妻子嫦娥害怕射日会招致天帝降灾，便偷吃了西王母送给后羿的不死仙丹——她背叛了后羿，断送了爱情，一个人在月宫中过着寂寞冷清的生活。

在《后羿》一书中，著名作家叶兆言重述了这个神话，并赋予其全新的现代色彩：嫦娥忍辱负重抚养神的后代——羿，羿在嫦娥的帮助下完成了从神到人的转变，嫦娥在羿成为皇帝后失宠，羿在濒临绝境时意识到只有嫦娥的爱才是他力量的源泉，进而放逐嫦娥，使其飞天以离开这个乱世——由于嫦娥的爱，后羿从神成为了人；由于后羿的爱，嫦娥从人成为了神。在叶兆言令人目眩的精彩重述中，阴谋与爱情、奉献与贪婪、忠诚与背叛、欲望与尊严在小说中轮番上演，为我们展现了一个多姿多彩的神话世界、一段可歌可泣的惊世情缘。